目次

恋のドライブは王様と

1

都心の、大きなビルが立ち並ぶ一角。その裏路地に、わたし、富樫一花《とがしいちか》が働いている小さな可愛いカフェがある。店の名前は「ブランシュ」。フランス語で白という意味のその店は、オリジナルブレンドの珈琲《コーヒー》と、マスターお手製のパンケーキや軽食が美味《おい》しいと評判だ。

内装はカントリー調で、艶《つや》のある木目のカウンターとテーブル席が四つ。少し古ぼけた感じのコットンやレースがところどころに飾ってあって、物語の中に出てきそうなくらい可愛い。もちろん、このわたしが毎日隅々まで掃除をしているから、店内はいつもピカピカだ。

「一花、手が止まってる。窓ガラスの曇り、ちゃんと拭《ふ》いて」

「は、はーい」

店の奥から小さいけれど鋭い声が飛んできた。この店のマスターで、わたしの遠縁でもある水上祥吾《みなかみしょうご》くんだ。わたしは慌てて窓のかすかな曇りをキュキュッと拭く。

キレイになった窓ガラスには、化粧っ気のないわたしの顔が映っていた。キレイか可愛いかの二択でいうと、可愛い分類のほうだろう。一応、目は大きいと言われているし、そのせいか若くも見られるし……。二十五歳という年齢のわりには、幼い顔をしているという自覚はある。

肩よりも長い髪は仕事中はひとつ結びにして、後ろにまとめている。服装も、動きやすいという理由から、シャツかチュニックにジーンズだ。それがさらに幼く見せているんじゃないかとも思う。

今時《いまどき》の化粧をして、髪形も洋服も年相応のおしゃれをすれば、わたしだって結構イケると思うのだけれど。祥吾くんから、接客業だから華美にならないよう言われているのだ。

祥吾くんは、そこら辺で安く売っている白いシャツに黒いズボン姿。そして男性にしては少し長めの髪を、軽く後ろに流している。それだけなのに、元々かなりの美形なので、どこから見てもイケている。神様は不公平だ。

「一花、また手が止まってる」

祥吾くんの厳しい声で現実に戻されてしまった。せっかくイケメンなのに、根性が捻《ね》じ曲がっているのか、祥吾くんは結構厳しい。おまけに客といえど気に入らない人には容赦がないので、祥吾くん目当てでカフェにくるキャピキャピした若い女の子なんかはことごとく追い払われている。

なので、可愛いお店のわりに若い女性客はほぼこない。そんなお店でわたしはかれこれもう七年近く働いている。自分で言うのもなんだけど、祥吾くんのお小言にも耐えられる、我慢強い性格なのだ。

開店時間になったので、入り口の鍵を開けて表のドアノブに「OPEN」と書かれたプレートを掛けた。扉を閉めて中に入った途端に、扉につけてあるベルがカランと鳴った。振り返らなくてもわかる。毎日十時の開店と同時に入ってくる人は一人しかいない。

「一花ちゃん、冷たい水ちょうだい」

カウンターの真ん中にどっかりと座るなり突っ伏したのは、ヨレヨレのスーツ姿の、どことなく怪しい男。この店の常連客で、橘六郎《たちばなろくろう》さんと言う。年齢は四十代半ば、職業は探偵だ。毎日十時にここにきて、ほぼ一日中居るときもある。本当に探偵なのか怪しいところだけれど、本人曰《いわ》く優秀らしい。

「はい、六ちゃん。……また二日酔い？」

かすかなアルコールの匂いを感じながら、目の前に水の入ったグラスを置く。すると、彼は素早くそれを手に取って一気に飲み干した。

「俺にもつきあいってものがあるんだよ、一花ちゃん」

「ふーん」

探偵にいったいどんなつきあいがあるんだか。また突っ伏した六ちゃんを呆れた目で見やってから、厨房《ちゅうぼう》でランチの下ごしらえを始めた祥吾くんを手伝う。

祥吾くんは元々料理が上手かったけど、カフェを始めてその腕はさらに上がっている。盛り付けも可愛く凝っているけど、如何《いかん》せん若い女性客がこないので、あまり評価はされていない。すごくもったいない……と言うわたしに対して、祥吾くんは「別にかまわない」と気にする様子もない。

そして、もう少しでランチタイムという頃、六ちゃんがようやく顔を上げた。

「マスター、珈琲《コーヒー》」

「はいはい」

呆れ顔の祥吾くんが慣れた手つきで特製の珈琲を淹《い》れた。香《こう》ばしい香りが店の中に広がっていく。珈琲を飲んで、六ちゃんが満足そうに頷いたそのとき、また入り口のベルが鳴った。

「おはよう、みなさん」

やけに艶《つや》っぽい声で挨拶《あいさつ》をし、六ちゃんの隣に優雅に腰掛けたのは、長い髪を無造作に束ねただけのキレイな女性。この店の常連客の一人、風間小春《かざまこはる》さんだ。

白いゆったりとしたシャツにジーンズというわたしと同じような格好なのに、色気が全然違う。職業は高級クラブのママ。本当の年齢を聞くと怒られるので正確には知らないけど、たぶん三十代後半くらいだろう。二十代で自分の店を出したというツワモノで、こう見えて男らしい女の人なのだ。

「マスター、ハーブティーもらえる？」

起き抜けのその顔はすっぴんなのに、その辺りの化粧の上手な女の子よりもキレイだ。

祥吾くんは小春ママお気に入りのローズヒップの茶葉をガラスのティーポットに入れ、沸騰したお湯を注ぐ。あっという間にキレイな赤に染まったそれを、お揃《そろ》いのティーカップと一緒に、彼女の前に置いた。

ランチの時間に入ると、店も多少は忙しくなってきた。祥吾くん目当ての女の子達ではなく、普通のサラリーマンや落ち着いた感じの女性が多い。

六ちゃんと小春ママも並んでランチを食べている。この調子だと、六ちゃんは今日も一日中ここに居ることだろう。小春ママは、いつものように出勤までここでのんびり過ごす予定のようだ。

午後一時を過ぎた頃、もう一人の常連客がやってきた。

「一花ちゃん、いつものね」

そう言って小春ママの隣に座った男の人は、中山尚《なかやましょう》さん。メガネにパリッとしたスーツ姿で、見るからにエリートって感じだ。彼は祥吾くんの同級生で、この近くの弁護士事務所で弁護士をしている。ランチの時間と、時々閉店間際にコーヒーを飲みにくるのだ。

我が「ブランシュ」の常連客は、この三人。仕事も個性もバラバラなのに、ここが出来た当初からみんな仲良しだ。

「一花、ぼやっとしてないでサッサと運んで」

「ハイハイ」

「ハイは一回」

祥吾くんの静かな叱責を受けて、トレイ片手に店内を慌ただしくまわる。

わたしの毎日はこんな風に忙しく過ぎていく。充実していると言えばしている。〝あの日〟決心した通り、今を精一杯生きているからだ。後悔しないことは難しいけれど、それでも前だけを向いていくと決めたんだから。

これであとは素敵な恋人でも居れば言うことなしなんだけど……。悲しいかな、現在彼氏と呼べる存在は居ない。別にずっと居なかったわけじゃない。学生の頃はそれなりにモテたんだから。でも、なぜか長続きはしない。わたしが悪いのか、相手が悪いのかそれはわからないけど。

カフェで働いていても出会いなんてほとんどない。わたし目当てで通ってくれた人も過去には居たけれど、祥吾くんや小春ママ達にいじられて、いつの間にかこなくなってしまった。

まったく、人の恋路を邪魔するなんて。……腹は立つけど、彼らに立ち向かえるほどの根性はないのだ。

あー、この枯れた生活に潤《うるお》いがほしいわ。

「一花、黄昏《たそが》れるならもっと後にして」

「……はーい」

ううう、祥吾くんの意地悪。ちょっとくらい、いいじゃない。

心の中でぶつぶつ言いつつ、それでも素直に仕事を続けた。

2

朝、目を覚まして部屋のカーテンを開けると、五月の青空が見えた。あのときと同じくらい、透き通るような青い空だ。

今も決して忘れない、五月の澄み切った青空に、高い煙突《えんとつ》から立ち上る白い煙が溶けて消えていく風景。それから、ぼんやりとそれを見上げて泣いている自分。

わたしの両親は、二人で車に乗って買い物にいく途中、飲酒運転のトラックに追突され、そして亡くなった。

本当に仲の良い二人だった。きっと天国で、わたし達運が悪かったわね、こんなことも一緒だなんてね、とか言って苦笑いしていることだろう。

『ねえちゃん……』

涙声と、繋《つな》いでいる指先の震えが一緒に伝わってくる。いつもはやんちゃ過ぎるほど騒がしい弟が、これまで見せたことのない絶望をその顔に浮かべていたことも、決して忘れない。

『大丈夫よ、大地《だいち》』

握っていた手にぎゅっと力を入れる。

〝なんとかなるわ〟

それは、亡くなった母の口癖だった。駆け落ち同然で結婚して、親類達から縁を切られ、それでも底抜けに明るくて、いつでも前向きだった両親。

残されたのは十六歳の自分と七歳の弟、たった二人。それでも……

『なんとかなるわ』

口に出して言ってみたら、本当にそんな気持ちになってくる。思いっきり泣いて、とことん悲しんだら、それからはずっと前を向こう。

生きている以上、死は平等に訪れる。そのタイミングがいつになるのか、それは誰にもわからない。それなら、〝今〟を全力で生きなければ。決して後悔しないように。

そう、決意したのだ。

とはいえ、大地と二人、火葬場で途方に暮れていたのは事実。そのとき――

『何にも心配いらないよ』

駆け込んでくるなりそう言って、わたし達の頭を撫《な》でてくれたのが、祥吾くんの両親だった。祥吾くんのお父さんは、父の従兄《いとこ》にあたるという。そして、家族から絶縁されていたわたし達の両親と、ただ一人密かに連絡をとり続けていた人だった。新聞で事故のことを知り、急いで駆けつけてくれたそうだ。

『何かあったら、子供達を助ける約束をしていたんだよ』

呆然としていたわたし達に、水上のお父さんがそう言った。

事実、あとで両親の遺品を整理していたら、そのことを綴《つづ》った遺言書のような手紙が出てきた。

その後、わたしと大地はすぐに水上の家に引き取られることになった。弁護士をしている祥吾くんのお父さんが、事故後の手続き、裁判、そして相続まですべてを引き受けてくれた。学校は転校しなければいけなかったけれど、その手続きまでやってくれたのだ。

『ご両親の貯金と保険金は、二人の名義で定期預金に入れたからね。進学や必要になったときに使いなさい』

真新しい通帳と印鑑を、わたし達に確認させてから家の金庫に入れ、そのお金とは別に、普段自由に使えるおこづかいも用意してくれた。おかげで、わたしも弟も何不自由なく過ごせ、問題なく進学することが出来たのだ。

祥吾くんのお母さんもすごく優しい人で、両親の事故以来一人で眠れなくなってしまった大地に毎晩添い寝をしてくれた。

『男の子だからって、我慢することはないのよ』

すっかり小さな子どもみたいになってしまった大地を、いつでもぎゅっと抱きしめてくれた。

当時まだ一緒に住んでいた祥吾くんは大学院生で、わたしや大地の勉強を見てくれ、時々急に悲しくなって泣き出してしまうわたしを優しく慰《なぐさ》めてくれたりもした。

水上の家は絵に描いたような優しい家だった。優しくて頼もしい養父母と秀才の祥吾くん。両親を失いはしたものの、その後の自分達はどれだけ恵まれていたのか。それを実感し、悲しみも徐々に薄れてきたある日のこと。平和な一家に衝撃が走った。

ずっと弁護士を目指して勉強をしていた祥吾くんが、突然学校を辞めてカフェを始めると宣言したのだ。

『何を言っても無駄だよ。もう決めたから』

反対するお父さん達をよそに、祥吾くんはさっさと準備をしてあっという間に開業した。そして、同時にそのお店の二階に引っ越してしまった。

ただ、他の従業員を雇《やと》う余裕はなくて、当時大学生だったわたしが土日を含め、時間のあるときに手伝いに駆り出された。しかも無給で！

その後、就職氷河期で就職が決まらなかったわたしは、結局そのままカフェで社員として働くことになる。

『一花ちゃんを雇うなら、ちゃんと給料を払って正社員にしなさい』

と祥吾くんのお父さんが言ってくれたおかげで、今は一人暮らしが出来る程度のお給料を頂いている。

一人暮らしを始めたのは、ちゃんとした給料をもらい始めて半年が経った頃。通勤時間の短縮と、いわゆる一人暮らしへの憧れというヤツから決めたことだ。

大地にはブーブー言われた。水上のお母さんも寂しくなるわと言っていたけれど、部屋探しや新しい家具や家電を買いにいくときはみんながつきあってくれた。

今でも月に一度は必ず家に帰るし、時間が合えば一緒に食事にもいく。あの家族と過ごす時間は何より楽しい。

亡くなった両親を忘れてしまったわけじゃない。でも、寂しくは思っても悲しい気持ちはあまりない。きっと両親もこうなることを望んでいると思う。そのために、わたし達をあの家族に託してくれたのだから――

「あっ、もうこんな時間だ」

急いでお化粧をして、鞄を持って部屋を飛び出した。

最寄り駅まではそれほど遠くない。今朝も駅に駆け込み、すぐにきた電車に乗り込んだ。乗車時間は約四十分。朝の通勤時間とは少しずれているとはいえ、電車はいつも満員に近い。でも、毎日毎日ぎゅーぎゅー押される日々ももうすぐ終わるのだ。そう思ったら、嬉しくなってきた。

「グフフ」

つい声が出てしまう。目の前に座っていたおばさんが奇妙な目を向けてきたのがわかった。いけない、顔を戻さなきゃ。そうは思っても、嬉しさが込み上げてくるのは止められない。

突然ですが、なんとわたし、自動車デビューをしちゃうのだ。運転免許は身分証代わりに二十歳の頃に取ったのだけど、それっきり車には乗っていなかった。

でもこの前、偶然前を通った中古自動車屋さんで運命の出会いをしてしまった。それは可愛いピンク色の軽自動車。ヘッドライトが大きな目のように見えて、まさに動物みたいな可愛らしさだった。世間ではそれを一目惚れと言うのだと思う。

『ぎゃあーっっ!!　なにこの壮絶に可愛い車は!?』

叫び声とともにお店に駆け込んだ。

『あ、あの可愛い子をぜひわたしにっ』

今思えば、自分でも引くくらいおかしなテンションで、困惑している店員さんを車の前まで連れていき、とりあえず仮押さえした。それから水上のお父さんにお願いして保証人になってもらい、ローンを組んだ。アパートの駐車場を契約して、カフェの駐車場も使えるように祥吾くんに頼んである。

〝あの子〟を迎える準備はすっかり整っている。あとは納車を待つばかりなのだけど、保険の手続きとか色々あるらしく、もう少し時間が掛かるようだ。

ああ、憧れの自動車通勤！　都心を走るのは少し怖いけど、すぐに慣れるだろう。今のうちに、お気に入りの音楽ＣＤを作っておかなくちゃ。やっぱりドライブには音楽がつきものだもんね。


「一花ちゃん、いつにもまして頭の中に本物のお花が咲いているみたいな顔してるわね」

ランチタイムの忙しさを乗り切り、〝あの子〟のことを思い出しながら鼻歌交じりに洗い物をしていたら、目の前でまったりくつろいでいた小春ママに言われた。

「いつもあんな顔でしょう」

その隣に座っていた中山サンがさらりと告げる。ちなみに六ちゃんはいつものようにカウンターに突っ伏して寝ている。

どんな顔だと一瞬ムッとしたところで、祥吾くんが隣に立ってお皿を拭《ふ》き始めた。

「どうせ、車のことでも考えているんだろ」

「すごい！　祥吾くん、どうしてわかったの!?」

驚いて振り向くと、祥吾くんが呆れたように肩をすくめた。

「なになに？　一花ちゃん、車買ったの？」

「うん。ローンだけどね。でも納車はまだなの。中古の軽なんだけど、すごく可愛いの！」

超ご機嫌に話していたら、中山サンが真顔で言った。

「事故ったらすぐ連絡しなさい。弁護してあげるから」

「弁護士が必要な事故ってどんなのよっ」

「人身とか？」

中山サンの言葉に、一瞬だけ過去の記憶が蘇《よみがえ》る。大破した両親の車と飛び散ったガラスの破片。現場ではなく、裁判のときに見せられた写真でだけど、今でもまだ目の奥に焼き付いて消えない。

「中山」

祥吾くんの声が静かに響く。それと同時に小春ママが中山サンの頭を叩いた。

「ああ……すまなかった、一花ちゃん」

申し訳なさそうな顔をした中山サンに、ふるふると首を振った。

「ううん、いいの、気にしないで。もう大丈夫だから。そのことについては、免許を取るときも、今回車を買うと決めたときも、みんなでしっかり話し合ったから。車が凶器になることもちゃんとわかってる。気をつけるから」

微笑んでみせると中山サンがホッとした顔になる。

ちょうどそのとき、店の入り口のベルが鳴った。

「いらっしゃいませ」

声と同時に顔を向けた瞬間、わたしの世界は突然時間を止めた。

入ってきたのは背の高い男の人だった。わたしでも仕立てがいいとわかるくらいの、パリッとした黒っぽいスーツを着ている。鋭い目つきをしていても、その美しさはまったく損なわれていない。

世の中にこんなにキレイな男の人が居たのか——ハンサムなんて言葉では言い表せないくらい素敵な人だった。

切れ長の目は、くっきりとした二重。鼻筋はすっと通っていて、唇の形もキレイだ。黒い髪は後ろに流れるようにセットされていた。祥吾くんもかなりのイケメンだけど、彼はそれ以上だ。

わたしが見惚《みと》れている間に、その人はつかつかとカウンターに近寄ってきた。途端に心臓があり得ないほど速く動く。

わたしの呆然とした顔を見て怪訝《けげん》に思ったらしく、小春ママや中山サン達が振り返り、彼を見た。

ああこれって……はじめてあの可愛い車を見たときと似ている。あのときと同じように叫び出したい。

ギャーッッッ、この壮絶なまでに素敵な人はどこの誰なの⁉　あまりに素敵すぎて瞬《まばた》きすら出来ない。目を閉じるのがもったいない。ずっと見ていたい！　というか、見るしかないっ。

からだ中の血液が全部頭に上りそうな錯覚に陥《おちい》った瞬間、ランチを食べてからずーっとカウンターで寝ていた六ちゃんがむくりと起き上がって、椅子をくるりと回した。

「あなたが橘さん？」

「時間ぴったりだ」

酒焼けと寝起きのせいで声がガラガラな六ちゃんに、超絶にキレイな人が低い声で言った。ああ、声までも素敵。

「まあな。マスター、奥借りるよ」

六ちゃんはそう言うと、彼を奥のテーブル席に促《うなが》した。

「一花、見惚れてないで注文とってきて」

「は、はーい」

チャンス‼　あのキレイな人を間近で見られる大チャンスだわっ。

トレイにお水とおしぼりを載せて、大急ぎで奥のテーブル席に向かいながら、さりげなく自分の髪を直す。飲食業だからと、髪はひとつにまとめているし、前髪もピンで留めてる。あまり乱れようがないのだけど、念には念を、だ。

テーブルを挟んで向かい合って座り、なにやら神妙な雰囲気をかもしだしている二人に近寄った。

「いらっしゃいませ。ご注文は何にしますか?」

いつもより少し高い声が出てしまったけど、仕方がない。だって、近くで見た彼はやっぱりとんでもなく格好いい!

水の入ったグラスとおしぼりを置いたところで、

「ブレンド二つね」

と、六ちゃんが答えた。ハンサムさんの方を見たけれど、異存はないらしい。

チェッ。ちょっとだけでもお話ししたかったのに。

「かしこまりました」

いつもは六ちゃんにはしないお辞儀をして、カウンターまで下がる。

「祥吾くん、ブレンド二つ」

「はいよ」

カウンターの中に戻りカップの準備をすると、隣からすぐに珈琲《コーヒー》の香《こう》ばしい匂いがしてきた。

「すごい美形ね」

それまで黙っていた小春ママが、奥のテーブルを見てポツリと言う。

「そうよね!!」

わたしが勢い良く頷くと、中山サンが呆れた顔をした。

「一花、持っていって」

いつの間にか二つのカップに珈琲が注がれていた。トレイに載せて慎重に奥の席に運ぶ。

「お待たせしました」

ハンサムさんの前にそっと置くと、彼がふっとこっちを見上げた。

「ありがとう」

低い声に肌が粟立《あわだ》つような感覚になる。ああもう駄目、倒れそう。なんとか六ちゃんの分の珈琲も置いて、ふわふわの雲の上を歩いている気分になりながら戻った。

「ああ、やっぱりすっごく格好良かった！　王子様みたい」

思わずカウンターの椅子に倒れ込むように座る。

「なあに？　一花ちゃん、まさかの一目惚れ？」

小春ママがニヤリと笑った。

ああやっぱりそうか。あり得ないほどの心臓の鼓動も、声を聞いただけで鳥肌が立つような感覚も。これが本当の一目惚れと言うものなんだ。

「そうみたい……」

ぼんやりそう答えたら、いつもはポーカーフェイスな祥吾くんが、ギョッとしているのが目の端に見えた。

「やめときなさい。どこの誰かもわからないのに」

中山サンが、立ち上がりながら言った。さすが弁護士、正論だ。

「あら、だから一目惚れって言うのよ、センセ」

小春ママが妖艶《ようえん》に笑う。お会計をしていた中山サンの顔が一瞬赤くなったけど、すぐに肩をすくめて出ていった。

こっそりと奥のテーブル席を見ると、本物の王子様みたいにゆったりと椅子に腰掛けて珈琲《コーヒー》を飲んでいる彼の姿が見えた。その姿を見るだけで顔が赤くなる。一目惚れか……

「グフフ……」

「一花、変な顔になってる」

祥吾くんの冷たい声に慌てて顔を戻す。椅子から降りて、カウンターの中に入ったそのとき、話を終えたらしい彼がスッと出ていくのが見えた。

ドアベルを鳴らし、カフェを去るその後ろ姿をじっと見つめる。一分の隙《すき》もない颯爽《さっそう》とした姿に、わたしの頬がまた赤く染まった。

「マスター、今のもつけといて。あとおかわりね」

いつもの定位置に戻ってきた六ちゃんが言った。彼のことを聞きたくてうずうずしたけれど、隣で祥吾くんがじーっと見ているので、おとなしくトレイを持ってテーブルを片付けにいく。

空になったカップやお水のグラスをトレイに載せ、テーブルをキレイに拭《ふ》いた。彼がここにさっきまで座っていたんだ。そう思っただけで胸が高鳴った。

「随分《ずいぶん》な上客ね」

カウンターから小春ママの声が聞こえる。

「優秀だって言わなかったかい」

六ちゃんには似合わない気障《きざ》ったらしい声。急いでカウンターに戻ると、六ちゃんがわたしを見てニヤリと笑った。

「一花ちゃん、残念だけど俺には守秘義務ってものがあるのさ」

「……まだ、なんにも言ってないけど」

「一花はなんでも顔に出るからな」

祥吾くんはさらりと言うと、六ちゃんの前に新しい珈琲を置いた。

結局、六ちゃんには何も聞けなかった。けれど、再会の日はすぐにやってきた。なんと彼は、次の日も六ちゃんを訪ねてきたのだ。

「昨日はどうも」

六ちゃんに向けられた声はやっぱり超絶に素敵で、わたしの脳をクラクラさせた。

昨日と同じように六ちゃんと一番奥のテーブルで話している間、わたしの視線はまさに釘づけだった。祥吾くんに咳払《せきばら》いをされても、小春ママに冷やかされても、彼から視線を外すことが出来ない。

彼の優雅な立ち振る舞いは、やっぱりどこから見ても王子様以外の何者にも見えない。何かものすごい力に引っ張られるみたいに目が離せなかった。まるで地球から離れられない月のようだ。

今までにこんな経験をしたことは一度もない。これが一目惚れだとしたら、恋の力ってものすごいんだって思ってしまう。そして、今までの恋愛経験なんて経験の内にも入らないんだと改めて感じた。

だから、翌日に彼がこなかったときは、みんなに呆れられるくらいがっかりした。名前も知らない彼の顔を見られないだけで、こんなに寂しい気持ちになるなんて……

それから数日開けて、また彼がきた。それはドアがチャイムと共に開いたとき、なぜか顔を上げる前にわかってしまった。だから今回は彼の顔を見た瞬間、

「こんにちは！」

と声を出して挨拶《あいさつ》してみた。すると彼の目がわたしに止まり、軽く頭が下がった気がした。あのキレイな目がわたしを見て、少し微笑んでくれたような気さえする。

彼がわたしを見た！　そう思っただけでわたしの心は舞い上がり、いつまでも宙をふわふわと漂《ただよ》う。

「一花、見てもいいから、せめて仕事はしてくれ」

祥吾くんから諦めたような声で言われたけど、許可をもらったのでしっかり盗み見しつつ洗い物をする。

彼は今日も素敵だ。一分の隙《すき》もないクールな外見。目を離すことのできない顔立ち。見るたびにわたしの胸のドキドキは大きくなる。この歳になって、本物の王子様に恋をする日がくるなんて……。大地に言ったら大笑いされそうだけど、このトキメキは止められないのだ。

「ああもう、なんだかわたしまで恥ずかしくなってきたわ」

飽きもせずに奥のテーブルをこっそり見ているわたしの前で、小春ママが呆れ顔で言った。

「えっ？　なに？」

「もう思い切って告白したら？　というより、告白しちゃいなさい！」

言うなりわたしの顔をビシッと指さした。

「ええっ」

「命短し、恋せよ乙女。一花ちゃんは、そういう生き方を選んだのよね？」

確かにあの日、あの透き通るような青空を見ながら、〝今〟を全力で生きると決めた。後悔しない生き方をする、と。決めたけど、それと恋愛は違うような……

「同じよ」

小春ママがズバリと言う。

あら、わたし声に出してたかしら？

「いい？　恋愛にはタイミングってものがあるのよ。それを逃したら、チャンスは二度と訪れないの。それに女は度胸と愛嬌《あいきょう》よ。一花ちゃんは元々愛嬌はあるんだから、あとは度胸だけよ。当たって砕《くだ》けてきなさい」

「……振られること前提なんだ」

隣で珈琲《コーヒー》を淹《い》れていた祥吾くんがぽつりと言った。

確かに、褒められているのか、けなされているのか微妙なところだ。でも告白するなんて考えてもみなかった。だって、見ているだけで満足なんだから。

「振られたらそれまで。次にいけばいいのよ、次にいけば。彼氏がほしいんでしょ。いい？　一花ちゃん。女は恋をすればするだけ、キレイになるのよ」

わたしの目をじーっと見つめて小春ママが言った。相変わらず、すっぴんの彼女の肌は透けるようにキレイだ。

「小春ママもたくさん恋をしたの？」

ばっちり二重の目で見つめられると、なんだか告白出来る気がしてきた。

「当然でしょ」

少し遠くで祥吾くんの呆れた声が聞こえる。すると、ずっと黙っていた中山サンがや
「洗脳されてるな」

けに冷静に言った。

「まあとりあえず練習でもしてみたら？」

「練習？」

「一花ちゃんは本番に弱そうだから」

「とりあえずこっちにきなさい」

小春ママにちょいちょいと呼ばれ、カウンターから出て彼らの前に立った。

「はい、どうぞ」

どうぞと言われても……。まあ練習なんだから何でもいいか。それに、告白を躊躇《ちゅうちょ》し
て、もし後悔することになったら絶対に嫌だ。

「えーっと。じゃあ……はじめて見たときに、人生初の一目惚れをしちゃいました。す、
好きです、つきあってください！」

言うと同時に頭を下げる。どうなの？　こんなものなの？　店内はなぜかシーンとし
ていて……そして誰かの息を呑む声が聞こえた。

ふと顔を上げると、なんとわたしの目の前に王子様が立っていたのだ。

えっ、ええっ⁉

「それは本当か？」

低い声が耳をくすぐる。間近で見る彼は、まるで後光が差しているかのように神々《こうごう》しい。思わずぶんぶんと大きく頷いてしまった。

「よしわかった。ではつきあってやろう」

「……えーっっっ‼」

わたしと同じタイミングで叫んだのは小春ママだった。どうして一緒に驚くかな。

「ほ、本当ですか⁉　わ、わたしのこと何も知らないのに？」

ほんの数回お店にきただけ。ほんの数えるほど目が合っただけ。言葉を交わしたことなんてほとんどない。それなのに……。彼を見上げてそう言うと、彼はうっとりしてしまうほど優雅に微笑んだ。

「俺に二言はない」

ハッキリ聞こえた彼の声。それはもう疑いようがない。

「う、うそみたい。でも……それでも嬉しい‼」

喜びを隠せずみんなの方を振り返ったら、そこに居た全員が微妙な顔をしていた。

「……なんでそんな顔してるの？　喜んでくれてもいいのに」

「いや、まあなんと言うか……」

小春ママも珍しく歯切れが悪い。勧めたのはママなのに、わたしの恋が成就《じょうじゅ》したわりにはお祝い感がまったくないんだけど。とにかく改めて彼を振り返り、そのキレイな顔を見上げた。

「わたし、富樫一花、二十五歳です」

「西城《さいじょう》暁人《あきと》、二十七だ」

「じゃあ……暁人くんって呼んでいい？」

「……特別に許してやろう」

暁人くんがニヤリと笑った。その顔は、今まで思っていた王子様像とは少し違う気がする。一瞬アレ？　と思ったけれど、舞い上がっているわたしには些細《ささい》なことに思えた。

「では今日はこれで。またな、一花」

そう言うと、サッと手を上げて暁人くんは店を出ていった。堂々としたその姿は、王子様というより王様っぽい気がする。

西城暁人。わたしの、たった今出来た恋人の名前だ。なんて素敵な名前なの！　嬉しさがどんどん込み上げてきて、大声で叫び出してしまいそうだ。

頭の中をお花畑にしていたわたしは、他の人のことまで気が回らなかった。

「橘さん、ちょっと」

「お、俺のせいじゃないってっ」

祥吾くんが妙に冷静な顔で六ちゃんをカウンターの奥へ連れていったことも、アタフタする六ちゃんを小春ママと中山サンがちょっと哀れんだ目で見ていたことも、全然知らなかった。

3

「おっはよーございます」

カフェの裏側にある従業員用のドアを勢いよく開けると、祥吾くんはすでに店内にいた。

「おはよう、一花」

「おはよう、祥吾くん」

小さなロッカーに荷物を入れ、エプロンをつけて朝の掃除に取り掛かった。祥吾くんはキッチン、わたしはホールの担当だ。

窓を全部開けて空気の入れ替えをして、モップで床の埃《ほこり》を集め、テーブルの上や椅子の座面も消毒をしながら拭《ふ》いていく。一番奥のテーブルは、さらに気合を入れて磨《みが》いた。

なにせ、つい最近わたしの恋人になった暁人くんの指定席なのだから。でもそこにはかならず六ちゃんもいるので、微妙といえば微妙だけれど。

「……グフフ。暁人くん、今日はくるかなぁ」

おつきあいが始まってまだ一週間も経っていない。その間に暁人くんに会えたのはたったの二回。そのどちらも六ちゃんを訪ねてきたついでにちょっとお話しするという感じで、イマイチ恋人らしい雰囲気にはなれていなかった。

せめてメールアドレスだけでも知っていれば……と思うけれど、聞くタイミングがつかめないし、相変わらず六ちゃんは守秘義務だって言って何も教えてくれない。

「今日もし会えたら、思い切って聞いてみようっと」

店の中を眺めて椅子とテーブルを整え、それぞれに小さな花を飾った。お花は祥吾くんが数日置きに買ってくる。お花を活けている花瓶もただの瓶じゃなくて、少しレトロなガラス瓶に、レースや端切れで装飾して、内装と合わせている。これは祥吾くんのお手製だ。水上の家の祥吾くんの部屋は、これでもかっていうほどシンプルなのに。どうしてこんなに違うんだろう。

「一花、終わったらこっち手伝って」

「はーい」

そのうちに、開店時間になる。入り口の鍵を開け、表側のドアノブに掛かっているプレートを「OPEN」にしたとき――

「おはよう、一花ちゃん」

呆れてしまうくらいだらしない格好の六ちゃんがそこにいた。いつもこんな風だけど、今は天使のように見えるから、恋愛の力ってたいしたもんだ。

「おはよー、六ちゃん。今日は暁人くんと会う？」

ズバリ聞けば、一瞬六ちゃんの目が泳ぐ。当たりだ。守秘義務で教えられないのはわかるけど、不意をつけばちょいちょい顔に出るのよね。

「やったー。今日は会えるーっ」

上機嫌で店の中に入ると、六ちゃんも後に続いた。

「俺は何も言ってないからな」

誰に向けて言っているのか、言い訳じみた六ちゃんの声が耳に入った。

お店がいつもより繁盛《はんじょう》していたせいか、あっという間にランチの時間を過ぎて午後になっていた。

「今日はまた一段とご機嫌ね、一花ちゃん」

ランチを食べ終え、のんびりと珈琲《コーヒー》を飲んでいた小春ママが、洗い物をしているわたしの顔を見て言った。

「例の彼と進展したの？」

「んー、今日こそメアドを聞こうとは思ってるよ」

「……まだ知らなかったの？」

小春ママは呆れ顔だ。隣に座っている中山サンも驚いた顔をしている。

「だって、タイミングがつかめなかったんだもん」

洗ったグラスを拭《ふ》き拭き、少しいじけた目で二人を見てしまう。

「まあ、確かにここでしか会えないんだもんねぇ」

頬杖をつきながら小春ママが言った。

そのとき、入り口の扉がチャイムの音と共に開いた。わたしの心臓が一気に跳ね上がり、顔を上げたその先にはやっぱり暁人くんがいた。

「暁人くん！　いらっしゃい」

暁人くんが片手を上げた。それと同時に突っ伏したままだった六ちゃんがむくりと起き上がって、奥の席に移動する。暁人くんもそれに続く。

奥の席でこそこそと密談する二人の姿は、段々見慣れた光景になってきた。そしていつものように三十分程度で話を切り上げ、暁人くんが立ち上がってこっちにきた。

メアドをゲットするには今しかない。よし、いくぜ!!

チャンスとばかりにカウンターから飛び出し、暁人くんの前に立ちふさがる。

「暁人くん、メアド交換して！」

「悩んでいたわりにはストレートだなぁ」

小さなつぶやきが中山サンから聞こえたけど、無視だ、無視。

「ああ、まだ教えていなかったか。悪かったな」

暁人くんはそう言うと、スーツのポケットからスマートフォンを取り出した。

「赤外線でいいか？」

「うんっ。じゃあわたしが受信する」

暁人くんがスマホをささっと操作すると、あっという間にわたしのスマホに彼のアドレスが送られてきた。

「今晩、メールしていい？」

「ああ。いつでもいいぞ」

暁人くんはそう言うと、颯爽《さっそう》とカフェを出ていった。後ろ姿を見送った後、わたしのスマホの電話帳を見ると、サ行の一番最初に〝西城暁人〟の名前とアドレスがあった。

「グフフフフ……」

込み上げてくる笑いが止まらない。

「一花、気持ち悪いからやめなさい」

祥吾くんの冷静な声も、今のわたしには効果がない。嬉しさで心が跳ねるように踊っているのが自分でも良くわかる。たったひとつのメールアドレス。でも、わたしには特別なアドレスだ。

「メアドひとつでこれだけ喜べるなんて、一花ちゃんって本当に純真なのねぇ」

「小春さんにもこんなときがあったでしょ。相当昔に。……ギャッ！」

六ちゃんが叫び声を上げて足を押さえているのを横目に見ながら、わたしはスマホをぎゅっと握り締めた。


仕事を終えて自分の家に帰ったときには、すでに夜の九時を回っていた。

部屋に入るとすぐにお風呂に直行する。まだ五月とはいえ、朝から晩まで働くと結構汗をかくので、シャワーを浴びたくて仕方がない。

ワンルームのこの部屋には少し狭いユニットバスしかない。服を脱いで、熱いシャワーを頭から浴びながらついでに化粧を落とす。全身を洗って、ようやくスッキリしてお風呂場を出た。バスタオルでささっと拭《ふ》いて、部屋着に着替える。

それから鞄の中からスマホを取り出し、部屋の真ん中に置いてある小さなテーブルの上に置いた。ついでにコンビニの袋からシュークリームを出して、袋を開けて一口かじる。

「うまし。風呂上がりのシュークリームは最高だわ」

鼻歌を歌いながら、スマホのメールの新規画面を表示した。恋人への一番最初のメール。なんて書こうか、メアドをもらった瞬間からずっと考えていた。

過去の恋愛を思い返してみたけど、一番最初にどんな内容を書いたか思い出せない。きっと他愛ないことなんだろう。

告白をしたくせに、わたしは暁人くんのことを何も知らない。なぜか告白を受け入れてくれた暁人くんもきっと、わたしのことを何も知らない。でも、知らないなら、知ってもらえばいいんだ。

〝こんばんは。一花です。今日はメアドを教えてくれてありがとう。ちょっとドキドキだけど、早速メールしてみました。わたしは朝から八時過ぎまでびっちりと働き、今さっきようやく家に帰ってきたところです。そうそう、暁人くんはお店では珈琲《コーヒー》しか飲んでないけど、うちはランチもパンケーキもすごく美味《おい》しいので、今度ぜひ食べてね。暁人くんは今日はどんな一日を過ごしましたか？　それともまだお仕事中？　からだに気をつけて頑張ってください〟

こんな感じ？　なんか業務連絡みたいだけど……。まあいいか、と暁人くんのアドレスを入れて送信ボタンを押した。

テレビのお笑い番組を見ながらドライヤーで髪を乾かしていたら、テーブルの上に置いてあったスマホが震えた。急いでドライヤーを止め確認すると、そこには〝西城暁人〟の文字。

「やったー！」

〝まだ仕事中だがもうすぐ終わる。今日も忙しかった。　暁人〟

……これだけ？

いや、でもまだ仕事中だもん、当然と言えば当然。返事をもらえただけでも良しとしよう。

〝お返事ありがとう。お仕事、あともうちょっと頑張ってね。　一花〟

それだけ打って送信した。

そうだ。記念すべき暁人くんからの最初のメールだから、消えないように保存しとこ。いや、その前に暁人くん専用フォルダを作らないと。わたしは暁人くん用の受信フォルダを作り、最初のメールをそこに保存した。それからもう一度、読み返す。

少し……いや、かなり素っ気ないけど、それでも忙しい中、送ってくれたメールだ。嬉しくてたまらない。本当に恋愛ってすごい。ほんの些細《ささい》なことでこんなに幸せな気持ちになるなんて。

もうそろそろ仕事は終わったのかしら？　そもそも、暁人くんの仕事って何だろう。わたしは都心のど真ん中のカフェで何年も仕事をしているから、お客さんとして、色々な人を見ている。だから、暁人くんが普通のサラリーマンとは少し違うんだろうなとは、はじめて見たときから思っていた。

次に会ったら聞いてみよっと。

グフフ……。ウキウキして、楽しくて仕方がない。幸せな気分のまま歯磨《みが》きをして、そして幸せな気分のまま眠りについた。


翌朝目が覚めたときも、その気分はまったく失われていなかった。鼻歌を歌いながら支度をして、いつもの電車に乗ってカフェに向かう。

「ご機嫌だね、一花」

呆れ顔の祥吾くんもなんのその。気分よく掃除をして開店時間を迎えた。いつもの時間に六ちゃんと小春ママが現れたから、満面の笑みでお迎えしたのに、思いっきり呆れた顔をされてしまう。

「一花ちゃんの頭の中は満開ね」

何がとは言わず、小春ママはあっさりわたしの状況を表現した。

「ふふーん。昨日ね、暁人くんからメールがきたの」

「へえ。見せてよ」

仕事中だし……と思いながら祥吾くんの顔をちらりと見ると、呆れながらも頷いてくれたので、エプロンのポケットに入れてあるスマホを取り出した。メールの受信ボックスから、暁人くん専用フォルダを選ぶ。それを見るだけで、嬉しさが込み上げてくる。

「グフフフ」

「一花、その顔は気持ち悪いからやめなさい」

祥吾くんの冷たい声を聞き流し、暁人くんからのメールを小春ママに見せた。

「……これだけ？」

「うん」

「ちょっと、一花ちゃん、どんなメールを送ったの？」

と、小春ママがわたしのスマホを奪った。

「ちょっとお、勝手に見ないで下さいよ」

「なにやってるの？」

取り返そうと身を乗り出したとき、中山サンがやってきてわたしのスマホを覗き込んだ。

「もうっ。みんなで見ないでよ」

手を伸ばしても届かない。しばらくしてようやく返してくれたけど、二人の顔はまさに呆れ顔だった。

「もし別れるとき、慰謝料を請求するなら手伝ってあげるよ」

「縁起でもないこと言わないで」

さらりと言った中山サンの言葉に反論しつつ、わたしは戻ってきたスマホを胸にギュッと抱きしめる。

「いまどき中学生だってもうちょっと色っぽいメールを送るわよ。一花ちゃんの恋愛経験値が異様に低すぎるのか、相手が相当手強いのか……。まあ両方かもね」

恋愛経験値が低いのは自分でもわかってるから、小春ママに返す言葉もない。言いよどんでいるわたしに、小春ママはものすごく妖《あや》しい目を向けた。

「わたしが培《つちか》ってきた恋愛の手練手管《てれんてくだ》のすべてを、一花ちゃんに伝授してあげてもいいわよ」

「ほ、本当に!?」

「やめときなさい！」

わたしの声と、三人の男性の声が重なった。祥吾くんと六ちゃんと中山サンが呆れ顔でわたしを見ている。

「小春さん、一花がもっと変になったら困るからそれだけはやめといて」

祥吾くんがそう言うと、小春ママが肩をすくめた。なんだかんだ言って、かなり個性的なこの常連客も祥吾くんには逆らわない。小春ママはそのまま中山サンと世間話を始めてしまった。

あーあ、興味あったのになぁ。小春ママの恋愛手練手管。

さて、と気合いを入れなおし真面目に仕事をしようと思ったそのとき、店の扉が開いた。入ってきたのは暁人くんだった。

「暁人くん‼　いらっしゃいっ」

思わずカウンターから飛び出す。後ろから、祥吾くんの冷たい視線を感じた気がしたけど、自分でも止められないのだから仕方がない。

「昨日はメールありがとう」

奥の席に案内しながら言うと、暁人くんが「ああ」とつぶやいた。席に座った暁人くんの隣に立ったわたしは、さっき小春ママから言われたことを思い出してたずねた。

「ねえ、暁人くん。もっと色気のあるメールを送った方がいい？」

暁人くんがやけにゆっくりとした動きでわたしを見上げた。何を考えているのか、まったくわからない顔だ。

「……色気のあるメールとは、どんなメールだ？」

「さあ、わかんない」

思わず肩をすくめて見せると、暁人くんが少し首を傾げて何かを考えている。

「……いや、今のままでいい。なかなか興味深いから」

そう言うと、暁人くんは一人頷いた。

「ありがとう！」

ほら、別に間違ってなかったじゃない。

「じゃあ、これからも毎日メールしていい？」

暁人くんに向き直って聞いてみると、すぐに頷いてくれた。

「ああ、いつでも送ってくれ。可能な限り返事をしよう」

「ありがとう！　絶対にメールするね」

思わず踊り出しそうな気分になりつつ、カウンターに戻った。祥吾くん達は変な顔をしていたけれど、気にしていられない。今のわたしは最高に幸せなのだ。

この幸せをみんなに分けてあげたいけれど、なぜか誰もわたしと目を合わせてくれなかった。

4

約束通り、暁人くんとのメールのやりとりは毎日続いた。初日からほぼ変わらないわたしの業務連絡みたいなメールに、暁人くんからは一言メッセージが返ってくる。内容は〝疲れた〟と〝忙しい〟が半々くらい。それでも返事をくれる暁人くんに感動していたけれど、小春ママにはもっと色気を出せと毎日言われてる。

だいたいメールにどうやって色気を入れるのかわからない。思い切ってハートの絵文字を入れてみたけど、暁人くんから、

〝この下駄のようなマークはなんだ？〟

と返事がきてしまった。どうやら機種が違うせいでうまく表示されなかったらしい。なのでそれ以来、絵文字は使っていない。暁人くんだってこれでいいと言っているのだし、わたしも今のままで十分に幸せなのだ。

そんなことを続けていたある日、はじめて暁人くんのほうからメールがきた。時間は朝の十時を少し過ぎたところで、店内にはまだ六ちゃんしかいない。

「暁人くんからだ!!」

思わず叫ぶと、カウンターに突っ伏して寝ていた六ちゃんが顔を上げた。

「祥吾くん、ごめんっ」

一応仕事中だから、祥吾くんに一声かけてからメールを開く。

〝珈琲《コーヒー》が飲みたい。今から会社に届けてくれ〟

思わず声に出して読んでしまった。いつものようにちょっと素っ気ない言葉。その後に、会社の住所と会社名が書かれている。それは、ここから歩いて十分ほどの所にある大きなビルだ。

西城グループ本社ビル。西城グループと言えば誰もが知っている大きな企業だ。西城……西城!?

「な、なんと！　暁人くんってもしかして社長さんなの!?」

思わずのけ反ったわたしを、祥吾くんが冷めた目で見る。

「一花はもっといろいろ勉強した方がいいよ。今作るから持っていきなさい」

「え？　今までデリバリーなんてしたことなかったじゃない？」

もう何年もこの店で働いているけれど、そんなこと一度もやったことはない。

「頼まれたことがなかっただけで、やってないとは言ってないよ。宣伝もしてないけど」

そうさらりと言った祥吾くんが、棚の奥の方から紙製のカップと蓋《ふた》を取り出した。よくファストフードで見るアレだ。

「そんなのまであったの⁉」

「だから、やってないとは言ってないって」

さっさと準備を進める祥吾くんはそれ以上何も言わなかった。その間に、とりあえずわたしは出かける準備をすることにした。

おっと、その前に返信しなきゃ。

〝暁人くん、こんにちは。珈琲《コーヒー》の件、了解です。今作っているので、二十分以内には届けます〟

斜めがけに出来る小さな鞄にお財布とスマホを入れて裏の休憩室から戻ると、茶色いシンプルな紙袋がカウンターに置かれていた。

「一応転倒防止の緩衝材《かんしょうざい》を入れてあるけど、こぼさないように気をつけて持っていくんだよ」

すでに袋口が折り曲げてあるから中は見えないけれど、持ち上げて底を支えると結構熱い。

「じゃあいってきます」

「気をつけろよー」

カウンターから手を振ったのは六ちゃんだ。まったく、どいつもこいつも、わたしを子ども扱いして。はじめてのお使いじゃないんだから……いや、カフェとしてははじめてか。

店を出ると、青空が広がっていた。スマホでマップを見ながらビルの間をてくてくと歩く。

暑くなってきたので、街路樹の影を選んで歩くこと数分。目的のビルが見えてきた。オフィスビルというより、大きな商業施設のようだ。正面玄関前には車の入れるロータリーがあり、たくさんのビジネスマンが出入りしている。

そっか、実際に見るまで実感がなかったけど、暁人くんはこんなに大きな会社の社長さんだったんだ。あの王子様というか王様のような雰囲気もこれなら納得がいく。

忙しそうな人達の間を、カジュアルな服にカフェのエプロン姿で歩いている自分は、まさに場違いとしか言いようがない。でも、これもわたしの仕事だ。

よしと勢い込んで正面玄関から入った。高い吹き抜けとガラス張りのホールは想像以上にだだっ広くて、まるで外国の高級ホテル（といってもいったことはないけど）のロビーみたいだった。

目の前には総合受付と書かれたカウンターがあって、いかにも受付嬢って感じの若いキレイな女性が二人座っている。

「あの、『カフェ・ブランシュ』の富樫です。西城暁人さんから頼まれて珈琲《コーヒー》を届けにきました」

そう告げたわたしに、受付の女の子がにこりと笑った。

「うかがっております。恐れ入りますが、この先にある一番奥のエレベーターホールにお進み下さい。そこにまた案内の者がおりますので」

彼女はそう言いながら手で方向を示した。長い通路の奥に確かにエレベーターが見える。

「ありがとうございます」

お礼を言って、奥に向かう。真っ白な壁とグレーの絨毯《じゅうたん》。途中に扉はほとんどなく、誰も歩いていない。若干不安に駆られながら、最奥のエレベーターホールへたどり着いた。するとそこにまた小ぶりの受付カウンターがあり、今度は若い男の人が座っていた。

「富樫様ですね。西城は最上階におります」

わたしの顔を見るなり立ち上がると、エレベーターのボタンを押して扉を開けてくれた。

「あ、ありがとうございます」

丁寧にお辞儀をしてくれたので、こちらも慌てて頭を下げた。乗り込んだエレベーターはこれまで見た中で一番豪華だ。言われた通り最上階のボタンを押すと、ゆっくりと動き出した。

暁人くんって、本当にすごい会社の社長さんなんだ。知らなかったとはいえ、なんだか違う意味でドキドキしてきた。エレベーターの階を表す数字はどんどん上がっている。あーどうしよう。緊張なんて滅多にしないのに。

まだ熱い紙袋をぎゅっと抱え込むと同時に、エレベーターがスッと止まった。音もなく扉が開き、目の前には奥までまっすぐに伸びる廊下が見える。恐る恐る足を出すと、出たところにまた別の男性が居た。驚きのあまり思わず飛び上がりそうになる。

「お待ちしておりました。このまま一番奥の扉までお進み下さい」

また丁寧にお辞儀をされ、こっちもペコペコしながら廊下を進んだ。廊下の一番奥に扉があって、その前にまた人が立っているのが見える。って、一応見えるのだけど、実のところ遠すぎてよくわからない。廊下の片側はすべて窓。まわりのビル群が一望出来て、この建物がどれだけ高いのかがよくわかる。

反対側の白い壁には所々に絵画が飾られていて、まるで美術館のよう。そしてここもまた他の扉が見当たらない。本当にこの先に暁人くんが居るのか不安になってくる。

ようやく奥の扉がはっきりと見える場所までできた。まるで映画に出てくるみたいな、真っ黒なサングラスと真っ黒のスーツを着た屈強な男の人が扉の前に居る。わかりやすいくらいにわかりやすい。これがSPというヤツね。

ようやくたどり着いたわたしにその人はスッとお辞儀をして、無言のまま扉を開けてくれた。

「ありがとうございます」

ここにきてからずっとペコペコしているから、そろそろ首が疲れてきた。

扉をくぐると、そこには応接間のような広い空間があった。十名くらい人が居て、半分はさっきの人と同じ黒ずくめのSPで、部屋の隅や壁沿いに立っている。残りの人達は普通のスーツ姿だ。社員の人らしく、ソファに座っていた。

SPの人達が一斉にこっちを向いたので、思わず後ずさってしまう。部屋の中は、わたしでもわかるくらいピリピリとした緊張感が漂《ただよ》っていた。

どうしたものかと考えていると、部屋のさらに奥の扉が開いた。そこから少し慌てた様子で数人の男の人が飛び出してくる。

「十分以内にすべて持ってこい」

奥の部屋から聞こえてくるのは暁人くんの声だ。居てくれて良かったと思いつつ、その声のあまりの鋭さに驚く。

「次！」

また鋭い声が飛んだ。部屋に居た別の社員達が泣きそうになりながら、奥の部屋に入っていく。

突っ立ったままでいるのもどうかと思ったので、すぐ横に居た黒ずくめの男性を見上げて声を掛けた。

「あのー……」

「すみません、もう少しお待ちください」

かなりの高さから見下ろしてきた彼に、低い声でそう言われた。

「あー、はい」

扉の向こうからは暁人くんのビシビシした声がかすかに聞こえてくる。……なんか、怖い。王子様って言うより、王様か絶対君主みたいだ。でも、こんなに大きな会社の社長さんならこんなものなの？　そう思っていたらまた扉が開いた。そして、さっき入っていった男の人達が、ふらふらと出てきた。みんな十歳くらい歳をとったかのように、明らかに疲弊《ひへい》している。

わー、まるで妖怪製造部屋だ。

「お待たせしました。どうぞ」

真横で聞こえた低い声に、思わずびくりとする。次はわたしの番なの!?　ただ珈琲《コーヒー》を届けにきただけなのに、こんなに緊張するなんて……

促《うなが》されて、部屋中の人間にジロジロ見られながら扉をノックした。

「入れ」

暁人くんの声だ。扉をそっと開けると、まず真正面の大きな窓の向こうに空が見えた。その手前には大きな机があって、暁人くんが座って書類を読んでいる。ここにも少し小ぶりのソファセットが置いてあるけれど、ここはさっきの部屋よりもずっと狭い。

SPの人が一人と、スーツ姿の男性が数人、机のまわりに立っていて、その全員がわたしを見ていた。

「こ、こんにちはー」

声を出すと、暁人くんが顔を上げた。

「ああ、一花か。ご苦労だったな」

暁人くんが書類を置いて手招きした。机を回り込んでそばまでいき、持ってきた紙袋を渡す。

「はい、珈琲」

「ありがとう」

そう言って紙袋を受け取った暁人くんは、中をのぞいて珈琲のカップを取り出し、机の上に置いた。大きな机の上にはたくさんの書類があって、企画書やら計画書やらの文字が見える。

「暁人くんって、社長さんだったの？　全然知らなかったよ」

カップの蓋を開けて珈琲を飲んでいる暁人くんにそう言ったとき、すぐそばで咳払《せきばら》いが聞こえた。目をやると、一人の若い男の人が苦虫を噛み潰したような顔でわたしを見ていた。

「失礼な。暁人様は総帥《そうすい》です」

その言葉の後に鼻を鳴らす音が続かないのが不思議なくらい、嫌味《いやみ》っぽい言い方だった。

わー、この人、びっくりするくらい意地悪そう。でも、今なんて言った？

「ぞ、雑炊《ぞうすい》？」

「総帥です」

「ああ、じゃあ̊あれだ、ソー……スウィーーー」

「そ・う・す・い!!　総帥です！」

わー。マジ切れした。

「なんなんですかっ、このおかしな女は!?」

その人はプリプリと怒って暁人くんを見た。暁人くんは聞いていないのか、珈琲《コーヒー》を飲みながら紙袋の中をじっと見ている。

「暁人くんの恋人です」

代わりにそう言うと、その男がものすごく驚いた顔をした。えー、なにこの反応。

「じょ、冗談もいい加減にしなさい！」

若い男はさらに怒りを増したらしい。

「冗談じゃないもん。だよね!?　暁人くん！」

後ろに回り込み、暁人くんの肩に手を置いて覗き込むと、暁人くんがわたしを見てニヤリと笑った。

「まあ、しいて言えばな」

「しいて言わなくても恋人です!!」

もう、暁人くんまでっ。

見知らぬ男ならともかく、暁人くんにまで言われるのはちょっとむかつく。つきあってくれるって言ったのに!!

わたしがプリプリと怒りながら帰ろうとしたら、背後で暁人くんの笑い声が聞こえた。

「また頼むぞ。一花」

笑い混じりの声に振り返り、手だけを振って部屋を出ると、今度は黒ずくめの男の人達がじっとわたしを見ていた。さっきまであった緊張感は消えているようだ。

「お邪魔様でした」

それだけ言って、入り口に立っていたSPの人にも挨拶《あいさつ》をして、競歩みたいな速さでエレベーターまで歩いた。次は絶対に走ってやる。

その後もいろんな人にペコペコ頭をさげながら、わたしは暁人くんの会社を出た。むかつくのはあの部屋に居たあの若い男だけで、他の人はみんな親切だった。

それにしても、この会社に居るときの暁人くんは、まるで過剰包装されたプレゼントのようだ。本人にたどり着くのがこんなに大変なんて。総帥《そうすい》か……。どういう意味だったっけ？　社長よりも偉いってことだろうけど。帰ったら祥吾くんに聞いてみよう。

ぶらぶらと歩いてカフェに戻り、ドアを開けたらカウンターに座っていたいつものメンバーが一斉にわたしを見た。

「ただいまー」

とりあえず好奇心いっぱいな視線は無視だ、無視。奥のロッカーに鞄を仕舞う。と、そこで、珈琲代をもらってこなかったことに気がついた。

「あー、ごめんっ祥吾くん。お金もらうの忘れちゃった！」

ランチの用意を一人でしていた祥吾くんの手伝いを始めながら言う。

「ああ、橘さんのツケにしとくからいいよ」

目の前にいた六ちゃんがむせた。これまで暁人くんとの打ち合わせ代は全部六ちゃんのツケだけど、今回もそれでいいのかしら？

少し疑問に思っていたわたしに、今度はランチプレートのフォークを振った小春ママが妖《あや》しく笑う。

「一花ちゃーん。お姉さん達にお話があるでしょ？」

「話って？」

「あなたの王子様の会社訪問よ」

小春ママにとぼけた態度は通用しないようだ。思いっきりストレートに切り込まれてしまった。

「すーーーっごい、大きかった」

お皿を洗いながらそう言うと、彼らがうんうんと頷いている。

「天下の西城グループの本社ビルだもん。それはわかりきってるからいいわよ」

えっ、いいの？　わたし、一番驚いたんだけど……。と、言うことは……

「みんな、暁人くんが偉い人だって知ってたってこと？」

ずらりと並んだ顔を見回す。最初に口を開いたのは小春ママだ。

「有名人でしょ。新聞とか経済誌とか読んだら、あちこちに写真が出てるわよ」

「……新聞取ってないもん」

「もう、すねないの。それよりどうだったの？」

「……すごく意地悪そうな人が居た」

大勢に囲まれた暁人くんの話をすると、小春ママ達がうんうんと頷く。

「それは多分秘書じゃない？　なんか楽しそうー」

「楽しくないよ」

そっか、秘書か。秘書って女性ってイメージだったけど、男の人もいるのね。あんな風に怒って帰っちゃったりして、暁人くんに呆れられたかな。なんだか急に不安になってきた。

「だから、別れるときは言いなさい。慰謝料請求してあげるから」

「中山サン、黙って」

みんなもう言いたい放題だ。ただ、六ちゃんだけは明後日の方向を向いている。

「祥吾くん、総帥《そうすい》ってなに？」

「一花、世の中にはインターネットっていう便利なツールがあるよ」

つまり自分で調べろってことね。まだやいのやいの言ってるみんなをスルーして、洗い物の残りを片付けた。その間も頭の中には総帥の文字が躍《おど》っていた。スマホですぐ調べることも出来るけど、それを今やると真剣に祥吾くんに給料を下げられそうだ。諦めて家に帰ってから調べることにしよう。

休憩を終えた中山サンを見送り、出勤時間が迫った小春ママを見送り、珍しくふらりと出ていく六ちゃんを見送って、すっかり人の少なくなった店内を軽く掃除する。

そわそわしていたからか、閉店時間の前に祥吾くんに追い出されるようにしてお店を出た。多少罪悪感を覚えつつ、「お疲れ様」を言って家路を急ぐ。

自分の部屋に着いてからいつものルーティンをこなし、一息ついたところで、まず日課になっている暁人くんへのメールを送った。

〝こんばんは。一花です。暁人くんの会社、大きくてびっくりしちゃったよ。いつもあんなに長い廊下をいったりきたりしてるの？　大変だね。それから、あの怒ってた人、あの後大丈夫だった？　暁人くんに迷惑掛けちゃったかなぁ……〟

涙顔の絵文字（可愛いのじゃなくて、記号のヤツだ）をつけて送信すると、五分も経たない内に返事がきた。今日は早いなぁ。そう思いながら画面を見る。

〝今日は悪かったな。廊下が長いのはセキュリティの意味もあるからだ。それから小杉《こすぎ》に関しては気にしなくていい。またいつでもきてくれ。一花なら顔パスにしといてやる〟

良かった、怒ってない。それに、思っていた以上に暁人くんからのメールが優しくて、いろんな意味でびっくりだ。そっか、秘書の男の人は小杉って言うのか。今度いくときは、あの人が居ないときがいいな。ウキウキ気分でメール画面を閉じ、今度はインターネットのボタンを押した。

「えっと、まずは……」

辞書のページに〝総帥《そうすい》〟と打ち込む。

『そう‐すい【総帥】 全軍を指揮する人。総大将。最高指揮官。転じて、企業などの大きな組織を率いる人』

うわぁ……。なんか変な汗が出てきた。続けて検索サイトで〝西城グループ〟と入力した。

「わーー。えーー。へーー」

驚きすぎて、もう言葉らしい言葉も出てこない。

西城グループは、工業製品、医療品、食料品、建築、その他諸々数多くの事業を手掛けているグループ企業だった。ネットには暁人くんの顔写真やお誕生日だけでなく、わたしが知らないことがたくさん載っていた。さらに一昨年、暁人くんの祖父である会長が亡くなったすぐ後に、当時総帥だった暁人くんの父親が会長になり、暁人くんが若くしてその地位についたとも書かれていた。

暁人くんって、本当にすごい人なんだ。はじめから王子様みたいだと思っていたけれど、当たらずとも遠からずだわ。まあ、王子様というよりやっぱり王様っぽいけど。

そっか、王様なんだ。あの警備の数と長い廊下。そして、彼から感じる支配者オーラは、絶対君主のそれだ。

それならなおさら、彼がわたしの告白を受けてくれたのが不思議で仕方がない。ただの暇つぶし？　彼の王様のような生活の中で、出会ったことのないタイプだったから？

　ネガティブな想像ならたくさん浮かぶ。でも、それでも、つきあっている間は楽しく過ごしたいと思う。後悔ばかりの恋はしたくない。いつかダメになっても、いい思い出として残せるように。なんて、始まったばかりで終わりを考えちゃダメだわ。まずは努力しなきゃ。

　寝る準備をしていると、壁にかけてあるカレンダーがふと目に留まった。明後日の土曜日に花丸がついている。

「グフフ」

　思わず笑みが漏れる。土曜日はあの子の納車日なのだ。祥吾くんにお休みをもらっているから準備も万端だ。大地と水上のお父さんもきてくれることになっている。

　明日で満員電車ともお別れか。そう思うとさらに嬉しくなってきた。暁人くんのことでパンク寸前だった頭の中が少しだけ落ち着いてくる。

　大丈夫、なんとかなるわ。

　いつ何があっても後悔しないように、わたしが前向きでいられるための魔法の呪文。それは亡くなった母の口癖。何度も唱えていると、本当にそう思えてくるから不思議だ。

　まあ、今何かあったら確実に後悔はしそうだけど。なんてったって納車前だし！　ウキウキしながら眠りについたら、とても楽しい夢を見られた。わたしの愛車で暁人くんとドライブしている夢だ。

起きた瞬間に決めた。最初のドライブには、暁人くんを誘おう。

5

土曜日はとってもいい天気だった。

納車の時間は十一時なのだけど、十時を少し過ぎた頃、大地と水上のお父さんがやってきた。お母さんは外せない用が出来たとかで、昨日の夜、残念そうな声の電話をもらっている。

「一花ー、元気か?」

開口一番そう言ったのは、高校二年生になった大地だ。

「お姉ちゃんと言いなさい」

昔はあんなに可愛かったのに……。今では見上げるほど大きく、さらにおっさんくさくなった弟にがっかりする。

「一花、祥吾はちゃんと君の面倒を見ているかい」

部屋に上がって冷たい麦茶を飲みながら、水上のお父さんが言った。

「大丈夫よ。ちゃんとお世話されてます」

「何かあったらすぐに言うんだよ」

「はい」

素直に頷くと、水上のお父さんがホッとした顔になった。

「じゃあ俺は祥吾兄ちゃんに言っとこ。姉が迷惑かけてすみませんって」

大地がおどけたように言う。

「わたしは迷惑なんてかけてないわよ」

「姉ちゃんは天然だから、気づいてないだけだろ」

「わたしは天然じゃありません」

「真の天然は、自分ではそれと認識してないんだって」

「むむむ」

思わず言いよどむわたしに、大地がフフンと鼻で笑う。ホント、可愛くないっ。大地と睨《にら》み合っていると、のほほんとわたし達を見ていた水上のお父さんがふと顔を上げた。

「きたんじゃないか?」

耳を澄ますと、車のエンジンの音が聞こえた。

「きたー!」

用意していた書類や印鑑を持って部屋を飛び出す。その後ろを大地とお父さんが追いかけてきた。アパートの階段を降りると、目の前にあの車が停まっている。

「アメディオ!!」

思わず叫ぶと、後ろから大地の呆れた声がした。

「なんだ、その名前？」

「ずっと考えてたの。このヘッドライトが大きな目みたいで、なんか動物みたいじゃない？　ほら、昔のアニメに出てきたおサルさんの名前であったじゃない」

車屋さんの相手をとりあえずお父さんに任せ、正面に回り込んで、改めてその可愛いボディを眺める。落ち着いたピンク色の外装はやっぱり可愛い。軽自動車だからかヘッドライトが余計に大きく見えて、それもすごく可愛いのだ。

「あーそうですか」

まったく抑揚《よくよう》のない声で大地が答えた。それをやり過ごし、車屋さんから色々と説明を受けてキーをもらった。

「とりあえず、車庫入れの練習をしてごらん」

車屋さんが帰ったあと、大地とお父さんにやいやい言われながら、なんとかまっすぐに駐車場に入れることが出来た。

「祥吾がもっといい給料を出せば新車が買えたのに」

アメディオのフロントを撫《な》でながら、お父さんが言った。

「いやいや、祥吾兄ちゃんは十分すぎるほど払ってるって。それに車は姉ちゃんが一週間も乗れば、すぐにボロボロになるって」

お父さんを慰《なぐさ》めながら、同時にわたしをけなすなんて。さすがは我が弟よ。

「もう、失礼なこと言わないでよ、大地。事故なんて絶対に起こしません」

わたしがそう言うと、お父さんも大地も少し顔が変わった。わたし達の中で、決して消えない記憶が同時に頭を掠《かす》める。

「免許を取るときも、今回も、ちゃんと約束したもの。大丈夫よ」

「一花」

お父さんがわたしの頭を撫《な》でた。はじめて会ったときと同じ、温かな手だった。大人になった今でも、あのときのことは忘れられない。

「まあ、姉ちゃんならガードレールに擦《こす》るくらいかもな」

おどけたように大地が言って、その場の雰囲気が少し和《なご》む。

「よし、じゃあ納車祝いも兼ねて、飯でも食べにいくか」

お父さんの言葉に、大地がやったーと笑う。そのまま三人で近くの焼肉屋に向かった。ランチセットにさらにお肉をプラスするというスペシャルメニューを三人とも注文した。そうしてみんな満腹になって、お父さんと大地は帰っていった。

アパートまで帰ると、わたしはもう一度駐車してある自分の愛車を見た。

うん、アメディオって名前もぴったりじゃない？　早速暁人くんに連絡しちゃおうっと。

アパートの階段を駆け上がり、部屋に戻る。

たまにはキャッチーな内容にしてみるか。

〝アメディオがきたよ！〟

それだけ書いて送信。どんな返事がくるのか楽しみだなぁと思っていたら、スマホが鳴った。暁人くんから電話なんてはじめてだ。ドキドキしながら通話ボタンをスライドさせると、

『アメディオとは誰だ？』

無愛想の代表みたいな声が通話口から聞こえる。

「車の名前よ。わたしの愛車。さっき納車されたの。見たい？」

『……興味はあるな』

「ならドライブしようよ。今日時間ある？」

内心ものすごくドキドキしながらそう言うと、僅《わず》かな間のあとに、ああ、と声が聞こえた。

『今から会社までこられるか？』

「大丈夫だよ。ナビもちゃんとあるし」

『よし。なら、迎えにきてくれ』

そう言って電話が切れた。

やったー！　初デートだ！　急いでデート用の服に着替える。とはいえ、そんなにおしゃれな服は持っていないので、いつもよりもちょっとガーリーになるくらいだ。あとはお化粧をして、車の運転がメインなのでヒールの低い靴を履いて家を出た。

もらったばかりの車のキーを見て、何か可愛いキーホルダーでもつけようか、なんて思う。

駐車場は階段のすぐ横だ。わたしのアメディオが当然のことながらちょこんと停まっている。ドキドキしてドアを開け、運転席に乗り込む。キーをさして回すと、すぐにエンジンが掛かった。

「まずはナビだな」

スマホを見つつ、この前暁人くんから教えてもらった会社の住所をナビに入力した。長い間通っている場所なのでだいたいはわかるけれど、車となるとちょっと緊張してしまう。

ギアをドライブに入れ、パーキングブレーキを外して、ゆっくりとアクセルを踏んだ。アパートのまわりの住宅街は道も狭いのでドキドキしたけれど、大きな道に出ると、また違う意味でハラハラドキドキだ。それでもナビに従い、車の流れに乗って慎重に運転する。

都心に近づくと、車の量も車線も増えるのでさらに混乱した。なんとか車線変更して、暁人くんの会社の前に着いた頃には精神的に疲れていた。

　これはもう慣れるしかないんだな。ほぼ通勤と同じ道だし。

　暁人くんの会社は前に大きなロータリーがあるから停めやすい。すると、警備員さんに正面から少し外れた場所に車を案内された。どうしたものかとスマホを取り出したとき、正面玄関から暁人くんが一人で出てくるのが見えた。

「暁人くん！」

　車から出て手を振ると、片手を上げた暁人くんが颯爽《さっそう》と歩いてきた。相変わらず王子様のような風貌《ふうぼう》だ。うっとりと眺めていると、近づいてきた暁人くんがアメディオをジッと見つめ、そしてぽつんとつぶやいた。

「フェラーリにしては小さいな」

「え？」

「イタリア人みたいな名前をつけるから、てっきりそうかと思った」

　そう言うなり、勝手に助手席のドアを開けて乗り込む。

「狭いな。こんな小さな車が存在するのか。これのどこからアメディオなんて名前が出てくるんだ」

　なんて、座席の位置を調節しながら一人でぶつぶつ言っている。

「いちいちうるさいよ、暁人くん」

わたしが運転席に座ると、暁人くんが今度は背もたれを調節していた。

「さて、どこにいく?」

「任せる」

背もたれが良い位置にきたのか、満足そうに頷いて言った。

「じゃあやっぱり海の方かな」

ナビを検索して、海に近い商業施設を入力した。

「よし、出発ー!」

ロータリーをぐるりと回り、大通りに出る。たくさんの車に混じって高速に乗らずに一般道で海に向かった。首都高を走る度胸はまだないのだ。その間も暁人くんは、狭いとか小さいとかぶつぶつ言っている。

「都内は道が狭いところも多いから、このくらいがちょうどいいんだよ。暁人くんは運転するの?」

「……車の免許は持っていない」

思いがけない返事に、思わず暁人くんを見てしまった。

「うそぉー」

「必要ないからな」

ぷいとそっぽを向いて暁人くんが答えた。そうか、総帥《そうすい》ならきっと専属の運転手さんとかがいるんだろう。

「へぇー……」

総帥ってすごいなぁ、なんて思っていたら、暁人くんがパッとこっちを向いた。

「一級船舶の免許なら持っているぞ」

目の端で捉えたその表情は打って変わって自信満々に見えた。

「へー、すごいねぇ。でも船より車の方が便利じゃない？」

船に乗って会社にはいけないもんね。思ったままそう言ったら、暁人くんがまた黙り込んでしまった。あら、怒ったかな。でもフォローの言葉がすぐには浮かばない。

沈黙に耐えられなくて、この日のために作ってきた音楽ＣＤを掛けた。自分のお気に入りだけが入っているマイベストＣＤだ。機嫌よく歌っていると、暁人くんの呆れた声がした。

「対向車からはアホ面に見えているんだぞ」

まあ、確かにそうだろうけど、別に気にしない。

「自分が気持ちいいからいいの。暁人くんも知ってたら一緒に歌おうよ」

「知っていても断る」

そこまでキッパリ言われるとさすがに何も言えないので、諦めて一人で歌った。時々ちらっと暁人くんの方を見たけれど、怒っている様子はない。

車は埋立地へ渡る大きな橋を走る。目の前に東京湾が見えてきた。

「海だよー、暁人くん」

「遠いけどな」

そう言いながら暁人くんが窓を開けた。一気に入り込んでくる風が気持ちいい。

「ドライブって楽しいね」

「そうだな」

また歌い出したわたしを見て、暁人くんが肩をすくめた。

土曜日の商業施設は混んでいたけれど、暁人くんに誘導されて、なんとか駐車場に停めることが出来た。ただ、駐車の際には暁人くんにもやいのやいの言われたけれど。

「一花はもうちょっとバックの練習をした方がいいぞ」

何回も切り返してようやくちゃんとした位置に駐車できたわたしに、暁人くんが呆れたように言った。

「大丈夫よ、そのうち上手くなるから」

二人で建物の中をぶらつく。超絶ハンサムな暁人くんはかなり目立っていて、いきかう女の子はみんな振り返る。優越感が半分と、不安が半分だ。しばらくぷらぷらしていたら、喉が渇いたなと思ったので、暁人くんに声を掛ける。

「どこかでお茶でもしようか」

一階に海を一望出来るテラスのついたカフェがあった。混んでいる時間帯にもかかわらず、一番見晴らしの良いテラス席に案内してもらえた。

「わー、すごいねぇ」

テラスの前には道路が通っていて、その向こうに砂浜と海が見える。

「海で泳いだことある？　暁人くん」

「海外でなら」

「へえ。いいなぁ。キレイなんだろうね」

わたしの中で海外の海といえば、テレビで良く見る、目の覚めるような青い海だ。今、目の前に広がっている海はお世辞にもキレイとは言い難《がた》い。それでも、波打ち際で楽しそうに遊んでいる子供達を見ているとなんだかうずうずしてきた。あー、わたしも走りたい。

「今はやめとけよ」

ふと暁人くんが言った。

「なんでわかったの？」

暁人くんの方を見ると、彼がニヤリと笑った。

「顔に書いてある」

思わず両手で顔を触る。その様子を見て、暁人くんがさらに笑う。

「お前は面白いな」

……褒め言葉？　面白いって褒め言葉？　悶々《もんもん》としたけれど、暁人くんが楽しそうにしているからまあいいか。

暁人くんが合図をすると、ギャルソンエプロンをつけた、背の高い男の人が注文を取りにきた。暁人くんが、珈琲《コーヒー》とおススメだというケーキを頼んでくれた。

「そういえば、暁人くんとこういう風に会うのってはじめてだよね」

わたしの言葉に、ぼんやりと海を眺めていた暁人くんがふとこっちを向いた。

「そうだったか。悪かったな」

「ううん。暁人くんも忙しいし、わたしだって仕事があるし。普通の恋人同士もそんなにしょっちゅう会ってないいんじゃゃない？」

するると、暁人くんが少しだけ目を見開いた気がした。

「一花は、意外とリアリストなんだな」

「そうかな？　今まであんまり恋愛経験がないからわからないよ。でも、普通に仕事してたら、そうそう会う機会ってないでしょ？　同じ会社ならともかく」

「まあそうだな」

暁人くんが頷く。

「……暁人くんは社内恋愛とかしたことないの？」

言った瞬間、自分の馬鹿さ加減に呆れた。昔の恋愛を聞いてどうするの。暁人くんみたいな超絶格好いい人に、彼女が居なかったわけないじゃない。過去の恋愛を聞くのが一番タブーなことだって、ほぼ経験のないわたしでもわかることなのに。

だけど、わたしの凹《へこ》み具合を気にすることなく、暁人くんはきっぱりと答えた。

「自社の社員に手を出すような、愚《おろ》かなまねはしない」

気分を害しているわけじゃなく、かと言って気を使っているわけでもない。暁人くんはただ純粋にわたしの質問に答えただけのようだ。

「一花は？」

妙に感心していたとき、今度は暁人くんがわたしを見た。

「え？」

「一花はそういうことがあったのか？」

そういうこと？　つまり社内恋愛ってこと？

「さすがに社内恋愛はないよー。祥吾くんは親戚だし。学生の頃、同級生っていうのはあったけどね」

「ほほう」

「でも長続きはしなかったよ。一緒の学校だったけど、デートだって数えるくらいだったし。今考えると不思議なのよね……。わたしが努力をしていなかったのかなぁ」

「努力が必要なのか?」

　暁人くんが不思議そうに言った。

「うん、きっとね。今反省しても仕方がないけど。自分では一生懸命だったつもりでも、時間の使い方が下手だったのか、相手をそこまで想えなかったのか……。恋愛って難しいよね」

　はあっとため息を吐いたところで、ハタと気づいた。だからこんな話を暁人くんにしてどうする。

「でも大丈夫よ！　今のわたしの恋愛パワーは半端ないから。わたし、自分でもびっくりするくらい暁人くんのことが好きなの。だから、これから時間をかけて、暁人くんといろんなことが出来たらいいなって思ってる」

　自分が、そして暁人くんにも後悔してほしくないから。

「……そうか。楽しみだな」

　暁人くんが笑った。今まで見たことのない、優しげな表情で。

　そのとき、タイミング良くさっきの人が珈琲《コーヒー》とケーキを持ってきた。途端に香《こう》ばしい香りが広がる。カップを持って一口飲むと、独特の苦みと酸味が口の中に広がった。ケーキはわたし好みの甘さで、とっても美味《おい》しい。

「珈琲は、うちの方が美味しくない？」

　こっそり暁人くんに顔を寄せてささやくと、暁人くんも頷いた。

「祥吾くんのパンケーキもすごく美味しいんだよ。今度食べにきて」

「それなら、一花がまた届けてくれ」

　暁人くんがこっちを見て微笑んだ。そして……テーブルの上に置いていたわたしの手をぎゅっと握った。

「ど、どうしたの？」

　思いがけない彼の行動にドキドキする。包み込むように重なる手は大きくて温かくて、そしてどこか繊細な印象もうける。わたしの心臓が大きな鼓動を打つ。そのとき、コツコツと音を立てて誰かが近づいてくる気配がした。

「あら、暁人さん。今日はお忙しいから、わたしとは会ってくださらないんじゃなかったかしら？」

　凛《りん》とした、でもちょっと嫌味《いやみ》っぽい声がした方に顔を向けると、お嬢様然とした女性が立っていた。まっすぐな長い髪、ふわりと揺れる清楚《せいそ》なワンピース。長いまつげとピンクの口紅。可愛いというよりキレイという表現が似合う、まあつまりわたしとは正反対の外見だ。

「忙しいにも種類があるんですよ」

暁人くんの言葉も同じく嫌味《いやみ》っぽい。

「わたしとは会えなくて、その方とは会えるってどういうことでしょう」

わたしを半ば睨《にら》みながら、彼女は暁人くんの隣に勝手に座る。

なんだか怖いんですけど。思わず暁人くんの手を力を入れて握ると、ぎゅっと握り返してくれた。

「紅茶と、それから同じケーキを」

彼女は、いつの間にかやってきたギャルソンくんに素っ気なく注文する。そしてぎゅっと握り合ってるわたし達の手をじっと見つめたあと、顔を上げて暁人くんを見た。

「随分《ずいぶん》とご趣味がお変わりになられまして？」

暁人くんを見て、それからわたしの顔にチラッと視線を投げる。なんか、本当にかなり嫌味っぽいんだけど。

「野島麻紀《のじままき》です。父は野島建設の代表取締役をしておりますの」

彼女の口から出た名前は、わたしでも知っている、かなり大きな建設会社の名前だ。そっか本物のお嬢様なんだ。きっと暁人くんと同じ世界に住んでいる人。

「富樫一花です」

ペコッと頭を下げ、すぐに顔を上げると、胡散臭《うさんくさ》げにわたしを見ている視線とぶつかった。

「失礼ですけれど、お父様は何をされていらっしゃるの？」

一瞬だけ頭を掠《かす》める青空。父親の顔が浮かびそうになったそのとき、暁人くんが握っていた手にかすかに力を入れた。それはまるで慰《なぐさ》めてくれているかのよう。両親の話を暁人くんにしたことがあっただろうか？　不思議に思いながら、それでも力をもらえたことが嬉しかった。

「父は亡くなっていて居ません。わたしはカフェで働いてますけど」

にっこり笑って答えると、彼女――麻紀さんが露骨《ろこつ》に顔を顰《しか》めた。

「お待たせしました」

またまたタイミング良くやってきたギャルソンくんが、麻紀さんの前に紅茶とケーキを置く。麻紀さんは、ものすごーく上品に紅茶を飲み、そしてケーキを一口食べてフォークを置いた。

「うちのパティシエの方が美味《おい》しいわ」

そっとつぶやいた言葉も、やっぱり笑えるくらい嫌味っぽい。

「それよりも、どうしてここが？」

暁人くんが彼女にたずねる。

「あら、暁人さんは有名人ですもの。どこにいらっしゃるかなんてすぐにわかりますわ」

朗《ほが》らかに麻紀さんが笑うと、暁人くんがフッと口元を歪《ゆが》ませた。笑っているようにも見えるけど、目は全然笑ってない。金持ち喧嘩《けんか》せずって言うけど、こういうこと？

「暁人さん、来月のパーティにはいらっしゃるの？」

「まだ未定です。忙しいので」

わたしに対してもわりと素っ気ない暁人くんが、輪を掛けて素っ気なく答えた。麻紀さんがわたしを会話からあからさまに外し、そして暁人くんを誘っているのが露骨にわかる。

少し冷めた珈琲《コーヒー》を飲み、ケーキを口に入れる。うん、美味《おい》しいけどな。暁人くんも本当はどう思っているんだろうか。普通のカフェのケーキなんて、口に合わなかったのかも。

暁人くんがびっくりするほどのお金持ちだってことはネットにも書いてあったから、専属の料理人やパティシエだっているんだろう。普段は高級レストランしかいかないのかもしれない。

わたしに合わせてくれたのかと思うと、申し訳ないなと思う反面、嬉しかったりして。なんて思いながら、続いている二人の会話を聞くともなしに聞いていたのだけど――

「申し訳ないが、見てわかる通り今は取り込み中なので」

それまでよりさらに冷たい声で暁人くんが言った。さすがのお嬢様も顔を引きつらせる。

「そう。では失礼しますわ」

彼女はそう言うなり席を立った。後ろ姿を見送っていたら、店内に居た何人かがその後に続いた。おつきの人かしら？

「不快な思いをさせて悪かったな、一花」

「ううん。今の人って暁人くんの元カノとか？」

「まさか。ああいうタイプは嫌いだ」

暁人くんは顔を顰《しか》め、心底嫌そうに吐き捨てる。

「ああ、同族嫌悪ってヤツだね」

「……俺はあんな嫌味《いやみ》な人間じゃない」

今度はふて腐れたように言った。

「そう？　どっこいどっこいじゃない？」

ある意味、笑顔で嫌味を言いあう息はあってたけどな。お金持ち同士だし。そんなことを思ったけど、憮然《ぶぜん》としている暁人くんに気づいて、慌てて手を振った。

「大丈夫よ。わたし、暁人くんのそういうところも大好きだからっ」

誤魔化《ごまか》すようににっこりと笑うと、暁人くんが渋々ながら頷いた。

「ねえ、暁人くん」

「なんだ？」

「もっとちゃんとしたところにくれば良かった？」

もっと高級な場所。暁人くんが、きっといつも行っているような。わたしがそう聞いたら、暁人くんがフッと笑った。今度はちゃんと笑顔だ。

「初心者の運転手には無理を言わない主義だ」

「もうっ。そういうことじゃなくて！」

からかっているのか、気を使ってくれているのか、もしくは馬鹿にされているのか、判断出来ずにいると、暁人くんがふと腕時計を見て眉を寄せた。

「一花。悪いがそろそろ会社に戻る」

「あ、じゃあ……」

一緒に立ち上がったとき、目の前の道路に大きな黒塗りの車が止まった。扉が開いて、中からスーツ姿の人が数人と黒服のＳＰが出てきた。

「暁人様、お時間です」

その中の一人がテラス側にある出入り口からテーブルまでやってくる。

「ああ。じゃあまたな、一花」

「あ、うん。今日はありがとう」

暁人くんが車に向かう後ろ姿を見つめていたら、また声が掛かった。

「お支払いは済ませましたので」

驚いて振り返ると、すぐ後ろに少し年配の男の人が居た。さっき車から出てきたうちの一人だ。

「わわっ。すみません。ご馳走様でした」

慌てて言うと、その人は少しだけ目を見開いて、それから丁寧に頭を下げて足早に車に乗り込んでいった。大きな車なのに、音も立てずにスーッと動き出し、あっという間に見えなくなってしまう。

何となく力が抜けて椅子に座ると、ギャルソンくんが新しい珈琲《コーヒー》を持ってきてくれた。

「えっ？　頼んでないですよ」

「御代はいただいておりますので。どうぞごゆっくり」

笑顔でそう告げ、去っていく。

暁人くん、忙しかったのにわざわざ時間を作ってくれたのだろうか。もしそうなら、すごく嬉しい。今日は暁人くんのいろんな顔が見られた気がする。

今のわたしは、本当に驚くくらいに暁人くんが好きだ。だから、もっともっと暁人くんのことが知りたい。そしてわたしのことももっと知ってほしいと思っている。そうするためには、二人の時間をたくさん作らなければいけないだろう。

とっても忙しい暁人くんと、そこそこ忙しいわたしが会える時間は限られている。でも、学生の頃みたいな、努力もせずにいつの間にか終わってしまうような恋はしたくない。後悔しない生き方は、小春ママにも言われた通り、恋愛にも言えること。だから、出来る限り努力はするつもりだ。

暁人くんのまわりには、きっと麻紀さんみたいなキレイなお嬢様がいっぱい居るんだろう。それなのに、今わたしと一緒に居てくれることは本当に奇跡みたいなものなんだと改めて思う。

どうしてわたしを選んでくれたんだろう。どうしてあんな告白にOKをもらえたんだろう。何度考えても不思議だ。でも、それが奇跡だとしても、少しでも長い時間続いてほしい。

熱い珈琲《コーヒー》を飲みながら、わたしは雲ひとつない青空を見上げた。

6

週が明けて、わたしは意気揚々とアメディオで出勤した。

カフェの駐車場にはいつも祥吾くんの車が停まっているんだけど、その隣に停めてしっかりとロックする。

「帰りまでここで待っててね」

熱くなっているアメディオのボンネットを撫《な》で撫でして、カフェの裏口から入った。

「おはようございます」

いつものように先にきていた祥吾くんが、わたしを見る。

「おはよう、一花。初、車出勤おめでとう」

「ありがとう。土曜日に、お父さんと大地にもお祝いしてもらったよ」

エプロンを身につけ、髪をまとめながら言うと、祥吾くんがモップ掛けを始めた。

「そうか。元気だったか？」

祥吾くんはこの店を始めるために家を出て以来、ほとんど実家に帰っていない。水上のお父さんもお母さんもあまり言わないけれど、本当はすごく寂しく思っていることをわたしは知っている。

「元気だったよ。お母さんはこられなかったけど。祥吾くんもたまには実家に帰れば？」

「んー。まあそのうちにね」

曖昧《あいまい》に言いモップを動かす祥吾くんを見つつ、わたしも雑巾《ぞうきん》を持って掃除を始めた。

祥吾くんが家を出て、次いでわたしが出て、寂しくなってしまった水上家を一人盛り上げているのが大地だ。家族を失ってしまった過去を持つからこそ、余計に明るく振る舞っている。それがわかっているから、水上のお父さん達も大地を大切にしてくれているる。祥吾くんもその辺りは気にしているらしく、大地には良く連絡を入れているようだ。

大地と二人で途方に暮れたあの瞬間を思うと、今のこの生活は本当にありがたいことだ。

店の掃除を終えて一息つく間もなく開店の時間になる。表側の扉を開け、「ＯＰＥＮ」の表示を用意していると、いつも通り六ちゃんがやってきた。

「おはよう、一花ちゃん」

ガラガラ声でそう言いながら、さっさと中に入っていく。

そういえば、六ちゃんって暁人くんからどんな仕事を請けているんだろう。当然のことながら、六ちゃんは仕事内容を一切教えてくれない。暁人くんのことは気になるけど、そこに触れてはいけないことくらい、わたしにもわかっている。

カウンターの中に入ると、ちょうど祥吾くんがパンケーキ用の生地を作ってるところだった。

「あ、そうだ。暁人くんに祥吾くんのパンケーキを食べてもらおうと思ったんだけど……今日くる？」

一応六ちゃんの方を向くと、彼は肩をすくめた。

「さあ、どうかねぇ」

役立たず。なんて言葉は頭の中だけにして、がっかりと肩を落とした。

「じゃあまた届けてあげれば？」

生地を混ぜながら、祥吾くんが言った。

「えっ、パンケーキも届けられるの？」

「出来るんじゃない？　これも橘さんに、特別価格でつけとくから」

さらりとした祥吾くんの言葉。そして六ちゃんが珈琲《コーヒー》を噴いた。

特別価格って事は、配達料込みってこと？

「ちょっとメールしてみな」

祥吾くんにうながされ、エプロンのポケットに入れてあるスマホを取り出した。んー、なんて書こうか。

〝暁人くん、おはよう。この前はどうもありがとう。お仕事には間に合った？　あと、今日も忙しい？　この前言ってた祥吾くんの特製パンケーキもデリバリー出来るんだって。良かったら届けるけど、どうかな？　時間のあるときでいいから教えてね〟

メールを送って、ポケットに仕舞う。今日中に返事がくればいいなと思っていたら、五分ほどで返信がきた。

「早っ」

思わず叫んでメールを開く。

〝十五時には会社に戻っているから、適当に届けてくれ〟

あら、ちょうどおやつタイムじゃない。

「十五時過ぎに届けて、だって」

「そう。なら総帥《そうすい》のデザートにふさわしい豪勢なものを作ってあげよう」

言いながら、祥吾くんが混ぜ終わった生地を冷蔵庫に入れた。そうやってしばらく寝かせるのがポイントらしい。

ランチタイムが近づく頃、小春ママがいつものように気だるく、でも色気満載でやってきた。

「おはよう、みなさん。そして一花ちゃん、マイカー購入おめでとう」

そして小春ママは、わたしに小さな紙袋をくれた。

「えー、ありがとう。なになに？」

中に入っていたのは、革細工のお花の可愛いキーホルダーと、交通安全のお守りだった。これはものすごく嬉しい。

「わーっ。どうもありがとう。ちょうどキーホルダーがほしかったの」

「どういたしまして」

もらったものを紙袋に仕舞い、奥のロッカーに置いた。

しばらくすると、いつも通り忙しいランチタイムが終わり、六ちゃんと小春ママと、打ち合わせをする数人のサラリーマンだけになった。

「じゃあそろそろ作るか」

洗い物をしているわたしに、祥吾くんが声を掛けた。時計を見ると、もうすぐ十五時だ。

「うん。でもどうやって持っていくの？」

祥吾くんのパンケーキは、真っ白なお皿の上に焼きたてのパンケーキを二枚載せて、その上にアイスや生クリーム、フルーツをセンス良くトッピングしたものだ。

「飾りなら一花でも出来るだろう？　ばらばらに運んで、向こうで仕上げればいい」

「えー、わたしがやるの？」

驚いていると、小春ママが口を挟んだ。

「あら、女子力を見せるいい機会じゃない。一花ちゃんにも女の子らしいところがあるんだってアピールしなきゃ」

……今、遠まわしに悪口が入ってなかった？　ジロリと小春ママを睨《にら》む。

「毎日見てるから覚えてるだろ。頑張ってきな。これで上手くいったら店でも頼むよ」

祥吾くんは一人前のフルーツを洗ったり切ったりして、小さな容器につめた。特製のホイップクリームは絞り袋に入れ、アイスクリームと一緒に保冷剤を沢山入れた保冷バッグに並べる。珈琲《コーヒー》の入った紙袋もちゃんと準備されている。

それからパンケーキを二枚焼いて、こっちはお皿に載せてからアルミホイルで包む。それらを、いつの間にか用意されていた少し大きめのバスケットに入れた。こんなの、どこにあったんだろう。

「はい、赤ずきんちゃん、いっておいで」

祥吾くんが冗談交じりに言う。

晩人くんにはさっきメールをして、これからいく旨は伝えてある。

「じゃあいってきます」

みんなに見送られてカフェを出た。もうすぐ六月になるからか、陽射しもきつくなってきた気がする。梅雨《つゆ》はもうすぐかしら、なんて思いながら、暁人くんの会社を目指す。

何度見ても大きな建物だ。一度見上げてから正面玄関を入ると、受付嬢が立ち上がって待っていた。

「富樫さま、お待ちしておりました。どうぞこのままお進みください」

「ど、どうも」

前と同じ長い廊下を歩き、一番奥のエレベーターまでいく。そこでも待ち構えていた人が、すでにエレベーターの扉を開けてくれていた。

「ど、どうも」

ペコペコと頭を下げ、エレベーターに乗り込んだ。最上階に到着し扉が開くと、また人が居た。今度は黒服のＳＰだ。

「こ、こんにちはっ」

「どうぞ。暁人様がお待ちです」

思わず頭を下げると、丁寧にお辞儀をされた。なんかもう緊張するなぁ。

廊下の端に着いた途端、立っていた二人のＳＰがさっと扉を開けてくれる。

「ありがとうございます」

頭を下げて中に入る。いつかのあの意地悪な男が一人で居て、わたしを見てギョッとした顔した。

「な、何しにきたんですか!?」

「暁人くんにお届けものでーす」

わざとらしく言ったら、苦々しい顔になった。

「暁人様は今お忙しいんです。それを置いて、とっととお帰りください」

ホントこの人嫌な人だなぁ。ここまで意地悪だと、いっそ清々《すがすが》しさすら感じるわ。

「無理でーす。仕上げはここでやることになってるから」

さらりと言うと、さらに苦虫を噛み潰したような顔になる。そのとき、奥の扉が開いて暁人くん本人が顔を出した。

「一花、遅かったな。早く入れ。小杉、お前は秘書課にいって今夜の会議の資料を取ってきてくれ」

「はーい」

「……はい」

お互いが両極端なトーンの返事をする。一瞬小杉さんと目が合ったけど、彼はフンッて子供みたいに顔を背けて出ていった。

「あの人、やっぱりすごく意地悪よ」

部屋に入りながら言うと、暁人くんが苦笑した。部屋の中には誰も居ない。ちょうどいいと思い、テーブルの上にバスケットを置いた。

パンケーキを載せたお皿、保冷バッグ。カトラリー一式はランチョンマットの布に包まれている。そしてその隣には珈琲《コーヒー》の入った紙袋。

「すごい荷物だな」

バスケットの中から次々と荷物を取り出すわたしを見て、暁人くんが目を丸くする。

その途中で、ふと荷物の間に小さな封筒が入っていることに気づいた。それはどこにでもあるような長方形の茶封筒だった。半分に折られ〝ついでに渡してくれ〟と走り書きされている。この字は六ちゃんの字だ。

「暁人くん、こんなの入ってた」

暁人くんは封筒の中身を覗き込み、それから自分の机にいき、パソコンに向かう。暁人くんもなにやら仕事を始めたようだ。ちょうどいい。わたしの手際はそんなに良くないから、マジマジ見られると緊張しちゃう。

まずはお皿からアルミホイルをはがし、少し偏《かたよ》ってしまったパンケーキを真ん中に戻す。それから、いつも祥吾くんが盛り付けている様子を思い出しながら、アイスクリームを載せて生クリームを絞った。そして最後にフルーツで飾る。

「うん、出来た」

祥吾くんが作るものとそう変わらない……はずだ。ランチョンマットの上にお皿とカトラリーを並べ、珈琲も置いた。

「暁人くん、出来たー」

ソファにやってきてお皿の前に座った暁人くんが、少し目を丸くした。

「美味《うま》そうだな」

ナイフとフォークでパンケーキを切り、たっぷりの生クリームをすくって食べる暁人くん。

「うん、美味い」

どこか楽しそうな彼に、わたしも嬉しくなった。

「甘いものは平気？」

「不味《まず》くなければ」

予想通りのあっさりした答えだ。それでも、しっかりと完食してもらえたので嬉しい。

パンケーキを食べ終えた暁人くんは、珈琲を持って自分の机に戻った。わたしがテーブルの上を片付けていると、ノックの音がした。

「入れ」

ドアが開いて小杉さんが顔を出した。まだわたしが居るのを見て、思いっきり顔を顰《しか》める。わかりやすい人だわ。

小杉さんはわたしを横目に見つつ、暁人くんの机に近寄る。そして何か言いながら書類の束を渡した。暁人くんは受け取ったそれをパラパラと眺めたあと、ふとわたしに視線を向けた。

「一花、今日は何時に終わる？」

「え？　閉店は八時だけど」

「今日から車なんだろ？」

「うん」

「悪いが、帰りにちょっと乗せてくれ。送ってほしいところがある」

「いいよ」

「暁人様!!　それはわたしがっ」

わたしと小杉さんの声がまた同時に響く。

「野暮《やぼ》だな、小杉。邪魔をするなよ。会議には遅れないから先にいって用意をしておいてくれ」

暁人くんの思いっきり冷たい声に、さすがの小杉さんも黙った。

「一花、仕事が終わったら迎えにきてくれ」

「うん、わかった」

やったー！　デートだ、デート。ルンルン気分で後片付けを終える。苦虫を噛んで噛んで、挙句に呑み込んだみたいな顔をした小杉さんににっこりと笑いかけ、半分スキップしながら暁人くんの会社を後にした。

「ただいまー!!」

ハイテンションでカフェに戻ってきたときには、小春ママはすでに帰っていて、代わりに中山サンが居た。数人しかお客さんの居ない店内、カウンターに突っ伏している六ちゃん。いつもと変わらない光景だ。

「お帰り、一花」

奥に居た祥吾くんが顔を覗かせる。

「ただいま。パンケーキ、上手くいったよ。喜んでもらえた」

「そうかそうか」

初デリバリーがうまくいったためか、祥吾くんが満足そうに頷く隣で、バスケットの中の荷物を出して片付ける。

「今日は夜にもデートの約束しちゃった」

「デート？」

男三人から胡散臭《うさんくさ》げな目で見られたけど、気にしない。

「うん。帰りに車で迎えにきてって。乗せていってほしい場所があるんだって。会議って言ってたけど」

「一花ちゃん、それは一般的に送迎と言うんだよ」

冷静な中山サンの声にちょっとむかつく。

「違う！　暁人くんは秘書の送迎をわざわざ断って、わたしにお願いしてくれたの！　デートよ、デート！」

「……金持ちの考えることはわからんね」

中山サンは肩をすくめて祥吾くんに向き直った。祥吾くんは苦笑しながら、洗い物をし始めたわたしを見る。

「とにかく、一花は気をつけていってきなさい」

「うん」

洗った食器を拭《ふ》きながら、暁人くんの顔を思い出す。〝恋人〟になってまだそんなに経ってないから、恋人らしいことをあまりしてない。ここはちょっとでも二人っきりになって、それらしい雰囲気にもっていきたいところだ。

ま、なんとかなるでしょ。いつもの魔法の言葉を頭の中で唱え、洗ったお皿を棚に片付けた。

夕方を過ぎるとカフェはさらに暇になる。食事メニューがないから、当然といえば当然だ。

掃除をしたりクロスを整えたりしていたら、すぐに閉店時間になった。

「じゃあ、そろそろ帰るね」

祥吾くんに声を掛け、帰り支度を始める。

「気をつけろよ」

「はーい。ではまた明日」

駐車場では、わたしのアメディオがいい子で停まっていた。運転席に乗り込んでスマホを取り出し、暁人くんにメールを送る。

〝こんばんは。今から出ますよ。五分くらいで着くと思います〟

その後、小春ママからもらったお守りをバックミラーにつけた。

「よし」

一人頷き、エンジンをかけた。シートベルトをしたところでスマホが震える。開くと、差出人は暁人くんだった。

〝了解〟

「……わー。今までで一番短いなぁ」

なんて口に出しながらスマホを仕舞い、暁人くんの会社の住所をナビの履歴から探した。場所はわかっているけど、運転するときはどうしてもナビを見ないと不安になるのだ。

カフェの駐車場から暁人くんの会社までは、ナビによると五分程度。徒歩で十分ちょっとだから、そんなもんだろう。ただ、大きな幹線道路を通らないといけないので、短い距離でもかなり緊張する。裏路地から大きな道に出て、ナビを見ながら真剣に運転すること五分。あっという間に暁人くんの会社に着いた。ロータリーの警備員さんが以前停めた場所に誘導してくれる。

「ありがとうございます」

窓を開けてお礼を言うと、少し歳のいった警備員さんがはにかむように微笑んだ気がした。そして待つこと数秒。いつものごとく、暁人くんが一人で颯爽《さっそう》とやってきた。夜目にもその姿は輝いている。いき交う人達がみんなうっとりと見ているのがわかる。

「待たせたな」

暁人くんはそう言うと、助手席のドアを開けてさっさと乗り込んだ。

「……やっぱり狭いな」

ぶつくさ言う暁人くんの独り言は聞き流して、わたしはたずねる。

「どこにいけばいいの?」

すると暁人くんが告げたのは、ここから三十分くらいの場所にある有名なビルの名前だった。ナビに入力しながら、道を確認する。

「暁人くん、急いでる?」

「いや、時間は大丈夫だ。寄りたいところでもあるのか?」

「ううん。もし車線変更を失敗したら遠回りになっちゃうでしょ」

「……」

　暁人くんがちょっと引いたような目をした。

「まあ大丈夫、大丈夫」

　ヘラッと笑って見せると、暁人くんが肩をすくめた。

「しゅっぱーつ」

　アクセルを踏み込み、ロータリーをぐるりと回って一般道に出る。わたしは、助手席で書類に目を通している暁人くんに声を掛けた。

「今日もまだまだ忙しいのね」

「まあな」

　目も上げずに暁人くんが答えた。

「土曜日もお仕事してたでしょ？　お休みってあるの？」

「休めるときが休みだ」

　……そりゃそうでしょ。

「一花は、いつからあそこで働いてるんだ？」

　ふいに暁人くんが言った。暁人くんから質問されたことなんてあったかしら？　でもわたし自身に興味を持ってもらえたことは嬉しかった。

「えっとね、祥吾くんがお店を始めた当時だから、あのときは大学生になった頃ってことは……かれこれ七年くらい、かな」

「長いんだな」

「そうだね」

改めて言われるとそうだよね。あの厳しい祥吾くんの下《もと》で七年間も……本当に良くやってるよ、わたし。

「マスターとは遠縁だって？」

「うん。お父さんが従兄弟同士なの」

それは、両親が生きている間はずっと知らなかったこと。でも、その長い空白がウソみたいに、今は本当の家族のように思っている。なくしてしまうものもあれば、新しく得るものもある。人生って、不思議だ。

何の取り柄《とえ》もない、ただの一般人のわたしが、誰もが知っている大企業の総帥《そうすい》とこうして軽自動車で夜のドライブをしている。それも考えれば考えるほど不思議なことだ。

「暁人くんは、どうしてわたしの告白を受けてくれたの？」

思い切って聞いてみた。それは、ずっと疑問だったこと。

「……面白そうだったから。あとはタイミングだな」

暁人くんがきっぱりと言った。何の迷いもない、いつも通りの言い方だ。

面白そうって、微妙だよねえ。でも――

「そっか。じゃあもっと面白いこと沢山しようよ。暁人くんはすごく忙しいけど、時間が許す限り、いっぱい遊ぼうよ」

いろんな暁人くんを見てもっと好きになりたい。それからわたしのことも、もっと知ってもらいたい。そして同じくらいわたしのことも好きになってくれたら、この先何があっても決して後悔しないだろう。

「そうだな」

暁人くんが静かに言う。横目でちらりと見た表情は心なしか楽しそうで、なんだか嬉しくなった。

「じゃあ何する？　暁人くんは何がしたい？　遊園地？　動物園？　あ、サファリパークとかいっちゃう？　でもアメディオはダメよ、汚れちゃうから」

「……どうして汚れるんだ？」

「キリンとかに舐《な》められちゃうし、ライオンが飛び乗ってくるんだよ」

「ほー、なるほどな」

「いったことないの？」

「ない」

暁人くんは、至極はっきりと答えた。もしかして、忙しすぎてあんまり遊びにいったことないのかも。それならば、とわたしは提案してみる。

「じゃあ今度いこうよ」

「それは面白いのか？」

「ん？　……うーん、まあ動物が好きなら」

「一花は好きか？」

「動物？　うん、好きだよ」

「ならいってやろう」

やったー、王様の許しが出た！　なんだか若干とんちんかんな会話のような気もするけど、一応次のデートの予定が決まったも同然。ウキウキ気分でいたら、目的のビルが見えてきた。

「もうすぐ着くよ」

言うと、暁人くんが書類の束をまとめて封筒にしまった。ビルの前で車を停めると、待ち構えていたように、暁人くんの部屋で見たことのある人達が駆け寄ってきた。

「じゃあな、一花。助かった」

「いえいえ。お仕事頑張ってね」

たくさんの人を従えて去っていく暁人くんの後ろ姿を見送ってから、アクセルを踏み込み、きらびやかなビルを後にした。

翌日、いつもの時間に常連メンバーが顔を揃《そろ》えた。中山サンから昨日の話を聞いた小春ママが、やけにテンションの高い声でわたしに言った。

「一花ちゃん、夜のデートどうだったの？」

「んー？　えっとね、三十分くらい話したよ」

「……はい？」

キョトンとしてる小春ママに、夕べのことを話した。まあ話すといっても、ただ三十分かけて送っていっただけなんだけど。

「一花ちゃん、それって送迎って言うんじゃないの？」

「僕も昨日同じこと言いましたよ」

小春ママと中山サンが、若干あわれむような表情でわたしを見た。

「もう、ドライブデートだってば。次の約束もしたもんねっ」

「珈琲《コーヒー》を届けてデザートを届けて、送迎までして……」

繰り返す中山サンの声は少し呆れているように聞こえる。

「世間ではそれを召使《めしつかい》と言う」

とどめは祥吾くんだ。祥吾くんにまで言われるなんて！

「そういう扱いをしてるのは祥吾くんでしょっ。暁人くんは違いますー」

ぶーたれていたら、小春ママが身を乗り出してわたしの手をギュッと握った。なんだかとてもキラキラした目でわたしを見ている。

「一花ちゃん！　とうとう新しい世界に目覚めたのね。まかせて！　今度とっておきのプレイを教えてあげる」

「え？　プレイってなに？」

小春ママの顔があまりにも嬉しそうだから、どんな楽しいことなんだと身を乗り出したら、祥吾くんに頭をはたかれた。痛いじゃない。

「ちょっと、小春さん。変なこと吹き込まないでください」

苦い顔をしている祥吾くんに、ママがバチンとウィンクする。

「あら、ＳＭにだって美学があるのよ」

ＳＭ!?　傍からみたら、暁人くんとわたしの関係ってＳＭなの!?

一人落ち込んでいたら、六ちゃんと中山サンがこそこそ話しているのが聞こえた。

「ママは絶対にＳだよな」

喜んでいるんだか恐れているんだか。みんな変な人ばっかりだ。

「ＳＭこそ究極の愛の形なのよ」

小春ママのうっとりとした声に、その場に居た男性陣が震え上がったように見えた。

7

ママの衝撃的なＳＭ発言から数日。今日は花の金曜日だ。その間に、小春ママからこっそりと究極の恋愛についてレクチャーされた。自分にはとんと縁のない世界だと思っていたけれど、これがなかなか興味深い話だった。

明日の土曜日、カフェはお休みだ。カフェの定休日は基本日曜日だけど、祥吾くんの気分次第で土曜日も休みになったりする。まあ本人曰《いわ》く、長年の経験で休みにするかどうか決めてるとかなんとか……。とにかく今週は土曜日がお休みと決まったので、明日から二連休なのだ。

「あとはやっておくから、もういいぞ」

「うん。じゃあお先に失礼しまーす」

祥吾くんの申し出をありがたく受け止め、帰り支度をして裏口から外に出た。

駐車場に向かいながら、土日をどう過ごそうか考える。暁人くん、時間あるかなぁ。連絡してみようかなと、そんなことを考えていたら、鞄の中のスマホが鳴った。取り出してみると、なんと暁人くんからの電話だ。なんてタイミングの良い人なんだろう。

『一花、今日このあと暇か？』

本当に、なんてナイスなタイミング！

「暇だよー。ちょうど今仕事が終わったところ。それから明日も明後日もお休みなの」

『ならちょうどいい。悪いが今から自宅にきてくれ』

「自宅？　暁人くんの？」

『そうだ。住所はメールを入れる。ナビがあるから迷わないだろ』

「わかった。じゃあ後でね」

電話を切るとすぐにメールがきた。内容は住所だけ。わたしでも知ってるくらい有名な高級住宅地だ。

「何から何まで、期待を裏切らない人だなぁ」

アメディオに乗り込み、エンジンをかける。ナビに住所を入力すると、四十分くらいの距離と表示された。

「よし、いくぜアメディオ！」

慣れない夜の道だけど、ナビはある。それに、運転自体にはだいぶ慣れてきた。アメディオは車幅も小さいので、もう狭い道だって平気なのだ。元々運転のセンスはあると思うのよね。最近は駐車もかなり上手くなったし。鼻歌を歌いながら運転すること約四十分、ナビから案内終了の声が聞こえた。

「え？　この辺？」

住宅街の真ん中でナビが終わってしまった。辺りを見ると、想像していた通り、大きな家が立ち並ぶ高級住宅地だ。片側はかなり先まで同じ高い塀が続いている。

「まさか、ここ？」

車をそろそろと塀沿いに走らせると、ようやく門が見えた。いかにも日本家屋って感じの、驚くくらい大きな木の門だ。まるで高級料亭みたい。窓を開けて見ると、立派な表札に〝西城〟と書いてある。とりあえず車から降りて、表札の横にあるインターホンを押した。

〝はい〟

少し年配の男性の声がした。

「あ、あの。夜分恐れ入ります。富樫と言いますが、暁人くんを迎えにきました」

〝お世話様です。今、門を開けますので、お車でそのままお進みください〟

声と同時に大きな門がゆっくりと左右に開いた。なんだか時代劇の効果音が聞こえてきそうだ。門の先にも道が続いていて、家らしい建物は見えない。

再びアメディオに乗り、門の中に入った。

「家の敷地に道路があるなんてっ。さすがは暁人くん！」

道路はゆっくりとしたカーブを描き、五十メートル程進んだところで、まるで御所《ごしょ》か首相官邸みたいな大きな玄関が見えた。ロータリーがあって、その上には大きな屋根がせり出している。玄関扉は外の門と同じ木の大きな引き戸だ。

正面にアメディオを停めて、降りる。なんとも大きな平屋だ。玄関の反対側には日本庭園が広がっている。ここももちろん大きい。

これが自宅？　公園の間違いじゃないのかと思っていると、玄関の引き戸が開き、中から和服を着た小柄な女性が出てきた。

「あらあら、随分《ずいぶん》可愛らしい運転手さんね」

「う、運転手っ……」

今のはちょっと胸が痛かったぞ。思わず胸に手を当てると、その後ろから暁人くんが出てきた。

「お母さん、彼女は運転手じゃありませんよ。しいて言えば……」

「恋人です!!」

大きな声で言うと、その女性――暁人くんのお母さんが「あら」と朗《ほが》らかに笑った。

「まあ、それは素敵。お嬢さん、お名前は？」

「あ。ごめんなさい。富樫一花です」

ぺこりと頭を下げる。そして顔を上げると、暁人くんのお母さんは少し驚いたような顔をしていた。

「まあ……一花さんとおっしゃるの。可愛らしいお名前だわ」

近寄ってきて、わたしの手をきゅっと握った。背はわたしと同じくらい。とてもキレイな人で、生きていればきっと、母と同じ年代だと思う。握られた手は柔らかくて温かい。

「暁人さんって可愛げがないけど、時々は良いところもあるのよ。よろしくね」

「は、はいっ」

暁人くんのお母さんはぶんぶんと握った手を振る。内容はちょっと微妙だけれど、認めてくれたことがものすごく嬉しかった。

「じゃあ、一花さんといくのね？」

暁人くんのお母さんが暁人くんを見た。

「はい」

「ぜひ楽しんできてね」

暁人くんのお母さんが、もう一度わたしの手をきゅっと握る。

「は、はい」

なんだかよくわからないけれど、笑顔で返事をした。

「いくぞ、一花」

暁人くんがさっさと助手席に乗り込む。

「では、いってきます」

頭を下げて運転席に乗り、ロータリーをゆっくりと回る。手を振る暁人くんのお母さんに手を振り返して、また門に続く道をいく。

「暁人くんのお母さんって素敵な人だね」

「根っからのお姫様だがな」

うん、まあそれはよくわかる。物腰も話し方も、おっとりしていてやさしそうで、正真正銘のお姫様のようだった。その柔らかな雰囲気は、ある意味暁人くんとは正反対だ。

「暁人くんはお父さん似？」

「……いや、似てないな。どちらかというと祖父に似ている」

「ふーん。で、今からどこにいくの？」

門を出る前で、車を一旦停めてたずねた。

「ああ、まだ言ってなかったか」

毎回言ってないよ。と心の中で思っていたら、暁人くんが都内の高級ホテルの名前をあげた。とりあえず言われるままにナビに入力する。いやーん、ホテルでデート!?

「な、なんか美味《おい》しいものでもご馳走してくれるの？」

「まあ、それなりのものはあるだろう」

ドキドキしながら聞いたのに、結局よくわからない答えが返ってきた。

夜の街を運転しながら、助手席に座っている暁人くんをちらっと見る。助手席の座席の位置は暁人くんに丁度いいようで、窮屈《きゅうくつ》そうというより、ぴったりとそこに収まっている感じだ。

　暁人くんの仕事部屋の椅子もソファも大きくて、いつも優雅に腰かけてる印象だけど、アメディオの中の暁人くんはなぜかちんまりして見えてかなり笑える。本人には絶対に言えないけど。

　あまりの狭さに、暁人くんは最初はぶつぶつ文句を言っていたものの、それ以降は何も言わない。なんだかんだで、結構気に入ったんだと思うのよね。

　そんなことを考えながら運転していると、あっという間に目的のホテルに着いた。暁人くんに言われるまま正面玄関に停めると、どう見ても偉いであろう雰囲気満載の人が、飛ぶようにして出てきた。

「西城様、お待ちしておりました」

　助手席のドアが開けられ、暁人くんがスッと降りた。

「一花、お前もこい」

「え？　アメディオは？」

　すると、運転席側にホテルのボーイさんがやってきた。

「お車はわたしが責任を持ってお預かりいたします」

「あ、はい。じゃあお願いします」

　エンジンをかけたまま車を降り、待っている暁人くんのところにいくと、暁人くんがわたしの手を取った。エスコート!?　なんて、思わずドキドキしたけれど、そんなわたしの甘い気持ちには気付かないようで、暁人くんはわたしを引っ張りながらさっさとホテルの中に入る。それをさっきの偉そうな人がワタワタと追いかけてきた。

「準備は?」

「はい。ご要望通り、すべて整えております」

「ご苦労」

　さすがは高級ホテル。吹き抜けのホールには豪華なシャンデリアと高級そうなソファセットが置かれていた。暁人くんはそれらを一瞥《いちべつ》もせず、待っていたエレベーターに乗り込んだ。さっきの人が深く頭を下げるのを見ていると、扉が閉められた。

　中にはエレベーターボーイと言うのだろうか、制服を着た男の人が居て、行先も言わないのに迷わず最上階のボタンを押した。

　暁人くんと手をつないだまま、どんどん上がっていくエレベーターの数字を追う。そして最上階の扉が開くと、すぐ目の前には豪華なドアがあった。

　こ、これは世に言うスイートルームってやつでは っ!?

　さっきのエレベーターボーイさんが先頭に立ってドアを開けた。最上級にドキドキしていると、中には思っていた以上に沢山の人が居た。

あれ？　二人きりじゃなかったの？　若干がっかりしていると、その中から派手な格好の男の人が駆け寄ってきた。暁人くんに負けないくらい男前なのだけど、やけにルンルンした雰囲気を持つ人だった。

「あら～ん、暁人様、お待ちしておりましたん」

ん？　この口調にこのキャラクター……。やっぱりあっち方面の人かっ。職業柄いろんな人を見てきたけど、この人も結構強烈だわと思っていたら、暁人くんに前に押し出された。

「えっ」

「言った通りに頼む」

「わかりましたん」

ルンルンした人は、まさにルンルンしながらわたしに近づいてきた。この人をルンルンさんと言わずになんと言おう！　そんなことを考えていたら、ルンルンさんはわたしの手をガッと引いて隣の部屋に連れていった。見かけよりも馬鹿力なのねと、半ば感心する。

たどり着いた先には、ルンルンさんのお手伝いらしき女性が数人いた。そこはまるで美容院のようだ。窓際にはハンガーに掛けられたドレスが何着も並んでいて、大きな姿見やメイク道具がずらりと置かれている。

こ、これって……戸惑っているわたしに、ルンルンさんはにっこりと笑いかけた。

「大丈夫、わたしにまかせて。飛びっきりのお姫様にしてあげるからね。みんな、用意はいい？」

「はーい」

とその場にいた全員が答え、そして一斉にわたしに飛びかかってきた。

「ギャーッ、なにーっっ!?」

思わず悲鳴をあげるわたしに構わず、どんどん着ていたものが脱がされる。ものの一分もかからず下着姿にされてしまった。どこを隠していいものか呆然としているわたしを、ルンルンさんが鏡の前にひっぱり出す。

大きな姿見には、身ぐるみを剥《は》がされ、ボロボロになったわたしが映っていた。そんなわたしにルンルンさんが色んなドレスを当てていく。

「そうねぇ。あなたには明るい色が似合いそうね」

そう言って、サーモンピンクのふんわりしたドレスを当てた。柔らかなシフォンが何層にも重なって、本当にお姫様のよう。

「うん、これでいいかしら。あとは髪の毛ね」

ルンルンさんが、わたしの髪を指でつまむ。

「結い上げるにはちょっと足りないわねぇ。ウィッグ持ってきて」

「はいっ」

　助手らしい女の子が、これまた大量のかつらを抱えるようにして持ってきた。いつの間にか椅子に座らされ、ケープを掛けられると、顔から頭から、大勢の手でいじられた。美容院にいってもこんな風にされたことはない。驚きと衝撃と、これから何が始まるのか、わけのわからない状況に頭がついていかない。そうこうしている内に、手を引っ張られて立ち上がらされた。ふわふわしたものを足からはかせられる。

「さあ、出来たわよ。見てみて」

　ルンルンさんの声に目の焦点を合わせて大きな姿見を見る。自分で言うのもなんだけど、そこには驚くほどお姫様になった自分が居た。

　ふわふわのサーモンピンクのシフォンのドレスと、同系色のハイヒール。髪の毛はふんわりと巻かれていて、おくれ毛が顔のまわりを邪魔にならない程度に覆っていた。

　メイクは自分では絶対に選ばないような色合いと、つけたこともないつけまつげと濃いアイラインのおかげで、普段から「大きな目だね」と言われる目が、さらに大きく見える。唇はドレスと同じような色で、たっぷりと塗られたグロスのおかげでぷっくりとしている。それでも厚化粧という感じは全くなくて、別人かと言われるほど変わってもいない。

「うわぁ……」

　思わず漏れたつぶやきに、ルンルンさんが満足そうに頷く。

「暁人様の方は出来ていて？」

「はい」

「じゃあいきましょう」

ルンルンさんはわたしの手を恭《うやうや》しく取って、扉を開けた。リビングルームのようなその部屋に、タキシード姿の暁人くんが立っていた。いつもとは違うエレガントな姿。まさしく総帥《そうすい》といった雰囲気だ。

「暁人くん素敵!!　王子様みたい」

思わず叫ぶと、暁人くんが苦笑いをした。それからわたしの姿を頭の先から足先までじっと見て頷く。

「よし。完璧だ。さすがだな」

「恐れ入ります」

わたしの隣に居たルンルンさんが、深々と頭を下げる。

「いいか一花、お前は今夜はお姫様だ。忘れるなよ」

そう言って、わたしの手を取った。

「悪いがこのままここで待機していてくれ。遅くとも二時間ほどで戻ってくる。食事の手配をしてあるから、それまでゆっくり過ごすといい」

暁人くんがルンルンさん達にそう言うと、わあっと歓声が上がった。

「ルンルンさん、どうもありがとう！」

わたしのお礼に、ルンルンさんが苦笑した。

「まあ、名乗らなかったわたしが悪いのよね。まあいいわ。どうぞ楽しんでらして。誰にも負けないから」

最後の言葉の意味がよくわからなかったけれど、みんなに手を振られ、部屋を後にした。

ほとんど履いたことのないヒールの高い靴は歩きづらくて、暁人くんにすがってしまう。部屋を出たらそこにはさっきのボーイさんが居て、エレベーターの扉を開けて待っていてくれた。

「で、結局どこにいくの？」

エレベーターに乗ってから暁人くんに声を掛けると、彼はおや？　と眉を上げた。

「まだ言ってなかったか。今夜、このホテルでパーティがあるんだ。顔を見せる程度だから、一花は適当に笑ってるだけでいい」

しつこいけど、一回もはじめに言ったことないからねっ。

そうか、パーティか……。いや、なんでそもそもわたしがパーティに？　というか、なんのパーティ？　結婚式……じゃないよね、もちろん。そうなるとあれか。テレビとかで見る、何を話しているのかよくわからない煌《きら》びやかなセレブの集まりか。パーティってこんな場所でするんだ。

「パーティって食べるものある？　お腹空《なかす》いちゃったんだけど」

だって、今日は祥吾くんのまかないもなかったし。そろそろ限界だ。

「何でもあるだろ。好きなだけ食べていいぞ」

こんなに高級なホテルのパーティともなれば、食事もかなり豪勢と見た。頭の中に少しだけあった不安も期待に変わる。

そして、エレベーターが停まった。静かに扉が開き、その先にはまた通路が見える。

「さあいくぞ」

暁人くんが差し出した腕にそっと手を乗せる。通路に敷いてある絨毯《じゅうたん》は、ヒールが埋まるくらいフカフカだった。数メートル歩いたところにあるのは、どうやら受付のようだ。その場にいた全員は、暁人くんを見るなり姿勢を正してお辞儀をした。

「西城様、いらっしゃいませ」

暁人くんがその言葉に頷くと、そこに居た人が大きな扉を開けた。途端に聞こえるざわめきと、まぶしいほどのシャンデリア。広い室内では、大勢のドレスアップした人達が、にこやかに談笑していた。まさしく、テレビや映画で見る、わたしの知らない世界だ。

暁人くんが一歩中に入った瞬間、ざわめきが止んだ。そして、次々と頭を下げる人達。その間を、暁人くんは黙ったまま歩いていく。自然に人がわかれて道が出来て、その間をゆっくりと進む。まばゆいシャンデリアに照らされてなお、暁人くんはその場に居る誰よりも輝いて見えた。

王様だ。この人は本当の王様なんだ。改めて思いながら、まわりからは突き刺さるような視線を感じていた。どこの誰かもわからないわたしが、暁人くんと腕を組んでいるのだから、当然と言えば当然か。少し不安に駆られたけれど、彼の腕の温かさだけを感じて、気にしていないフリをした。

暁人くんと進んだ先には、また人だかりがあった。その輪にいた人達が、暁人くんの存在に気づきスッと左右にわかれる。そしてその中心に、初老の男性が居た。

ああ、この人、暁人くんに少し似ている。わたしがそう思ったのと同時に、その男性がにこやかに笑った。

「遅かったな、暁人」

「デート中なので、手短にお願いします。お父さん」

暁人くんはさらりと言うと、わたしをそっと前に押し出した。途端にひそやかなざわめきが、さざ波のように広がった。

「可愛らしいお嬢さんだね」

暁人くんのお父さんは、にっこり笑ってわたしに手を差し出した。暁人くんの腕から手を外し、その手をぎゅっと握る。

「と、富樫一花です。はじめまして」

「ほう」

暁人くんのお父さんはそうつぶやいて目を細めた。

「暁人は我がままだから、つきあうのも大変だろう」

「いいえ、お世話するのも大好きですっ。みんなには召使《めしつかい》だとか奴隷《どれい》だとか言われてますけど」

おっと、最後のは失言だったかも。思わず口に手を当てると、暁人くんのお父さんがケラケラと笑った。それにつられたように、まわりからも笑い声が聞こえた。

失敗したかしら？　恐る恐る暁人くんを見上げたけれど、彼はいつもの冷静な顔のままだ。うん、まあ怒ってはいないらしい。ホッと息を吐いたそのとき、前に出てきた男の人が暁人くんに言った。

「あ、あの。暁人さんは野島建設のお嬢様とおつきあいされているのでは？」

その言葉に、場が一瞬シンとなった。まわりの人みんなが暁人くんに注目しているのがわかる。野島建設のお嬢さんって、この前暁人くんとのデートに乱入してきた人だよねえ。

「そんな事実は一切ありません。わたしの恋人は彼女です」

暁人くんは、思わずぞっとするくらい冷たい目でその人を見ると、わたしの肩を抱いて引き寄せた。

「し、失礼しましたっ」

暁人くんに睨《にら》まれたその人は慌てて輪から外れていった。そしてその人と入れ代わるように、新しい人が加わる。

げっ、小杉——いや、小杉さんだ。思わず眉間にしわを寄せてしまったわたしを見て、小杉さんも思いっきり顔を顰《しか》めていた。

「暁人様、野島建設の社長がぜひお話ししたいと……」

小杉さんは暁人くんを促《うなが》したけれど、暁人くんは一歩たりとも動かず、

「では、こちらにきてもらうように言ってくれ」

と、にべもなくそう言う。それから暁人くんは、わたしを料理が並ぶテーブルに向き合わせてくれた。立食形式のパーティだったので、沢山の料理が大きなテーブルいっぱいに並んでいる。

さすがは高級ホテルのパーティだ。小さなオードブルの一つ一つでさえ、丁寧に盛り付けられている。とても食欲をそそられる。それなのに、料理はほとんど手つかずのままのようだ。

「好きなだけ食べていいぞ」

わたしの耳元で暁人くんがこっそり告げた。言われなくても好きなだけ食べるって。

取り皿をもらって、美味《おい》しそうな料理を少しずつよそった。その間に、暁人くんは飲

み物を片手にお父さんや近寄ってきた人と話をしている。さすがに暁人くんと離れるのは心細いので、背の高い彼の陰に隠れてこそこそと食べた。

うん、めちゃめちゃ美味《おい》しいじゃない。どうして誰も食べないのかしら？　次は何にしようかと見回していたら、そんなわたしの様子を見ていたらしいボーイさんが、新しい取り皿を持ってきてくれた。

「何かお取りしましょうか？」

恥ずかしさ半分、嬉しさ半分だ。

「えっと、おススメはなんですか？」

逆に聞くと、ボーイさんはテーブルの真ん中辺りに置いてある肉の塊を手で示した。さっきちらっと見たけど、良くわからなかったから諦めたやつだ。

「ローストビーフをぜひお召し上がり下さい。当ホテルの一番人気メニューです。今夜のために、さらに上質なお肉をご用意しましたので」

聞いただけで涎《よだれ》が出てきた。

「じゃ、じゃあぜひお願いします！　大盛りでっ」

お皿を渡すと、ボーイさんはどこかに目配せをした。するとシェフの格好をした人が現れて、大きな包丁でその肉の塊から薄く肉を削ぎ出した。内側はうっとりするほどのピンク色だ。わたしの願いどおり沢山切り分けてくれ、おまけにマッシュポテトと特製だというグレイビーソースを添えてくれた。

「どうぞ」

「ありがとうございますっ」

暁人くんの後ろで、テーブルの角にお皿を置き、ナイフとフォークを持って一口大に切り、ソースを絡めて口に入れた。

「美味しい!!」

その言葉しか出てこない。こんなにジューシーで美味しいお肉ははじめてだ。

「ものすごく美味しいです」

もう一口食べてそう言うと、ボーイさんもお肉を切ってくれたシェフの人も嬉しそうだった。そして、他にもいろんな美味しいお料理を説明しながらよそってくれた。

ああ、この美味しさを他の人にも伝えないと。

暁人くんの袖を引くと、なんだとばかりに彼が振り返った。

「どうした？」

「暁人くん、このお肉、すっごく美味しいの。食べてっ」

一口大に切ったローストビーフをフォークに刺して彼の口の前まで持っていくと、暁人くんが口を開けてパクリと食べた。

わーい、間接キッスだー。喜んでいるわたしをよそに、まわりに居た人達が驚いた顔でこちらを見ていた。少しはしたなかったかしらと思っていると、暁人くんが頷いた。

「確かに、美味《うま》いな」

「このホテルの一番人気なんだって。他のお料理もすごく美味《おい》しいよ。食べないなんてもったいないよ」

「……そうか」

暁人くんはそう言うと、ほぼ手つかずの料理のお皿を見て、それからシェフの方へ顔を向けた。

「この料理はあなたが?」

「はい。当ホテルで総料理長をしております」

緊張した面持ちの料理長さんが答えた。

「では、次に西城グループでパーティを開くときは、ぜひこちらにお願いしましょう」

「ありがとうございます」

料理長さんが頭を下げた。すると、それまでまったく料理に手をつけていなかった人達が、わらわらとテーブルに集まってきた。沢山あった料理がみるみるなくなっていく。

ああ、おかわりしようと思っていたわたしのローストビーフが……心の中で嘆いていたら、さっきのボーイさんがそばまできて、料理を盛ったお皿を渡してくれた。もちろんローストビーフも多めにある。

「あ、ありがとうございますっ」

お礼を言うと、その人が突然わたしに向かって頭を下げた。

「先ほどはありがとうございました」

「え？　わたし何もしてませんけど。はしたなく食べまくっただけで……」

「いいえ。あなたが西城様に声を掛けて下さったお陰で、料理も無駄にならずにすみました」

ああそうだよね。この料理を作るために、沢山の人達がずっと前から苦労をしてきたはずだ。

「わたしも飲食店で働いているのでよくわかります。みなさんに楽しんでいただけて良かったですね」

わたしがそう答えると、彼はもう一度頭を下げ、テーブルの方へ戻って忙《せわ》しなく給仕を始めた。

そのとき、わたしの頭の上に温かな手が乗った。見上げると暁人くんがわたしを見ていた。暁人くんは何も言わず、ふっと笑っただけだった。

そうか、暁人くんが一言言っただけで、こんなに威力があるんだ……。お皿を持ったまま、隣でまた談笑を始めた暁人くんをこっそり見上げる。この人は、本当にすごい人なんだ。一方、わたしは間違いなく場違いな人間。

晩人くんの一言で、大勢の人が動く。みんな明らかに社会的地位の高そうな人ばかりなのに。それだけの力を晩人くんは持っていて、この場に居る人は全員それをわかっている。

わたしは本当にただの一般人で、こんな世界に居られる人間じゃない。晩人くんがたまたまつきあってくれているからこられただけで、本当に縁のない世界なのだ。

「営業の才能がありそうだね、お嬢さん」

掛けられた声に顔を上げると、晩人くんのお父さんが楽しげな顔でわたしのそばに立っていた。どうやら、一部始終を見られていたらしい。

「い、いえ、よくわかっていないだけなんです」

「いやいや、それもまたひとつの才能でしょう。晩人にはない才能だ」

晩人くんのお父さんはそう言うと、わたしの持っていたお皿からオードブルをひとつ、手でつまんで口に入れた。そして困惑しているわたしにウィンクする。思わず、心の中の不安を口にしてしまった。

「わたし、本当はこんなところにこられる人間じゃないんです。ただのカフェで働いていて、たまたま晩人くんを好きになって……」

晩人くんのお父さんに向かって何を言っているのか、自分でもよくわからない。

すると、晩人くんのお父さんが静かに言った。

「ここはただのホテルで、今日のパーティは招待状も必要ないただの集まりに過ぎない。だから、誰がきてもいいんだよ」

　こんなにドレスアップした、ただの集まりがあるんだろうか。でも見回してみると、確かに会場にいる人達はみんな、誰かと話すことに一生懸命だった。

「みんな、忙しそうですね」

　フォークにローストビーフを刺して暁人くんのお父さんを見る。

「まあ、半分仕事みたいなものだからね。結局はみんな作り笑顔ばっかりだ」

　最後の言葉は、ちょっと皮肉気に聞こえた。スッと細められた冷たい目は、暁人くんによく似ている。

「だから、ぼくは早々に逃げたんだよ」

　わたしにだけ聞こえるくらいの声でお父さんが言った。

「え？」

　聞き返したわたしにウィンクが返ってきたそのとき、急にまわりのざわめきが消えた。同時にカツカツと足音が響く。思わずローストビーフにかじりついたまま見ると、いつかのあの女性――野島麻紀さんがそこに居た。この前会ったときより、当然のことながらドレスアップしている。その姿はまさにお姫様、いや女王様か。その隣には恰幅《かっぷく》の良いタキシード姿の男性が居た。顔つきと年齢から判断するに、どうやらこの人が野島建設の社長のようだ。

「いつも娘がお世話になっております」

やけに大きな声でそう言いながら、暁人くんの手をぎゅっと握った。相手はニコニコしていたけれど、暁人くんの目は驚くほど冷たい。スッとその手を引き抜き、一歩下がった。

すると今度は麻紀さんが暁人くんの前にきた。

「誘って下さると思っていたのに」

凛《りん》とした声はまさしく女王だ。顔は笑っているのに、目はまったく笑っていない。肉食獣みたいな、今にも飛びかかりそうな雰囲気に、思わず暁人くんのお父さんの陰に隠れようとした。だけどその前に腕をぐっと掴まれ、暁人くんの隣に引き寄せられてしまった。

「なぜ？　僕にはこうしてパートナーが居るのに」

麻紀さんは視線をわたしに移すと、思いっきり嫌そうな顔になった。まあ当然だろう。口からローストビーフをぶら下げた女が目の前に居るんだから。

なんとか口の中にお肉を入れ、もごもごしながらお辞儀をした。その場の気温が少し下がったかなと思うくらい、麻紀さんから冷気を感じる。まわりのみんなも緊張して息を呑んでいるのがわかる。麻紀さんのお父さんも、胡散臭《うさんくさ》げな目でわたしを見ていた。

「はじめて見る方ですな」

明らかに蔑《さげす》むような言い方だ。なんだか、親子そろってめっちゃ怖いんだけど。自分に向けられた悪意に後ずさりそうになったけど、背中に暁人くんの手の温かさを感じているとその気持ちも落ち着いてきた。

「はじめまして。富樫一花と申します。こんな素敵なパーティに参加させて頂くのははじめてなんです。お料理も美味《おい》しくって幸せです。暁人さんには本当に感謝しています」

にっこり笑ってそう言ったら、親子そろって変な顔になった。

「一花さん、これも美味しいよ」

この場に似合わないくらいのんびりとした声がした途端、冷たい緊張感が消える。振り返ると、暁人くんのお父さんがニコニコしながら、わたしが持っていたお皿と取り替えるように、デザートが山盛りになったお皿をくれた。

「あ、ありがとうございます」

反射的に受け取ると、目の端に呆れ顔の麻紀さんの顔が見えた。それからわたしの頭からつま先までを何度も見て、

「馬子《まご》にも衣装ってところかしら」

とつぶやくと、父親と一緒にその場から去っていった。

わたしはデザートのお皿からケーキを一口食べたあと、暁人くんを見る。

「馬子《まご》にも衣装って、一応悪くないってことでしょ?」

「……まあ、かなりポジティブに考えればな」

暁人くんはわたしからフォークを奪い、お皿からケーキを一切れ取って食べた。かすかなざわめきがまた聞こえたけど、なぜかはよくわからない。けれど——

「じゃあ褒められたと思うことにする」

女王様に褒められたってことは、今夜のわたしの格好はそんなに捨てたもんじゃないってことでしょ。ルンルンさんの言葉の意味が、今やっとわかった。

暁人くんからフォークを取り返して、残っているケーキを全部食べた。うん、美味《おい》しい。食べ物を食べて美味しく感じるということは幸せな証拠だ。

その後は、暁人くんと同年代だという若手の社長さん達と話したりして、楽しく過ごすことが出来た。

「素敵なお嬢さんだね」

暁人くんのお父さんがニコニコしながら言ってくれた。

「そうですね。彼女を選んで、本当に正解でした」

暁人くんがそっとわたしの腰を抱いた。驚くくらいぴったりと重なったからだの温かさに、心臓がドキドキする。そんなわたし達のまわりにさらに人が集まってきて、再び和《なご》やかな雰囲気になった。あの小杉さんだけが相変わらず苦虫を噛み潰したような顔をしていたけれど、いつもあんな顔だから気にしないでおこう。

結局、なんだかよくわからないけれど、キレイな格好が出来て、美味しいものが食べられて、それから暁人くんのお父さんにも会えたし。ちょっとブルーにはなったけれど、最後には楽しい話も聞けて、本当にきて良かったと思う。

麻紀さんや小杉さんの態度はちょっと気になるけれど、わたしが立ち入るべきところではないのはわかる。暁人くんが何も言わないなら、それまでだ。わたしが今、恋愛をしているのは暁人くんなのだから。

暁人くんの肩に寄り添うように顔を寄せたら、少しささくれていた心がすっと落ち着いた。

8

それから三十分ほどしたところで、暁人くんが帰ろうと言った。暁人くんのお父さんやその他の人達に挨拶《あいさつ》をしてホールを出て、またエレベーターに乗って最上階の部屋に戻る。

ドアを開けたら、ルンルンさんをはじめ、スタッフが笑顔で迎えてくれた。すぐにわたしを最初に入った部屋に通し、ドレスを脱がせてウィッグやアイメイクを落としてくれた。その部屋にあるバスルームで整髪剤を落とすように言われたので、髪とついでにからだを洗ったら随分《ずいぶん》スッキリした。バスルームから出て、用意してくれていたローブを羽織って戻ると、

「楽しめた？」

と、片づけをしていたルンルンさんが言った。

「楽しかったよ。お料理も美味《おい》しかった」

「ここのホテルってお料理が美味しいわよね。わたし達もご馳走になったわ。特にローストビーフが最高よね」

「そうそう！　すっごく美味しかったよね」

味の好みが合うようだ。ルンルンさんとは仲良くなれそう。

「で、どうだった？　会場で一番のお姫様になれたでしょ？」

ハンガーに掛かったシフォンのドレスを見ながら、ルンルンさんが言った。

「どうかなぁ。若い女の子はほとんど居なかったし……。麻紀さんは女王様みたいだったし」

「……麻紀さんって、野島建設の？」

「うん」

さすが、麻紀さんは有名人のようだ。セレブだもんね。かなり目立っていたし。

「馬子《まご》にも衣装って言われた」

「んーまぁ!!　前から嫌な女だと思ってたのよ!」

ルンルンさんの顔が一瞬般若《はんにゃ》みたいになった。こ、怖いよ。

「で、でもその通りだし。わたし、元々暁人くん達みたいなお金持ちじゃないの。だから、間違ってはいないでしょ。それに一応褒めてるじゃない?」

まあまあとなだめながら言うと、ルンルンさんが呆れたように笑った。

「あなたって変な子ねぇ。気に入ったわ。今度はわたしのお店にきて。サービスしてあげる」

そう言って名刺を一枚くれた。ほほう。ルンルンさんの名前は、本城静《ほんじょうしずか》と言うらしい。名前も女の人みたいなのね。表参道にブティックと美容院を持っているそうだ。

「わたし、カフェで働いているの。珈琲《コーヒー》もパンケーキもすごく美味しいから、今度きてね」

残念ながら名刺は持っていないので、備え付けのメモにカフェの名前と住所を書いて渡したら、とても喜んでくれた。

それからほどなくして、ルンルンさんやみんなは帰っていった。わたしはバスローブを脱いで私服に着替える。元の姿に戻った自分を見て、少しホッとした。キレイなドレスも素敵だったけど、やっぱり着慣れないから緊張していたのだ。

部屋から出て、暁人くんをさがした。さすが、スイートルーム。広くて、まるで迷路のようだ。ようやく見つけた暁人くんは、リビングルームと思《おぼ》しき豪華な部屋の大きなソファにゆったりと座り、シャンパンを飲んでいた。タキシードを脱いで、ネクタイを外し、白いシャツと黒いズボンだけのラフな姿なのに、王様の雰囲気はまったく損なわれていない。

「一花もおいで」

入り口付近で突っ立っていたわたしは、手招きされるがまま、ほいほいと近寄って暁人くんの隣に座った。驚くくらい座り心地の良いソファを堪能《たんのう》しながら、暁人くんが差し出してくれたシャンパンを一口飲む。

「……飲んじゃった。これじゃあ車の運転出来ないじゃない」

パーティ会場でも我慢していたのに……思わず口にしてしまった。

「明日休みなんだろ。泊まっていけばいい」

あー、そっか。それならとシャンパンをぐびぐび飲んだ。さすがは高級シャンパン。大変飲みやすいじゃないですか。グラス一杯飲んで、ソファにもたれる。沈み込むような柔らかさに、からだの力が抜けていく。

「今日は突然で悪かったな」

暁人くんの声に顔を向けると、グラスを手にわたしを見ていた。

「ううん。楽しかったよ。こんなのはじめてだったし」

お姫様みたいな格好も、いわゆるセレブなパーティも、無縁のものだと思ってきたからなおさらだ。

「暁人くんのお父さんとお母さんにも会えたしね」

にっこりと笑うと、暁人くんが少し苦笑した。

「父は、一花のことを気に入ったみたいだ」

「ほんとに？　嬉しい。暁人くんのお父さんって面白いよね。お母さんも優しそうだったし。……わたしの両親も楽しい人達だったんだよ」

こんなこと言うのは恐縮だけど、暁人くんの両親は何となく自分の親に似ている気がした。

「……一花のご両親は、亡くなられているんだったか」

暁人くんがぽつりと言った。両親の話を暁人くんにしたかどうか、記憶にない。でも基本的に隠しているわけではないし、話せないほど悲しみに暮れているわけでもないので、わたしは素直に答えた。

「そう。交通事故でね。わたしが高校生で、弟の大地はまだ小学生だった」

「大変だったな」

「そうでもないよ。すぐに遠縁のおじさんがきてくれたの。ほら、カフェのマスターの祥吾くんのお父さんよ。わたしのお父さんの従兄《いとこ》なの。わたし達を引き取ってくれたうえに、弁護士をしてるからって、色んな手続きも全部やってくれたの。今思えば、すごく運が良かったと思う」

暁人くんは何も言わず、わたしの話をじっと聞いていた。

「わたしの両親ってね。すごく前向きな人達だったの。理由は知らないけど、それぞれの家族から絶縁されてたね。でも、すごく明るくて、一生懸命で、お金が沢山あったわけじゃなかったけど、すごく幸せだった。あんな風に、あっけなく死んでいい人達じゃなかったのよ」

それは今でも信じられない。わたし達の家族はいつまでも仲良く暮らしていくんだって、疑いもしなかったのだから。でもそれはきっと、誰もが思うことなのかもしれない。

「何が起こるのかわからないのが人生なんだって、あのとき思ったの。だからわたし、決めたの」

「……何を？」

暁人くんが静かに問う。

「絶対に後悔しない生き方をしようって。例えば、数時間先とか明日とか、何があるかわからないでしょ。だから、今を楽しく、全力で生きようって。ちょっと大げさだけどね」

てへへと笑うと、暁人くんの表情が少し変わった気がした。

「暁人くんに告白したのもそうだったのかも。チャンスなんていつくるかわからないでしょ。しなかった後悔より、してからの後悔の方がいいの。タイミングを逃したくない」

暁人くんが、持っていたグラスをテーブルの上に置いた。それから顔を寄せてくる。

唇に、彼の唇が触れた。はじめて触れた彼の唇は、思っていたよりも柔らかかった。

「あれ以上のタイミングはなかった」

そっと唇を離して、暁人くんが言った。

「そして、それが一花で良かったと、今本当にそう思っている」

言葉の意味がわからなかった。それでも、背中に回された暁人くんの腕は温かい。

「ここに泊まる意味がわかっているか？　一花」

耳元でささやかれた声は、一段と低くて鳥肌が立ちそうだった。当然、今現在こうしてホテルにいるのだから、わからない方がウソだろう。でも……

「泊まったら、どうなるの？」

腕を伸ばして暁人くんの頬に触れた。

「一花は二度と、俺から離れられない」

それはまるで魔法の呪文のようだ。でも、そんな魔法ならとっくの昔に掛かっている。

「なら、そうして」

暁人くんの目を見てはっきりと答える。もう一度重なる唇。今度はもっと深くて強い、大人のキスだ。歯列を舐《な》め、割って入ってくる舌。誘うような動きに、誘われるまま絡ませる。暁人くんの香りに包まれている。まるで媚薬《びやく》を流し込まれているみたいに、からだの力が抜けていく。

「こんなのははじめてだ」

長いキスを終えて、暁人くんが言った。

「どういう意味？」

荒く息を吐き、彼の胸にもたれたわたしを、暁人くんが抱きしめてくれた。

「……女性と、こんな風に過ごすのが」

彼の胸から低い声が響く。言葉の意味を理解するのに少し時間が掛かった。

「まさか、暁人くん、経験がないの!?」

そんな馬鹿なと思いながら顔を上げると、暁人くんが呆れた顔をしていた。

「そういう意味じゃないが。まあ、何というか、まあそんな感じだ」

彼にしては歯切れの悪い返事だ。キスはとっても上手だと思ったけど、もしかして本当にあんまり経験がないのかも。暁人くんってめちゃめちゃ格好いいし素敵だし、どう考えてもお金持ちだから、何もしなくても向こうから寄ってきそうだけど。でも実際は、連日仕事仕事で忙しそうだし、女の子とつきあう時間はあまりなかったのかな。なら、ここはやっぱりわたしが頑張らないと！

「じゃあわたしに任せてっ」

意気込んで言ったら、今度は暁人くんが驚いた顔をした。

「まさか、経験豊富だとか言うのか!?」

「そうじゃないよ。小春ママからね、究極の愛の形なるものを伝授されたの。大丈夫、やったことはないけど、出来る自信はあるから」

にっこり笑って告げたのに、暁人くんが胡散臭《うさんくさ》げな顔をした。でもとりあえずそれは無視する。ちょっと残念だけど、一度暁人くんから離れて立ち上がった。

「何か長いものはない？」

キョロキョロと辺りを見回すと、暁人くんが外したネクタイがソファの背もたれに掛かっていた。手に取って、両手でまっすぐに伸ばす。

「これ、使っていい？」

「……何に？」

若干冷たい声を聞きながら、ネクタイの長さを確認する。うーん。ギリギリかなぁ。

暁人くんのそばに戻り、彼の目の前に膝をつく。

「暁人くん手を出して」

ほらっと促《うなが》すけど、暁人くんは微動だにしなかった。

「一花、お前、どんなプレイをレクチャーされた？」

「プレイ？　えっと、小春ママに言われたのは、とりあえず相手を縛って――」

「もういい」

わたしの言葉を暁人くんが遮《さえぎ》る。それから、はあーと大きなため息を吐いて立ち上がった。

「一花、もう変な知識は仕入れなくていいから」

そう言うと、わたしの手を引いて立ち上がらせた。持っていたネクタイはポイとそこら辺に投げられてしまう。それからわたしのからだを持ち上げて、文字通り肩に担いだ。

「うわぁ！」

思わず叫び声が出る。暁人くんは背は高いけど華奢《きゃしゃ》だ。なのに、こんな力があるなんて。でも驚いているわたしを気にもかけず、暁人くんはずんずん歩いてドアを開けていき、幾つもの部屋を通り過ぎた。いったいどれだけ広いんだと違う意味で驚いていると、突然、柔らかな場所に降ろされた。

そこは広いベッドルームだった。キングサイズとでも言うのか、これでもかというくらい大きいベッドの上にわたしはいた。部屋には大きな窓があって、都心の夜景が広がっている。

転がったわたしの横で、暁人くんは着ていたシャツを脱ぎ捨てた。白い裸体が薄暗い部屋の中で光って見える。あんなに華奢に見えたのに、その上半身にはしっかりと筋肉がついているのがわかった。

呆然と見ていると、ベッドを軋《きし》ませて暁人くんが目の前まできた。わたしの顔のすぐ横に両手をついて、わたしをじっと見下ろしている。この体勢じゃ、小春ママから教わった究極の愛の形を実行出来そうにない。

「究極の――」

言いかけた言葉は暁人くんのキスで遮られた。きつく吸われた唇が少し痛い。歯列を舐《な》められ、思わず開いた隙間から熱い舌が入り込んでくる。舐められて吸われて、頭の中が痺《しび》れそうだ。そして改めて思う。経験不足だなんて、絶対嘘に決まってるっ。

「究極の愛なら俺が教えてやる」

ほぼ涙目になっているわたしに、唇を離して暁人くんが言った。その顔には妖《あや》しい笑みが浮かんでいる。やっぱりこの人は王様だ。とてつもない、だれも逆らえない絶対君主だ。

「一花は、ひたすらしがみついてろよ」

そう言うなり、わたしの服を脱がせ始めた。

「ちょ、ちょっと待って」

「誰が待つか」

抵抗虚《むな》しく、わたしはあっという間にすっぽんぽんになっていた。恥ずかしいと思う間もなく、同じようにさっさと服を脱いだ暁人くんのからだが被さってきた。その素肌は温かくて、そして思っていたよりもずっと逞《たくま》しかった。

そういう経験がないわけじゃないけど、決して多くもない。それでも、今までにないくらい心臓がドキドキと大きく動いていた。

肌を合わせることは嫌いじゃない。親密な気持ちになるのはもちろん、なぜか安心するような、不思議な気持ちになる。それは母胎回帰《ぼたいかいき》に似ている気がする。

「あ、暁人くんっ」

「しがみついてろって、言ったろ」

暁人くんの低い声が耳元で聞こえた。わたしの耳にキスをしながら、同時に大きな手が素肌を撫《な》でるように動いていく。

「け、経験が、ないんじゃなかったの？」

くすぐったさと気持ちよさに身をよじりながら言うと、暁人くんが低く笑った。

「意味のない経験ならたくさんあるさ。でも、一花は違う」

耳元にあった唇が動いて、またわたしの唇を塞《ふさ》いだ。あの頭が痺《しび》れるキスだ。その間にも暁人くんの手はずっと動いていた。わたしのたいして大きくもない胸を包むように優しく触れ、時折強く力を入れる。絶妙な強弱のつけ方に、体温が一気に上がる。

「ああっ」

思わず漏れた声に暁人くんが笑った。

「ここが好きか?」

そう言うなり、頭を下げてわたしの胸の先端を口に含んだ。

「きゃあっ」

そんな声に構うことなく、彼の器用な舌がわたしをなぶる。先端に舌をからめ、吸い上げ、今まで感じたことのない快感を生み出す。もう片方の胸の先を、暁人くんの片方の指がこねるように動き、そして弾く。あまりの刺激の強さに、暁人くんにしがみついた。

まだ触れていないのに、からだの中心が自然と熱く潤《うる》んでいるのを感じる。わたしの本能の部分。彼を受け入れたくて、密かに準備を始めている部分だ。恥ずかしくて、それを隠すために、両脚に力を入れる。それを察したかのように、暁人くんの手が脚に触れた。

「力を抜けよ、一花」

暁人くんの声には逆らえない何かがある。馬鹿みたいに素直に脚を広げたら、暁人くんが笑いながらそこに手を触れた。自分でもわかるくらいに濡れているから恥ずかしくて仕方がないのに、さっきの言葉が呪文のように効いていて、閉じることが出来ない。

暁人くんの指が、濡れたそこをゆっくりと撫でる。襞《ひだ》をなぞり、一番敏感な場所に濡れた指を押し当てた。

「きゃんっ」

ビクリと跳ねるからだを抑えられる。目の前には楽しそうな暁人くんの顔。ああ、この人はまぎれもない支配者だ。わたしの表情をうかがいながら、それでも愛撫をする指の動きは止まらない。それは微妙な強弱をつけ、さざ波のような快感を引き起こしていく。じれったいような、いつまでも続いてほしいような。

「あ、暁人くん、お願いっ」

「何を?」

暁人くんはどこまでも余裕の表情だ。熱くなりすぎたからだは汗ばんできた。なのに、目の前の彼はあくまで涼しい顔をしている。悔しい。でも、抗《あらが》えない。

「暁人くん、ズルイ」

なんとか身をよじって愛撫の手から逃れる。

「何がだ?」

そう言って、彼は自分の濡れた指をわたしに示すように見せつけた。

「わたしもする。暁人くんに」

しっかり屹立したそこに伸ばそうとするわたしの手を、暁人くんの手が掴んで止めた。

「それはまた今度にしてくれ」

速攻却下され、改めて、脚の間にまた暁人くんの手が滑り込んできた。しっかりと蜜が溢れているそこに、彼の細く長い指がゆっくりと沈んでいく。からだに感じる違和感と、巧みな指の動きが生み出すかすかな快感にまた我を忘れそうになる。結局彼にしがみつくしかなくて、暁人くんの首に両手を回した。耳元で彼がクスリと笑うのが聞こえた。悔しい……けど、気持ちいい。

彼にとっての意味のない経験は、それでも確実に彼の技術を上げる役には立ったようだ。だって、そうじゃなきゃこんなに上手なハズがない。見えない誰かへの嫉妬心。でもそれは意味のないものだ。

「余計なことを考えているな」

いつの間にか閉じていた目を開けると、暁人くんがじっと見つめていた。

「べ、別に……」

言いよどむと、暁人くんがニヤリと笑った。

「随分《ずいぶん》余裕があるじゃないか、一花。まだ足りないか？」

「あっ！」

中に入ったままの指が、内側のざらついた部分を撫《な》でる。フルフルと首を振って、より強く与えられる快感を、ひたすら感じた。

「あ、暁人くんの意地悪ー」

「こういうのは意地悪とは言わないんだよ」

「もうっ。いっつもそんなにしゃべらないくせに、こういうときだけどうしておしゃべりになるの!?」

「お前こそ、いつもはもっとしゃべるくせに、こういうときは静かじゃないか」

グググ……。思わず黙り込んでしまった。暁人くんが、今度は優しく笑った。

「何も考えるな、一花。今は、ただひたすら感じてろ」

言われなくてもとっくにそうなっている。わたしの頭の中は真っ白で、暁人くんの感触しか感じられない。自分の喘ぎ声すら遠くに聞こえる。

暁人くんを感じすぎて、それからどれくらいの時間が経ったのかもわからない。

「待ってろ」

ささやくような声がして、暁人くんのからだが一瞬離れた。熱を帯びたからだに少しひやりとした空気が触れる。寂しさを感じる前に、暁人くんが戻ってきた。反射的にまたしがみつくと、大きな手で背中を撫でられる。

「そのままでいろよ」

低い声がした。暁人くんが手がわたしの脚を持ち上げるように広げ、その間に自分のからだを置く。そして、わたしの中心に熱いものが押し当てられた。それは、中心から溢れ続ける蜜をまといながら、ゆっくりと奥に進んでいく。骨を広げられるような圧迫感。鈍い痛みがほんの少しと、それからようやくつながることへの安堵《あんど》感が混じる。

「暁人くんっ」

わたしが叫んだのとほぼ同時、彼自身がわたしの最奥を突いた。しっかりと抱えられ、指と同じく巧みな腰の動きでわたしの快感をどんどん高めていく。

経験不足なんて言葉、この人に一番似合わない。しなやかなからだなのに、わたしを抱く腕は驚くほど力強い。しっかりと抱きしめられ、ぴったりと合わさったからだ。隙間なくくっつきたくて、しがみつく腕にさらに力を込める。

「一花」

耳元で暁人くんの声がした。いつもの冷静な声とは違う、少し上擦《うわず》って聞こえる声。その声はまるで媚薬《びやく》のように、わたしのからだに沁《し》み込んでいく。

「俺のことが好きか？」

耳たぶを甘噛みしながら腰を回してわたしを突き上げ、暁人くんがささやく。これまで感じたことのない強い快感はわたしから言葉を奪う。それなのに。

「答えろよ、一花」

さっきよりも意地悪な声だ。喘ぎ声しか出せないのをわかっているはずなのに。

「す、好きっ。あ、暁人くん、好きっ」

絞り出した言葉に、暁人くんが満足そうに笑った。どこまでも余裕の表情だ。絶対王者の顔。やっぱり少し悔しい。そして、彼はわたしの言葉に応えるかのように、突き上げるスピードを上げた。

「ああっ」

それはスピードやタイミングを微妙に変えて、確実にわたしを追い詰めていく。彼の汗ばんだ背中を抱きしめ、頭を仰《の》け反《ぞ》らせてしがみつく。自分の内部は燃えるように熱く、彼自身に擦られるたびに新たな愛液が溢れ出し、淫《みだ》らな水音を響かせている。わたしの今までの僅《わず》かな経験は、経験の内にも入らないことを思い知った気がした。

「暁人くん、好きっ、好きっ……」

まるでうわ言のようにその言葉しか出てこない。自分も彼に同じような快感を与えたいけれど、どうしたらいいのかわからない。でも、わたしの耳元にある暁人くんの口からは、荒い呼吸が絶えず聞こえていた。彼を抱きしめると同時に、自分のお腹《なか》にも力を入れた。すると、気のせいかもしれないけれど、わたしの中にいる彼自身をまざまざと感じられるような気がした。

「一花……」

暁人くんの掠《かす》れた声がダイレクトに頭に響く。

「一緒にいくぞ」

「ああっ、暁人くんっ」

動くスピードや力がさらに強くなった。

彼から与えられる強い快感に、からだが大きく揺さぶられ、心臓が耐えられそうになるほど激しく動く。同時に、その快感が爆発しそうなくらい高まる。

「ああ、もうダメ！」

そう叫んだ直後、一瞬頭の中が真っ白になった。痛いほどの快感がつま先から脳天に流れて、そして突き抜ける。頭を仰け反らせ、それでも暁人くんに必死にしがみついた。そのとき、暁人くんがわたしの最奥で爆《は》ぜたのを感じた。

心臓はまだ踊っている。暁人くんはさっきよりもスピードを落とし、ゆっくりした動きをまだ続けていたけれど、徐々にその動きを止めた。

お互いの汗ばんだからだを抱きしめあった。重なった暁人くんの心臓もわたしと同じくらい激しく動いていて、自分ばっかりと思っていたからか、なんだか安心した。

しばらくその状態でいると、暁人くんがまたキスをしてきた。今度はゆったりとしたキスだった。それから、からだを離してゆっくりとわたしの中から自身を引き抜く。少し寂しく感じている間に、さっさと処理を終えた暁人くんが隣に寝そべってきた。

わたしの頭の下から腕をまわし、そっと抱き寄せられる。裸の胸に頬を寄せると、髪を撫《な》でられた。心地よい体温と、撫でられる気持ち良さに、なんだか眠くなってきた。

暁人くんにしがみつくように抱きつき、彼の肩を枕にする。

「今日は疲れただろう。ゆっくり眠れ」

暁人くんが言った。その言葉はやっぱり魔法みたいで。あっという間にわたしを眠りの世界に引きずり込む。

「……暁人くん、大好き」

「ああ、それを疑ったことは一度もない」

眠りに落ちる間際につぶやいたわたしに、暁人くんが答える。いつもの通りきっぱりとした声だった。自分でも可笑《おか》しいと思うくらい安堵《あんど》しながら眠りに落ちた。


次に目を開けたとき、いつの間にか閉まっていたカーテンの隙間から光が差し込んでいた。かなり明るいから、もう早朝ではないのだろう。

わたしはまだ暁人くんの腕の中にしっかりと納まっていた。そっと顔を上げると、そこには暁人くんの寝顔。はじめて見る、無防備な姿だ。昨日、眠りに落ちたときのままだから、二人とももちろん裸だった。

素肌の体温を直接感じてとても気持ちがいい。改めてすり寄ると、眠っている暁人くんがわたしを引き寄せてくれた。

ああ、今日がお休みで本当に良かった。嬉しくってスリスリと頬をこする。

「……朝か」

暁人くんの掠《かす》れた声が聞こえた。いかにも眠そうで、気だるくて、そしてやけに色っぽい声だった。

「何時だ？」

「んーっとねえ」

目だけをキョロキョロさせるけど、時計らしきものが見えない。仕方なくからだを起こしてベッドサイドの小さなテーブルを見ると、埋め込まれたデジタル時計があった。

「まだ八時半だよ」

時間を確認してからわたしが暁人くんの顔を見るのと、彼がものすごく驚いた顔をして飛び起きるのは同時だった。

「どうしたの？」

「……信じられん」

暁人くんはそう言った後、時計を見て、そしてそのままベッドに倒れ込んだ。

「暁人くーん、どうしたの？」

覗き込むように見ると、暁人くんが呆然として天井を見つめていた。こんなに呆けた暁人くんの顔を見るのははじめてだ。もしかして朝から大事な用事でもあったのだろうか？　そんなことを思っていたら、暁人くんが小刻みにからだを震わせて、突然笑い出した。

「…くっ、くっくっく」

「おーい、暁人くん。大丈夫？」

シーツにくるまり、からだを曲げるようにして笑い続けている。

なに？　壊れちゃった？

「暁人くーん」

シーツ越しにゆっさゆっさ揺らしたら、バサッと音がした。次の瞬間わたしはシーツの中に引き込まれていた。

「うわあ！」

思わず声を出す。シーツの中の暁人くんはまだ笑っていて、わたしを抱きしめてから、ハーッと息を吐いた。

「一花、俺の起床時間はな、三百六十五日、いつでも朝六時と決まってるんだ」

寝坊したから驚いたのだろうか。それにしては楽しそうな声だ。焦っている感じもないから、朝イチで仕事があるわけでもないようだ。

「今日は起こしてくれる人が居なかったからじゃない？」

再び包まれた温かさにうっとりしながらそう言うと、今度はちょっと冷たい声がした。

「俺は今まで誰にも起こされたことはない。目覚ましすら必要がないんだ」

え？　と顔を上げる。

「自分で決めた時間に、自分で起きる。これまで一度も寝過ごしたことはなかった」

「……でも、もう八時半だよ」

暁人くんの眉間にしわが寄った。

「その通り。こんなことは今までなかった」

もう一度ため息を吐いて、暁人くんがまたわたしをぎゅっと抱きしめた。

「どうやら、お前は何から何まで特別のようだ」

……褒められているの？　わからなかったけれど、抱きしめてくれたことは嬉しかったから、とりあえずわたしもぎゅっとしがみつく。しばらくそうやってゴロゴロしているうちにお腹《なか》が空《す》いてきた。夕べあんなに食べたのに不思議なものだ。

「暁人くん、お腹が空いた」

顔を上げたわたしに、暁人くんが笑った。

「ルームサービスでも頼んでやる」

そうして暁人くんはからだを起こし、ベッドサイドに置いてある電話の受話器を上げて耳に当てた。

「朝食を頼む。三十分後に」

それだけ言って電話を切ると、シーツごとわたしを抱え上げた。

「わーっ!?」

「今のうちに風呂に入るぞ」

　寝室を出てずんずん進んでいく。そしてどこかのドアを開け、そこでわたしを降ろした。そこは絢爛豪華《けんらんごうか》としか言いようのないバスルームだった。しかも昨日、着替えるときに使ったものとは別の場所だ。

　シーツ以外はふたりとも素っ裸だったから、シーツを落としてバスルームに入った。思わず隅々まで見回しているわたしの隣で、暁人くんはさっさとシャワーのお湯を出す。そして、それをわたしの頭からかけた。

「ぎゃーっ」

　お構いなしにじゃんじゃんとお湯を浴びせ、髪がすっかり濡れたところでシャンプーを渡された。

「あとは自分でやれよ」

「はーい」

　シャンプーで、髪の毛をガシガシと洗った。その隣では暁人くんがまるでＣＭみたいに顔からシャワーのお湯を受けていた。かっこいいなぁ。思わず見惚《みと》れていると、同じように髪を洗い始めた暁人くんがわたしを見下ろした。

「流すか?」

　そう言って、シャワーの角度をわたしの方に向ける。結局二人で代わりばんこにシャワーを使いながら、髪とからだを洗った。

さすがに脚の間を洗うときは怖くてそっと触ると、少しひりついた。暁人くんはそんなわたしを見てニヤニヤしていた。

「洗ってやろうか？」

「いいです」

「遠慮するな」

暁人くんはそう言うと、わたしを抱き寄せ、泡だらけの手を脚の間に入れた。

「キャッ」

わざとダイレクトに一番敏感な部分に触れてくる。思わず抱きつくと、暁人くんが笑っているのがわかった。

「洗ってやるからじっとしてろ」

言いながら、ヌルついた指先でわたしのそこに触れる。襞《ひだ》をなぞり、また敏感な突起に触れる。それは洗っているというよりも、愛撫そのものだ。

「やだー……。暁人くん」

自分でも驚くほど甘い声が漏れ、笑っている彼の唇がわたしの口を塞《ふさ》いだ。昨日の夜を思い出させるような熱いキス。与えられる快感とお湯の温かさが相まって、頭がまたボーっとしてきた。その間も暁人くんの指は絶えず動いている。

「あんっ。それ、洗うって言わないからっ」

唇を離し、必死で暁人くんにしがみつく。そこから広がってくる快感の波に呑まれそうだ。

「そうか？　ならもっと奥を洗ってやろう」

「きゃあっ」

暁人くんの指がするりと中に入った。痛みとは違う何かを感じる。暁人くんの指はゆっくり、そして優しくわたしの内側をくすぐるように動いていた。

「あ、暁人くんっ」

崩れ落ちそうになるからだを暁人くんの腕に抱きとめられる。上を向いたわたしの顔に、暁人くんの顔が近づく。その目が妖《あや》しく光っているように見えた。そしてまた唇が塞《ふさ》がれる。抱きしめる腕も、内部で優しく動く指も、重なった唇も。わたしに触れているすべてが快感になる。暁人くんのからだが熱い。それはシャワーの温度よりも高く、わたしの体温を上げていく。

暁人くんの指がまた一番敏感な部分に触れた。ヌルついたそれが、泡なのか自身から溢れ出たものかもわからない。つま先から這《は》い上がってくるような快感に脚がガクガクする。そして、それは一瞬でからだを駆け抜けた。

「ああ！」

痺《しび》れたからだを暁人くんが抱きしめた。優しく撫《な》でられ、荒く息を吐く唇に暁人くんがキスをする。その唇が耳元に移り、そしてクスッと笑う声がした。

「そろそろ時間だな。続きはまた今度じっくりしてやろう」

暁人くんの指がそこを離れ、代わりにシャワーのお湯が当たる。暁人くんがわたしのからだ全体を丁寧に流してくれたところで、もう一度キスをしてシャワーを止めた。

暁人くんは悠々とバスルームを出て、置いてあったふっかふかのタオルをわたしにくれた。

触れられた場所はまだジンジンと痺れている。暁人くんは、怖々《こわごわ》からだを拭《ふ》いているわたしを見てニヤリと笑い、自分はさっさとからだを拭いてタオルを腰に巻いたまま洗面所で歯を磨《みが》き出した。

悔しいけれど、でも暁人くんが近くにいるからなんとも言えない幸せな気持ちになる。

「髪はしっかり乾かせよ」

歯磨きを終えた暁人くんはドライヤーをわたしによこすと、タオルの隣に置いてあったバスローブを着て、髪も半渇きのまま出ていった。

暁人くんも乾かせばいいのに……と思いながら、ドライヤーの温かい風を髪に当てる。十分程かけて乾かし、暁人くんに倣って裸の上にバスローブを羽織った。

「うわっ、ふかふか」

思わず声に出ちゃうくらい、着心地のいいローブだった。洗面所に置いてあるアメニティもかなり良質に見える。とりあえず歯磨《みが》きをして、化粧水と乳液だけをつけてそこから出ると、美味《おい》しそうな匂いが部屋中に漂《ただよ》っていた。

匂いの元を探しながら部屋を移動すると、ダイニングテーブルの置いてある部屋にたどり着いた。まったくこのスイートルームにはいくつ部屋があるのか。そんな疑問は、そこに並べられている美味しそうな朝食を見た瞬間消えた。

暁人くんは窓際に立っていて、スマホに向かって何やら話していたけれど、わたしの姿を認めて電話を切った。

「朝食がきてるぞ」

「うん、ありがとう」

同じタイミングで椅子に座る。サラダはみずみずしく、レタスもキュウリもシャキシャキしている。焼きたてのパンは香《こう》ばしく、スクランブルエッグは程よく口の中で溶けた。分厚いベーコンは食べ応え十分で、昨日の夜あんなに食べたはずなのに、全部しっかりと自分のお腹《なか》の中に納まった。

食べ終えたとき、トレイとテーブルクロスに挟まるように小さなカードがあるのに気づいた。

〝昨夜はありがとうございました〟

几帳面《きちょうめん》なキレイな文字でそう書かれていた。それを書いたのがあのボーイさんなのか料理長さんなのかはわからない。でも、誰かに喜んでもらえたのならそれだけで嬉しい。近くにあったペンを借りて、そのカードの裏に〝ご馳走様でした。とても美味しかったです〟と書いてお皿の下に挟んだ。

気分良く食後の珈琲《コーヒー》をのんびりと飲んでいたら、新聞を読んでいた暁人くんが部屋の壁に掛かっている時計に目を向けた。

「一花、ゆっくりしたいところだが、今日は午後から会議があるんだ。悪いがまた家まで送ってくれ」

「いいよー」

持っていたカップを置き、口を拭《ふ》く。

「すぐに出る？」

「出来れば三十分後に」

「わかった」

立ち上がったわたしは、半ば迷いながらベッドルームに戻った。昨夜脱ぎ散らかした服を集めながら、順番に着ていく。着替えが終わると、脱いだバスローブを抱えて、今度はまたバスルームを探した。

広過ぎるのも考えものだわ。頭の中で文句を言いながら、なんとかバスルームを探し当てた。バスローブは使用済みのタオルの上に置き、改めて洗面所のアメニティを見る。

もう使えそうなものはなかった。

鏡に映った自分の顔をじっと見る。良く寝て良く食べたおかげか、かなり血色がいい。これなら化粧をしなくても大丈夫だろう。どうせ車の移動だけだし。

また少し迷いながらあちこちのドア開けて、ようやく入り口に近いリビングルームに出た。荷物もそこに置いてある。しばらくすると別のドアが開いて、同じく着替えた暁人くんが出てきた。

「出られるか？」

「うん、大丈夫」

暁人くんは頷くと、すぐ近くにあった電話の受話器を上げ、一言二言だけ言って切る。

「ではいくぞ」

「はい」

荷物を持って暁人くんのあとを追いかけた。外に出る扉を開ける前に、暁人くんがくるっと振り返って、じっとわたしを見下ろした。

「またくるか？」

またお泊りしようかってことかしら？　それならもちろん大歓迎だ。

「うん！」

ぶんぶんと頷いたら、暁人くんが満足そうに微笑んでドアを開けた。そこにはすでにエレベーターが扉を開いて待機していて、中にはホテルマンがいた。さっと頭を下げたその男性の横を通り過ぎ、そのまま乗り込む。誰も何も言わないまま、エレベーターはまっすぐに一階まで降りた。一階のロビーは相変わらず豪華で、昨日の夜出迎えてくれた偉い人らしき男性が、また急ぎ足でそばにきた。

「お車は正面にご用意しております」

その言葉通り、ホテルの正面玄関前に、わたしのアメディィオがちんまりと停まっていた。車に近づくと、昨日と同じ男の人がビシッと背筋を伸ばし頭を下げた。

「キーはさしてあります」

「あ、ど、どうもありがとうございますっ」

わたしがペコペコしている間に、暁人くんはさっさと助手席に乗り込んでいた。慌てて運転席に座る。エンジンはすでに掛かっていた。パーキングブレーキを外し、ギアをドライブに入れてゆっくり発進すると、いつの間にかずらっとホテルの従業員が並んでいて、深々と頭を下げていた。わたしはペコペコと頭を下げながら（暁人くんは微動だにしなかったけど）、ロータリーをゆっくりとまわってホテルの敷地を出た。

ホテルを出てすぐの信号で止まっている間に、ナビを操作して暁人くんの自宅の住所を呼び出す。ナビの声に従いながら慎重に運転していたら、優雅に軽自動車の助手席に座っていた暁人くんがこっちを見ているのがわかった。

「一花は、昨日のパーティをどう思った？」

言われた瞬間、絢爛豪華《けんらんごうか》な会場が頭の中に蘇《よみがえ》る。キレイに着飾った人達。ただ、何を話していたのかは覚えていない。

「んー。まあみんな忙しそうだなって感じだねぇ」

暁人くんのまわりには、入れ代わり立ち代わり挨拶《あいさつ》なのか営業なのか、常に人だかりが出来ていて、パーティというより仕事の延長の場所のようだった。ああ、そういえば……

「作り笑顔ばっかりが嫌だから逃げたんだよって、暁人くんのお父さんが言ってたよ」

「父が？」

少し驚いたような声に、わたしは頷く。

「……そうか。まあその通りだからな。人を欺《あざむ》いたり、欺かれたり。一見味方に見えても、すぐに敵に回ることもある。誰も簡単には信用できない世界だ」

ちらりと見ると、暁人くんが窓の外を見ていた。暁人くんも色々と思うところがあるんだろう。ネットで読んだだけれど、若くして世代交代をすることは、この手の業界では珍しいそうだ。だからこその苦労もあるのだろうけれど、暁人くんはそれを微塵《みじん》も感じさせない。彼はきっと、生まれながらの総帥《そうすい》なのだ。

「暁人くんも？　暁人くんも誰も信じていないの？」

「ああ、俺は簡単に人を信用することはない」

いつもと同じように、揺るぎない声できっぱりと告げられる。当然のことなのだろうけれど、どうしても寂しく感じてしまう。誰も信じないなんて、それは耐えがたい孤独だ。人の上に立つということは、そういった孤独に耐えなければいけないのだろうか。

そんなことを考えている間に暁人くんの家の前に着いた。自動的に門が開いたので、驚きつつもそのまま邸内の道を走って玄関前に車を停めた。

「到着したよ」

「ああ。今回は助かった。それから……昨夜は一花が一番キレイだった」

そう言って顔を寄せると、サッと唇にキスをされた。

「じゃあな」

助手席から降りて、玄関の扉を開けた暁人くんを見送ってから、車を発進させた。キスをされた唇の感触がいつまでもそこに残っているようで、家に帰るまでの間、ずっとニヤニヤが止まらなかった。

9

家に帰ってから、自分でも気づかないほど疲れていたのか、いつの間にか眠ってしまい、起きたら部屋の中がすっかり暗かった。しかもお腹《なか》が空《す》いて目が覚めた。これはいかんと冷蔵庫を開けてみても何にもない。せっかくの土曜日も終わってしまうなあ、まあちゃんとした買い物は明日いこう、なんて思いつつ、とりあえず近くのコンビニにいってお弁当を買ってきた。

昨日の夜はびっくりするくらい豪華な食事だったのに、今日はコンビニ弁当だなんて。わたしの人生は相変わらず波乱万丈だ。

ああ、昨日のローストビーフは本当に美味《おい》しかったなぁ……。しみじみ思い返しながら、もうすっかり日課となった、暁人くんへのメールを打つことにした。あんな夜を過ごしたんだから、もしかして、暁人くんの様子にも変化があるかも!?　なんてちょっとドキドキする。

〝こんばんは。今日はお疲れ様でした。会議には間に合った？　わたしは……恥ずかしながら帰ってすぐに寝ちゃって、さっきようやく起きて買い物にいってきたところです。

明日もお休みだからゆっくりするよ。暁人くんは明日も忙しいのかな？　おやすみなさい〟

メールを送ってしばらくすると、暁人くんから返信がきた。

〝会議には間に合った。明日も仕事で忙しい。おやすみ〟

……うん、まあ熱い夜を一夜過ごしたくらいでは、暁人くんの淡白なメールは変えられないだろう。一人納得をしてご飯を食べ、お風呂に入った。

寝過ぎたせいで今度は眠れなくって、布団の中で昨日のことを思い返した。

暁人くんも暁人くんのご両親も、わたしをあわれみの目で見たりすることはなかった。真のお金持ちっていうのは、考え方にも余裕があるのかな。

そんなことを考えているうちに空が白みはじめて、結局寝たのは明け方になってから。起きたら当然のごとく、お昼過ぎだった。

昼食のついでに車でスーパーにいき、ファストフードでモソモソと遅めのお昼ご飯を食べ、一週間分の買い出しをしてから夕方家に帰ってきた。

結局、せっかくの二連休はほぼ寝て過ごしただけになってしまった。ま、金曜日の夜は特別な体験が出来たので良しとしよう。

夕食を作り、お風呂に入り、また仕事だと言い聞かせて、日付が変わる前頃には自然と眠りに落ちていた。暁人くんにメールを送っていなかったことを思い出したのは、朝になってからだった。

「あら、一花ちゃん。ちょっと雰囲気が変わったんじゃない？」

月曜日に会うなり小春ママにそう言われた。

「そ、そう？」

金曜日の夜のことが一瞬浮かんだけど、すぐに頭の中から消した。でも、小春ママはわたしが思うよりも数段鋭い。

「さては例の御曹司と一線を越えちゃったなー」

小春ママが言った瞬間、隣に座っていた六ちゃんがブホッと噴いた。

「わたしがレクチャーした、究極の愛のプレイは試してみた？」

今度は祥吾くんが持っていたパイナップルを流しに落とし、ゴンッと大きな音が響く。

「あー、それは出来なかったよ。長いものがなかったし……」

「小春さん、ちょっと！」

遮《さえぎ》るように祥吾くんが小春ママをぐいぐいと引っ張って、隅っこに連れていった。なにやらくどくど言っていて、それをママが笑いながら聞いている。しばらくしてお互いの定位置に戻ってきた。

「レッドカードが出ちゃったわ」

小春ママはニコニコしながら言って、六ちゃんとこそこそと話を始めた。六ちゃんの顔色が赤くなったり青くなったりしているから、ろくな話ではなさそうだ。半ばあきれながら、溜まってきた洗い物を片付けることにした。

今日は暁人くんからの注文はないのかな？　メールも送りたいから早く仕事が終わらないかな、そんなことを能天気に考えながら、一日が終わった。


まわりが引くくらいウキウキと過ごす中、暁人くんからデートのお誘いがあったのは金曜日の夜のこと。

〝明日休みなら、今から会社まで迎えにきてくれ〞

相変わらず唐突な人だわ。でも、ちょうど明日もお休みで、タイミング良くこれから帰るところだ。基本暁人くんに忠実なわたしは、

〝はい、よろこんで!!〞

と、どこかの居酒屋のような返事を返した。

祥吾くんに呆れた目で見られながら、いそいそと店を出てアメディオに乗り込む。

「暁人くんとデート、暁人くんとデート」

ルンルン気分で暁人くんの会社に向かうと、正面玄関の前で待っている暁人くんが見えた。

「お待たせ」

アメディオのロックを解除した途端、暁人くんが助手席にさっさと乗り込んできた。

「どこかいきたいところがあるの？」

「ああ、動物を見にいこう。好きだと言っただろう」

「こんな時間に動物園は開いてないし、ナイトサファリも終わってると思うよ」

わたしが答えると、暁人くんがフフンと笑った。

「まだまだ甘いな、一花。動物は動物園だけに居るんじゃないぞ」

そう言うと、勝手にナビを操作して、目的地を設定した。

「さあ、出発だ」

なんとなく腑《ふ》に落ちない気分で車を発進させ、ナビの通りに道を走ること三十分。着いたのはなんとサーカスのテントだった。そういえば公演予告のテレビCMを見たことがあったな。

いや、サーカスにも動物は居るけどさ、と思いながら、開いているようには見えないそこに、少し不安を覚える。それなのに、暁人くんは慣れた様子で駐車場の場所を示した。そしてわたしは前みたいにやいのやいの言われながら、車を停めた。

「ねえ、やってないみたいだよ」

ズンズン歩く暁人くんを小走りで追いかけると、彼は関係者出入り口なるものからさっさと入っていった。遅れないようにあとに続くと、中は明るく、舞台上では演技が始まっている。沢山の犬が、細い橋を渡ったり、輪っかの中をジャンプしたりしていた。

「うわっ」

思わず声を上げたとき、一人の男性が走ってきた。

「西城様、わざわざリハーサルにお越しいただき恐縮です」

彼は、わたし達を誰も座っていない客席に案内してくれた。

「順調ですか？」

席に座りながらたずねた暁人くんに、その人が大きく頷いた。

「はい、チケットもすでに完売しています。明日からの開演の準備も問題ありません」

そう言ってまた慌ただしくどこかに消えた。

「……暁人くんの会社ってサーカスもやってるの？」

舞台で演技をしている犬を見ながら暁人くんに聞くと、彼がフンと笑って椅子に深く腰掛けた。

「協賛というやつだな。広告費の一部を負担している。一花が、動物が好きだと言っただろ？」

「……わたしのために？」

「生憎《あいにく》、公演中に見にいく時間は取れないが、今日ならちょうど良かったんだ」

サファリパークの話以外はした覚えがないし、それとはかなりかけ離れているけれど、猛烈に感動した。あの忙しい暁人くんがわたしのためにわざわざ用意してくれた舞台だ。そう思ったら、なんだか涙が出そうだった。

舞台の上ではリハーサルが進んでいた。犬達が居なくなり、今度は熊がやってきた。大きな熊が台の上で器用に曲芸をはじめた。熊の次は馬、その次は鳥達。他にも、サーカスでは定番の空中ブランコやピエロの演技も素晴らしかった。一通りのリハーサルが終わり、わたしが大きな拍手をしたら、舞台に居た熊が手を振ってくれた。

暁人くんが関係者の人達に挨拶《あいさつ》をするのを待って、駐車場に戻り車に乗り込む。

「あー、面白かった。サーカスってちゃんと見るのはじめてだったから感動しちゃったよ」

「そうか。一花が楽しめたのなら良かった」

暁人くんはそう言って満足そうに頷いた。

「ありがとう、暁人くん」

「礼なら後でいい。今夜は一晩、つきあってもらうぞ」

暁人くんはニヤリと笑うと、またナビを勝手に操作して、海に近いホテルの場所を入力した。ホテル……。車を走らせながら、先週の夜を思い出して心臓がバクバクする。ライトアップされた橋を渡り、真っ黒な海がかすかに見える道路を走る。目的の場所にはあっという間に着いた。先週いった所よりも大きなホテルだ。

正面玄関に車をつけると、あのときと同じようにすぐに人がやってきた。車を預け、暁人くんの後に続いて中に入ると、これまた立派なロビーが目に入った。ここでも支配人と思《おぼ》しき人が飛ぶようにやってきて、暁人くんとわたしに深々と頭を下げた。暁人くんは頷いただけで、わたしはペコペコしながら、扉を開けて待っていたエレベーターに乗り込む。

「暁人くんってホテルをたくさん知ってるんだね」

思ったままを言ったのだけど、暁人くんはギョッとしたようにわたしを見下ろした。エレベーターの中にはボーイさんが居たのでそのときは何も言わなかったけれど、最上階のスイートルームに入って二人きりになった瞬間、彼はわたしに向き直った。

「いいか、一花。俺はそんなにしょっちゅう女性を連れ込んだりはしていない」

半ば怒っているような顔だった。そういう意味で言ったわけじゃないんだけど、とらえ方によってはそう思われても仕方がないか。言い訳しようとしたけれど、暁人くんがなんだか必死な顔をしていたので、頷くだけにしておいた。

「暁人くん、わたしお腹《なか》が空《す》いちゃったなぁ」

誤魔化《ごまか》すわけではなく、本気で言ったのだけど、暁人くんはわたしの手を引いてずんずん部屋の奥へと入っていった。

「先に食べられるのは、お前だ。一花」

そう言って、最後の扉を開け、大きなベッドの上にわたしを文字通り放り投げた。

「うわあ！」

こんな展開、確か先週もあった。でも、先週はもうちょっとロマンティックだった……ような違うような。今の暁人くんの目は、妖《あや》しさを通り越して、恐ろしくすらある。

「お前の望みの究極の愛なるものを試してみるか？」

暁人くんはニヤリと笑うと、自分のネクタイをサッと外し、あっという間にわたしの手首を頭の上で縛り付けた。

「えぇーっ。違うってば。縛られるのは暁人くんの方なのに！」

「うるさい」

脚をバタつかせたわたしのからだの上に、暁人くんが被さった。素早く奪われた唇。あっという間に頭の中が空っぽになる。歯列を舐《な》められ、舌を強く吸われて、暁人くんが唇を離したときには呆然としていた。それを彼は満足そうに見下ろしている。

それから、暁人くんは器用にわたしの服を脱がせた。脱がせるといっても、両手首は頭の上で縛られているので、シャツも下着も捲《めく》り上げた状態のまま。下だけはすっぽんぽんという、とんでもなくはしたない格好だ。これならいっそ全裸の方がいい。そう思いながら、ベッドのすぐ横で自分の服を脱いでいる暁人くんをそっと見上げた。

「たまにはそんな顔もいいな」

やけに勝ち誇った顔で暁人くんが戻ってきた。裸の肌が重なると、心臓の鼓動が一気に速くなる。何にも出来ないわたしに構うことなく、暁人くんの手と唇がわたしの全身を愛撫していく。

「ああっ」

たった一度、肌を合わせただけなのに、暁人くんは的確にわたしの敏感に感じる部分に触れていく。声を上げることと脚を捩《よじ》ることしか出来ないのに、脚の間に暁人くんのからだが入り込んできてそれすらも出来なくなった。

「随分《ずいぶん》おとなしくなったな、一花」

唇に何度もキスをしたあと、耳から首すじ、鎖骨から胸の先と、熱い舌が移動していく。暁人くんの長い指はすでに濡れそぼっている中心にあって、一番感じる部分を刺激しながら器用にわたしの中をさぐっていた。

「いつもみたいに、もっと話せよ」

「あ、暁人くんっ。ああんっ」

暁人くんの唇がお腹《なか》を通って、一番濡れている場所に触れた。痛いほど敏感になっている突起が彼の口に含まれ、そして吸い上げられる。

「きゃあっ」

痺《しび》れるような快感が駆け抜け、からだがビクビクと跳ねた。閉じようとした脚は暁人くんの腕にがっちりと押さえられ、またドッと濡れたそこは露《あらわ》になったままだ。暁人くんの舌は襞《ひだ》をなぞり、中に押し込まれ、そしてまた敏感な突起を舐める。それは何度も繰り返し行われ、その動きは恐ろしいくらいの快感をわたしに与え続けた。何度も絶頂まで追い上げられる。

濡れた音とわたしの喘ぎ声だけが部屋中に響いていた。縛られた手首が痛くなるほど引っ張っても、暁人くんの結んだネクタイは簡単には外れない。痛みとは別に、与えられ続ける快感は強烈過ぎて、涙が自然と溢れた。

「そのままで居ろよ。まあ、動くのは無理だろうけどな」

ぐったりとなったわたしを見てニヤリと笑うと、暁人くんのからだが少しの間離れた。何かを破くような音がかすかに聞こえたあと、彼はすぐに戻ってきた。

頬を伝う涙を暁人くんが唇でぬぐう。

「どうした？　一花」

からかいを含む声だった。そしてわたしを見下ろしたまま、ゆっくりと彼自身がわたしの中に入ってきた。からだが開かれる圧迫感と鈍い痛み。でもそれを上回る快感がまた全身を走る。彼の腰がゆっくりと動くたび、自分のからだも動く。暁人くんはわざとゆっくりとした出し入れを繰り返し、わたしの顔をじっと見ていた。

「一花。どれが気持ちいいか言ってみろ」

少しずつ角度とスピードを変えて意地悪く言う暁人くんを睨《にら》む。

「あんっ、ああっ」

でも、与えられるのはどれも気持ち良くて、喘ぎ声しか出てこない。あられもない姿を暁人くんに晒《さら》していることも、わたしの気持ち良さに拍車をかけているようだ。

「も、もう外してっ」

思わず叫ぶと、暁人くんがフフンと笑った。これだけ動いていても、彼はまだ涼しい顔のままだった。

「究極の愛なんだろ?」

「そうかもしれないけど、わたしにはもう無理っ。わたしは、暁人くんにぎゅっと抱きつきたいの!」

腰を打ちつけながら、暁人くんの目がキラリと光った気がした。

「俺のことが好きか、一花?」

「好き!　大好き!!　でも外してっ」

暁人くんは満足そうに頷くと、ようやく手首のネクタイを外してくれた。自由になった両手をすぐに暁人くんの背中に回した。からだをピタリとくっつけ、背中を反らすようにして腰を持ち上げると、一層深い場所に彼自身を受け入れることが出来た。快感はさらに深く、全身で暁人くんを感じられる。

「暁人くんっ。好きっ、好きっ」

暁人くんにぎゅっと抱きしめられたまま、彼自身に中を何度も擦《こす》られる。そのスピードと角度は的確に刺激を与え、確実にわたしを絶頂へと押し上げていった。

「ああっっ」

最後の声は暁人くんの唇に吸い込まれて消えた。全身が痺《しび》れる。からだの力が抜け、ぐったりとベッドに沈んだような気がした。

「まだだぞ、一花」

暁人くんがそう言って、手首を縛られていたせいでまだ着たままだったわたしの下着やシャツを脱がせた。

「えっ」

そして驚くわたしを抱え上げる。それから暁人くん自身も起き上がって、繋《つな》がったまま彼の膝の上に跨《また》がるような姿勢をとらされた。

暁人くんの顔が近い。キスをねだるように唇を寄せると、すぐに熱いキスが返ってきた。密着したまま暁人くんがわたしのからだを持ち上げるようにして揺する。さっきまでとはまた違う場所に彼がいる、不思議な感覚。それもまた新たな快感を生み出している。

「あ、暁人くんっ」

彼の首にしがみつき、激しい揺さぶりの中から与えられる快感を感じていた。

「一花っ」

暁人くんの上擦《うわず》った声がした。かと思うと、またベッドの上に倒れ込んだ。暁人くんの動きがさらに激しくなる。痛いほど擦られ、揺すられ、そしてもう一度唇を奪われた。悲鳴は呑み込まれ、同時に暁人くんの荒い息を自分が呑み込む。暁人くんの動きは激しく、そして強い。普段はクール過ぎる彼からは考えられないくらい情熱的だ。

わたしだけだと彼が言った。それは先週のこと。こんな彼を知っているのが自分だけだとしたら、わたしはなんて幸せなんだろう。

汗ばんだ彼の背中を抱きしめた。激しく揺さぶられながら、彼と同じ快感を感じている。

「一花……」

耳元で暁人くんの掠《かす》れた声がした。切羽詰まった声だ。自分の中にいる彼自身がさらに体積を増した気がした。

「一緒にいけるか?」

暁人くんが言った。同時に突いていた角度を少し変え、からだの間に手を入れて、濡れた突起を指で愛撫する。途端に痺《しび》れるような快感を覚えた。

「ああっっ」

悲鳴に似た声がわたしの口から出た。額に暁人くんの額がくっつく。目を合わせ、息を合わせ、そして、同時にそのときを待つ。

やがて、わたしのからだの一番奥で、彼が爆《は》ぜたのを感じた。暁人くんもまた、わたしの中が震えるのを感じたはずだ。

額を合わせたまま見つめあった。お互いの荒い息がかかる。暁人くんの目がフッと和《やわ》らいだ。わたしも笑みを返すと、優しいキスが降りてきた。

熱く激しかった部屋の中に、穏やかな空気が流れた気がした。キスをしたまま、彼自身がわたしのからだから抜けていった。途端に感じた寂しさを埋めるように、キスは激しくなる。

頭がくらくらするくらいのキスをして、ようやく暁人くんのからだが離れた。温かさがなくなって寂しくなったけれど、暁人くんはすぐに戻ってきた。

「究極の愛はどうだった?」

隣に滑り込んでくるなり暁人くんが言った。その顔は嫌味《いやみ》満載だ。それでも、わたしの手を持ち上げ、少し赤くなった手首を摩《さす》ってくれた。

「わたしには向いてないってことだけは、わかったわ」

むくれてそう言うと、暁人くんが笑った。

その後、少しだけまったりとした時間を過ごした。さすがにわたしのお腹《なか》がグーグー鳴ったので、暁人くんが笑いながらルームサービスを頼んでくれた。すぐに届けられたお料理は、先週食べたのと同じくらい美味《おい》しくって大満足だ。

また二人でお風呂に入って、ベッドで抱き合うようにして眠った。相当疲れていたらしい暁人くんは、朝までぐっすりと眠り、朝になってまた寝過ごしたことに驚いていた。

十時にチェックアウトして、土曜日も仕事があると言う暁人くんを会社の前まで送る。

正面玄関に車を停めた降り際に、暁人くんがわたしをじっと見つめた。

「一花、前に俺が誰も信用しないと言ったことを覚えているか？」

もちろん覚えている。そしてその後少し寂しく思ったことも忘れていない。

「自分でも不思議だが、俺は一花を微塵《みじん》も疑っていない。だから、一花も俺を信じてろ」

暁人くんに鋭いくらいの目つきで見つめられ、思わずぶんぶんと頷く。

一晩、熱い夜を過ごした男女の別れにしては、少し奇妙だ。でも、意味深な言葉だけど、誰も信用しないはずの暁人くんがわたしを信じてくれている。なら、わたしもそうしよう。そう決意して、暁人くんに手を振り、車を走らせた。

家に帰る前にのんびりと買い物をして、お昼ご飯用にファストフードをテイクアウトして帰ってきた。家でゆっくりと過ごし、そしてまた夜のことを思い出して部屋中をゴロゴロする。

手首の痣《あざ》はもう消えていた。それがなんだか寂しかったりして。

「あー、まさかわたしってMの気《け》がなくもないのかしら」

なんてことを思いながら、夕飯の焼うどんを作る。その合間に暁人くんにメールを打った。

〝こんばんは。昨日はどうもありがとう。サーカスもその後も、すごく楽しかったです。お仕事が忙しそうだけど、またパンケーキを届けるから、いつでも言ってね〟

メールを送信して、それなりに美味《おい》しそうに出来上がった焼うどんをお皿に盛りつけて食べる。もちろんスマホもしっかりとテーブルの上だ。着信を気にしながら食べていたけど、結局食べ終わってもスマホは鳴らなかった。

おかしい。今まで、忙しくてどんなに素っ気ないメールでもだいたい二十分くらいで返信してくれたのに。悶々《もんもん》としたままお風呂に入り、いつもよりも急いで出ると、スマホの着信ランプが光っていた。

「きた！」

滴《しずく》が垂れる濡れた髪をタオルでガシガシっと拭《ふ》きながら、スマホに飛びついた。湿った指をタオルで拭いて、受信ボックスを開く。やっぱり暁人くんだ！　ウキウキしながらメールを開いた。

〝悪い。しばらく忙しくなるので、メールの返事が出来ない〟

……素っ気ない内容は変わらないけれど、その返事すらこなくなるのか。

うーむ、と一瞬ムカついたけど、暁人くんが普通の人とは違うことを思い出した。彼が忙しいと言うなら本当にそうなんだろう。わたしの他愛ない日常報告的メールに返事を打つ暇もないくらい。

そんな卑屈な考えに、自分でもびっくりだ。わたしの中にこんなにネガティブな感情があったなんて……。わー、もう怒りを通り越して新発見に驚いた。

それでも若干のムカつきはおさまらず、そのムカつきを向けるべき相手もわからず、結局また悶々として眠りについた。


カフェのカウンターの中でお皿を洗いながら、今日何度目かわからないため息が出た。

「しばらくってどれくらいだと思う?」

誰に向けてというわけでもなく、そんな言葉が洩れる。暁人くんの素っ気ないメールをもらってからすでに一週間が過ぎていた。有言実行タイプの彼は、本当にメールの返事をくれない。一応わたしから毎日メールを送ってはいるけれど、返信は一度もないのだ。

あのとき、俺を信じろよって言ったのはこのことだったんだろうか。暁人くんの言葉を疑う気持ちは微塵《みじん》もないけれど、さすがにこれだけ連絡が取れないのは悲しい。

昨日は思い切って珈琲《コーヒー》を持って会社にいってきた。すっかり顔見知りになった受付のお姉さんも、エレベーターのお兄さんも愛想よく通してくれたのに、いつ見てもムカつく小杉……さん、だけが、苦い顔をしてそこに居た。

「残念ですが、暁人様は外出中です」

ちっとも残念だなんて思っていない顔でそう言いながら、嫌味《いやみ》ったらしく忙しそうな素振りをする。

「だいたい、暁人様はお忙しい方なんですよ。あなたのような人に構っている暇なんてないんです」

何も言い返せないわたしに、小杉さんはとっとと帰れぱって顔をし、「ああ忙しい忙しい」なんて言いながら書類の束を運んでいた。

く、悔しい。でもアンタだって留守番じゃない！　内心、かなりムカついたけれど、とりあえず持ってきた珈琲を紙袋ごと暁人くんの机の上に置き、その辺にあったメモ帳に、〝一花、参上！　またね〟とだけ書いて、その部屋から出た。

それでも、結局その夜も暁人くんからのメールはこず、わたしのため息の数だけは確実に増えていった。

「一花ちゃんってば、放置プレイ中？　御曹司もやるわね」

「……ママ、多分それ違うから」

小春ママに突っ込む自分の声がなんだか虚《むな》しい。

「そういえば、橘さんもこの頃見ないね」

空いた席を見ながら中山サンが言った。暁人くんのことで頭がいっぱいだったから気づかなかったけど、そういえば六ちゃんも今週に入ってから見ていない。

連絡のつかない暁人くんと、顔を見せない六ちゃん。何かあったんだろうか。また違う意味で胸がざわつく。それでも、空いた席を見つめることしかできなかった。

10

悶々《もんもん》とした時間はそれからまた数日間続き、そのときは突然訪れた。

時間は午後の七時。閉店まであと一時間で、店内には二人ほどしかお客さんも居なかった。いきなり店の扉が開いたかと思うと、まるで飛び込んでくるように暁人くんが入ってきたのだ。

「暁人くん!!」

思わず叫んでカウンターから駆け出し、人目も気にせず文字通り暁人くんに飛びついた。

「悪かったな。連絡出来なくて」

暁人くんはそう言うと、わたしを受け止めて、ぎゅっと抱きしめてくれた。たったそれだけで、それまでずーっとあったモヤモヤが一気に晴れる。

「はいはい、続きは外でやって下さい」

ちょっと呆れた祥吾くんの声がしたので振り返ると、彼はわたしの荷物を持って後ろに立っていた。

「特別に早退を許してあげよう」

「ありがとう！　祥吾くん」

とりあえず暁人くんの手を引いて裏口にまわる。

「どこかでお茶でもする？」

心が躍《おど》るとはこのことだ。ウキウキしながら、停めてあったアメディオに乗り込んだ。

「いや、自宅に向かってくれ。まだやらなければならない用事があるんだ。それに、母さんも一花にまた会いたがっていたから」

「本当に!?」

彼の言葉にテンションが上がる。アメディオのエンジンをかけて、暁人くんの自宅に向けてゆっくりと出発した。

「暁人くんてば、本当にメールの返事すらくれないんだもん。そんなに忙しかったの？」

なるべく嫌味《いやみ》っぽくならないように気をつけながら言うと、彼が苦い顔をした。

「……すまなかったな。物理的にも忙しかったんだが、今回は精神的にもこたえた」

珍しく弱気な声だった。いつも悠然としている彼がこんな風になってしまうなんて、いったいどんなことがあったのだろう。

「大変なことがあったの？」

思い切って聞いたら、暁人くんがため息を吐いた。ちらりと見た顔は、何かを迷っているような表情だ。言い辛いことなんだろうか。最初の信号待ちで、やっと暁人くんが口を開いた。

「小杉をクビにしたんだ」

「えっ⁉」

わたし、今笑顔になってなかった？　ちょっとだけ反省して暁人くんの話の続きを聞いた。

「簡単に話すと、以前から社内にスパイが居るんじゃないかと思われることがいくつかあったんだ。それで、一花も知ってる橘さんに内密に調べてもらっていたんだ」

暁人くんの話を聞きながら、なるほど……と思いつつも、頭の中でいろんな記憶が渦《うず》巻いていた。暁人くんへのデリバリー、バスケットの中の六ちゃんの封筒。思い返せば、あれはなんらかのデータだったのかもしれない。じゃあ、もしかしてわたしの存在って……

決して言葉に出来ない疑問。口に出してしまったら、暁人くんと過ごした楽しかった日々が全部消えてしまうような答えが返ってくる気がして。だから、それをそっと頭の隅に押し込める。

「そっか。じゃあそのスパイが小杉……さん、だったってこと？」

「ああ。元々父の知人の息子で、頼まれてそばに置いていたんだが……」

暁人くんは少し苦い顔をしてそう言うと、そっと視線を窓に向けた。そりゃあショックだよね。あんな根性悪そうな小杉とはいえ、これまで信頼してきた人に裏切られるなんて。

「一花には、寂しい思いをさせて悪かったな。珈琲《コーヒー》もありがとう」

パッと向くと、暁人くんがこっちを見ていた。ウソみたいに優しい目をしている。こんな暁人くんははじめてだ。周囲に誰も居ない広い道路だったので、思わず車を停めて、暁人くんにしがみついた。

「もう、飽きられちゃったのかと思った」

ああ、なんだか泣きそう。そんなわたしの頭を暁人くんがゆっくりと撫《な》でた。

「……お前に飽きるには相当の時間がかかりそうだけどな」

ボソッと暁人くんがつぶやく。……喜んでいい言葉なんだろうか。

それでも、今こうしていることが、涙が出そうになるくらい嬉しい。

「暁人くん、好き！」

気づくと声に出ていた言葉に、暁人くんが耳元で低く笑った。

「ああ、わかっている」

二人でクスクスと笑って、それから再び走り出そうとしたとき、運転席の窓をノック
する音が聞こえた。驚いて見ると、深く帽子をかぶった男がそこに居た。反射的に窓を
開けたのと、暁人くんの「やめろ」と言う声が聞こえたのはほぼ同時だった。次の瞬間、
半分ほど開いた窓から何か白い煙が吹き込んできた。

「きゃあ！」

まともに吸い込んだせいで喉が痛い。それから、徐々に頭が朦朧《もうろう》としてくる。

「一花！」

暁人くんの叫び声がすぐそばで聞こえたけれど、わたしの意識はそこでぷっつりと途
切れた。

目が覚めると、暗い部屋の中にいた。そこに靴を履いたまま床の上に寝転がっている
ことは感触でわかった。しかも、後ろ手に縛られている。でもその縛り方はかなりユル
ユルで、少し手を動かすと簡単に外れた。痛むからだをゆっくりと起こす。見回すと、
一つだけ窓があって、そこから月明かりが入ってきていた。窓の向こうは星空以外何も
見えない。

いったい何が起こったの!?　これっていわゆる誘拐でしょ？　誘拐って大人でもさ
れるもんなの？　どうしよう、一般人のわたしに身代金なんて払えないよ。

……一般人のわたし？　ああ、そうか、誘拐ならその目的はきっと暁人くんだ。そうだ、暁人くんはどこ!?　遅ればせながら慌て出したそのとき、

「俺のも外してくれ」

と、いきなり聞こえてきた声に思わず飛び上がった。振り向くと、暁人くんが同じように後ろ手に縛られたまま転がっていた。しかもよく見ると足首まで縛られている。

「あ、暁人くんっ。良かった、無事でっ」

這《は》うように近寄り、その首にぎゅっとしがみついた。

「だから、感動する前にこれを外してくれ」

「ああ、ごめん」

からだを起こして彼の後ろに回り込んだ。わたしよりも頑丈に結んであったけれど、なんとか頑張る。手首の紐《ひも》をほどくと、足首は起き上がった暁人くんが自分でほどいていく。

「やれやれ」

少し赤くなった手首を摩《さす》りながら、暁人くんがつぶやいた。こんな場所に居ても、彼の王様然とした様子はまったく変わらない。

「どうなってるの!?」

これまでのことを不意に思い返して、打って変わってわたしはほぼパニック状態に

なった。そんなわたしを暁人くんが抱き寄せる。

「大丈夫。まあ想定内だ」

想定内ってなにが!?

よけいに混乱したわたしが暁人くんにしがみついていると、靴音が聞こえた。とっさに暁人くんが背後にわたしを隠すようにして、縛られている風を装《よそお》った。

そして部屋の扉がバッと開いた。突然差し込んできた光に思わず顔を顰《しか》めると、聞き覚えのある声がした。

「やっと二人きりになれましたわね、暁人さん……」

暁人くんの背後からそっと覗くと、なんともエレガントな格好をした野島麻紀さんが、まるでポーズをとるモデルさながらに立っていた。

「やはりきみか。何故こんなまねを?」

たずねる暁人くんの声は落ち着いている。

「あら、それは暁人さんがちっともお時間を作ってくださらないからじゃない」

麻紀さんが笑った。それは決して楽しそうなものじゃない。かなり嫌味《いやみ》っぽい笑い方だ。

「だから、誘拐をしたと?」

暁人くんの言い方も相当嫌味っぽかったけれど、麻紀さんは気にしていないようだ。

「わたしだって手荒な真似をする気はないのよ。ただ、手配をした人間が乱雑だっただけ。わたしはね、暁人さん。わたしと楽しい時間を過ごしてほしいだけなの。ふたりだけで、ね」

そう言うと、部屋の電気がついた。妖艶《ようえん》に微笑んでいた麻紀さんだったけれど、明るくなって暁人くんの後ろにいたわたしと目が合った瞬間、まさしく豹変《ひょうへん》した。

「ちょ、ちょっと、どうしてあんたまで居るの!?」

言うなりバタンとドアを閉めて出ていった。部屋の向こうで麻紀さんの金切り声が聞こえる。

「なんであの女まで連れてくるのよ!?」

「いやあ、置いていくのも可哀想かと思って」

「だって、若い女の子ですよ。夜も遅いし」

「はあ？　あんた達何言ってるの!?」

麻紀さんの他に、聞きなれない二人の男の声がした。そのうちの一人はきっと、あのとき車の外にいた男だろう。そういえば、アメディオはどうなったんだろう。それに、ここは本当にどこなんだろう。

扉の向こうではまだやいのやいのもめている。それを聞いていたらパニックもようやく落ち着いてきた。暁人くんからそっと離れ、たった一つだけある窓を調べた。外側から鍵がかかっているのか、元々開かないのか、押しても引いてもうんともすんとも言わない。

　窓の外は真っ黒な木々と月。どうやらここは山か森の中のようだ。振り返ると、暁人くんがじっと扉を見つめてる。静かに近寄ると、別の扉が開く音がして、誰かが入ってきた気配がした。あの三人だけじゃなかったの？

「何をもめてるんですか？」

　やけに冷静な男の声がした。この声には聞き覚えがある。小杉だ。あやつが絡んでいたとは。辞めさせられた腹いせか？

「あなたがこの二人を雇《やと》ったんだから、責任取りなさいよっ」

「なんなんですか？　暁人様の動向はお知らせしたはずですよ」

「この二人が、若い女の子をあんなとこに置き去りには出来ないって！」

「だーかーらー、ねえちゃんよぉ……」

　部屋の向こうはなんだか喧喧囂囂《けんけんごうごう》だ。わたしは暁人くんの隣に戻り、寄り添うように座った。

「……なんだか、漫画みたいだね」

「漫画より抜けているがな」

　漫画というか、昔のアニメみたい。なんて思っていると、暁人くんが自分のズボンのポケットからスマートフォンを取り出した。

「あ！」

叫んで、慌てて自分の手で口を塞《ふさ》ぐ。

「基本的な身体検査もやらないなんて、アホとしか言いようがない」

言うなり、暁人くんは画面を見て操作を始めた。

「いやあ、でもさすがに電波は入らないよ。結構山の中っぽいよ？」

真っ暗な窓をちらっと見て暁人くんに目を戻すと――

「もしもし、俺だ」

「ええーっ、電話掛かっちゃうの⁉」

驚いているわたしを横目に、暁人くんは冷静に今の状況を誰かに伝えている。よくわからないけれど、暁人くんのスマホのＧＰＳでこの場所が割り出せるようだ。

やがて暁人くんは電話を切って、それをまたポケットに仕舞った。

「まあ、もう少しの辛抱《しんぼう》だ」

そう言ってわたしを抱き寄せた。こんな状況なのに、暁人くんに触れられただけで、わたしの心臓は驚くほど大きく鳴る。それを察したかのように暁人くんがクスリと笑うと、わたしの耳にキスをした。

「一花に、ずっと触れたいと思っていた」

耳元でささやいた彼の唇がそのまま首筋に移る。そしてその唇が襟ぐりの開いたシャツの鎖骨の辺りまで下がると、チクンとした痛みを感じるほどきつく吸われた。

「あ、暁人くんっ」

上擦《うわず》ったわたしの声に、暁人くんの動きが止まる。顔を上げて、それからニヤリと笑う。

「続きはそのうちな」

「もうっ」

暁人くんの胸をポカッと叩いた。そうこうしているうちに向こうの部屋の喧騒《けんそう》も止んでいた。息を呑んで耳を澄ますと、呆れたような疲れたような、小杉の声が聞こえてきた。

「とにかく、あの女はこっちで預かりますから、あなたは早く既成事実を作ってください」

……あの女って、もしかしなくてもわたし!?　しかも既成事実ってどういうことよっ。

ああでも――

「これって、絶対わたしだけ殺されちゃうパターンじゃないっ」

思わず暁人くんにしがみつくと、ぎゅっと肩を抱かれた。

「そんなことにはならないから大丈夫だ」

いつも通りの、揺るがない声。何の根拠もないけど、それだけで少し安心する。

そしてまた扉が開いた。入ってきたのはやっぱり小杉だった。いつものごとく、わたしの顔を見て苦虫を噛み潰したような顔をする。本当に最後の最後までむかつくヤツだ。

小杉はわたしに向かって鼻をフフンと鳴らして嘲笑《あざわら》うと、暁人くんに改めて向き直った。その手にはビデオカメラと何か薬品の瓶のようなものを持っている。

「申し訳ありませんが、暁人様にはここで麻紀様と一晩過ごしていただきます。これで、彼女との婚約は避けられない」

その言葉が終わるとほぼ同時に、小杉の少し後ろに勝ち誇った表情の麻紀さんが立った。

ううー。まさしく危機一髪とはこのことじゃないかっ。でもこんな状態になっても暁人くんは余裕の表情だ。しかも、目の前の二人を見てニヤリと笑うと、なぜかわたしの服の胸元をグッと下ろした。

ギャーッ。この状況でなんつーことを!! わたしの混乱状態にお構いなく、暁人くんは目の前で同じく驚いている二人に見せ付けるように、後ろから抱え込んで、わたしのからだを前に出した。

「それを言うなら、俺はこっちの責任を取らないといけない」

二人の視線がわたしのある一点を凝視していた。その視線を追うと、わたしの胸元に暁人くんがつけたキスマークが……

「ちょっとおー! 暁人くんのえっちぃ!!」

恥ずかしさのあまり、慌てて胸元を上げて暁人くんにしがみついた。頭に暁人くんの手が乗る。ゆっくりと撫《な》でられるたびに、なぜだか部屋の空気が重くなるのを感じる。

恐る恐る振り返ると、小杉と麻紀さんの顔が鬼のような形相《ぎょうそう》になっていた。

「貴様……どこまでも邪魔を……」

小杉のその声は、まるで呪いだ。そしてそれはもちろんわたしに向かっている。なんでもかんでもわたしのせいにして。どこまでも理不尽なヤツめ。なんてことを思っていたら、小杉が鬼の形相のまま飛び掛ってきた。

「きゃあっ」

思わず出た悲鳴と、大きな音と呻《うめ》き声がほぼ同時に聞こえた。次の瞬間、小杉が床に転がっていた。わたしを脇に抱いて、暁人くんが立ち上がる。呻いている小杉に向かって、震えるほど冷たい視線を向ける。

「悪いが、護身術は心得ている」

ちっとも悪く思っていない言い方だ。と、そこにさっき怒られていた二人の男達が顔を出した。どちらも三十代か四十代くらいの、いかにも映画に出てきそうな怪しい二人組だ。驚いている二人に暁人くんが音もなく近寄ると、さっきと同じようにあっという間に二人は床に伸びた。

「わーい、暁人くん、かっこいいー!!」

手をたたいて喜んでいると、呆然と突っ立っていた麻紀さんが、今度はわたしに迫ってきた。

「あんたのせいでっ……」

真正面から手を振り上げて殴りかかってきた彼女をひょいと避ける。

「なっ」

勢い余ってつんのめった麻紀さんの首の後ろに手刀を下《くだ》す。すると、無言のまま彼女もまた床に伸びた。

「やるな」

顔を上げると、暁人くんが感心したようにわたしを見ていた。

「前に六ちゃんに痴漢《ちかん》撃退法を教わったんだよね」

手をひらひらと振って、床に伸びている四人を見つめた。

「今のうちに逃げるぞ」

暁人くんは言うなり、わたしの手を引いて部屋を出た。隣の部屋は広いリビングルームだ。暁人くんは少し頭を巡らせ、出入り口を確実に見つけていく。そして玄関らしきドアを開けると、そこには真っ暗な森が広がっていた。

外へ出て振り返って見ると、建物はログハウス風のおしゃれな山小屋だった。誰かの――多分麻紀さんの別荘だろうか。

「一花、こっちだ」

暁人くんの声に振り返り、駆け寄る。そこにはアメディオが停まっていた。

「あー、アメディオ!!　無事だったのね!?」

思わずフロントカバーにスリスリしたら、暁人くんに引っ張り起こされた。

「やめなさい、気持ち悪いから」

祥吾くんと同じようなことを言わないでほしいわ、なんて思いながら中を覗き込むと、わたしの荷物もそこにあった。しかも――

「良かった。鍵はささったままだ」

もちろんドアもロックされておらず、普通に開いた。当然のように暁人くんが助手席にさっさと乗り込む。

「ねえ、普通、こういうときって男の人が運転するものじゃないの?」

運転席のドアを開けながら思わず言ったら、暁人くんがこっちを見た。

「車の免許は持ってないと言ったろ」

はい、そうでしたね。

「じゃあ、ここが海だったら、暁人くんが船を運転してくれた?」

「当然だろう。一花は一級船舶の免許を持っていないからな」

どうしてそこで勝ち誇った顔をするかなぁ。内心でぶつぶつ思いながら運転席に座ってシートベルトを締めようとしたら、玄関の扉が開いて、四人が転がり出てきたのが見えた。

「わっ。急がなきゃ」

慌ててキーを回してエンジンを掛けた。例えば映画とかなら、こんなときなかなかエンジンが掛からないものだけど、さすがはわたしの可愛いアメディオ。そんなへまはしないのだ。

「一花！」

暁人くんの声に外を見ると、わたしの横に、前夜のごとくあの男がいた。わたしだって、同じへまはしないわよ。ライトをつけて、アクセルを思いっきり踏み込む。その拍子に、さっきの男が慌てた様子でひっくり返ったけれど、見ている余裕はなかった。

「ねえ、今のってひき逃げになっちゃうかな!?」

ハンドルをがっちり握って叫ぶように言うと、

「ひき逃げより誘拐の方が罪が重いから大丈夫だろう」

と、いつも通り冷静な暁人くんの声がした。本当か!?　と思いながら、道らしい道もないところをとりあえず進むと、木の門が見えてきた。門というより柵のようだ。閉まっているけれど、降りて開けている時間はない。見たところ、そんなに頑丈そうには見えなかった。そうなると、取るべき手段は一つだ。

天国のお父さん、お母さん。一花と暁人くんを守ってください。

「暁人くんはしっかり掴まってて。アメディオ、ごめんね！」

アクセルペダルが床に着くくらい強く踏み込んで、木の門に突っ込んだ。大きな衝撃と大きな音が響く。期待した通り、門は木端微塵《こっぱみじん》に砕《くだ》けた。

良かった。でもこれで、ひき逃げの上に器物損壊《きぶつそんかい》の罪まで増えたわ。

アメディオのフロントガラスは半分ひびが入ったけど、まだ前は見える。ヘッドライトの片方はどうやら壊れたらしい。悲惨《ひさん》な状態に涙が出そうになるけれど、バックミラーに追っ手の車の光がかすかに見えた。ここで嘆いている暇はない。

「なぜこの衝撃でエアバッグが開かないんだっ。不良品じゃないのか!?　次は新車を買えっ、新車を！」

からだを彼方此方《あちらこちら》にぶつけながら、暁人くんが文句を言っていた。本当に、この人はどんなときでも変わらないんだ。変に感心しながら、自分の気持ちが少し落ち着いてくるのがわかった。

「嫌だよ。この外観が気に入っているんだから」

もう生産してないんだよ、なんて軽口も出てくる。それでも後ろを気にしながら、暁人くんに指示をされるがままに、でこぼこの山道を走った。前を覆う木々を蹴散らし、小石を跳ね飛ばし、まるでアクション映画のようだ。わたしも暁人くんも、何かのアトラクションに乗っているみたいにからだが跳ねている。

「痛い。狭いっ。このクッションも悪過ぎるんじゃないのか！」

「もう、いちいちうるさいよ。ちょっとくらい我慢して。わたしなんて、ひき逃げプラス器物損壊《きぶつそんかい》で捕まっちゃうかもしれないんだよ」

「誘拐犯に捕まるより、警察に捕まる方がましだろう」

「そうだけど！」

「安心しろ、そのときは優秀な弁護士を雇《やと》ってやる。痛っ」

ぶつけた頭を摩《さす》りながら暁人くんが言った。ここは、それ見たことかと笑うべきなのだろうか。でも後ろについてきている車のライトが目に入り、そんなことをしている場合ではないと思い直した。ドキドキしながらも、でもこらえきれず、結局笑ってしまう。

ようやく舗《ほ》装《そう》した道に出て、しばらく走ったところで、赤いランプをつけた車が沢山いるのが見えた。ああ、あれはパトカーだ。

「まあまあの時間だな」

暁人くんが頭を摩りながらつぶやく。

警察官の光る棒のようなもので制止を受け、誘導されるままに脇に車を停めた。そこには、大勢の警察官に交じって、暁人くんのＳＰや六ちゃんまで居た。いろいろぶつけた衝撃で、開きにくくなった扉を無理やり足で蹴って開け、外に出る。

「一花ちゃん、大丈夫か!?」

慌てたように六ちゃんが走ってきた。

「うん、わたしは平気」

反対側を見ると、暁人くんもみんなに囲まれてた。そして、そこに小杉達の乗った車がのこのことやってきて、まるで網にかかったお魚みたいにあっさりと捕まった。

麻紀さんのヒステリックな声が響き渡る。四人がそれぞれ別のパトカーに乗せられ、連れていかれるのをじっと見送った。いろいろ物を壊したりしたけれど、どうやらわたしは逮捕されないらしい。ホッとして、それからアメディオを見た。

トレードマークだった、大きなフロントライトの左側は跡形もない。右側はカバーが割れてなくなっていた。フロントバンパーも大きく凹《へこ》んでいて、フロントガラスのひび割れはさらに大きくなっていた。山の中を走ってきたからか、車体のあちこちに擦り傷や凹みがあった。ピンク色の外装も泥だらけだ。頭の中で大地の言葉が蘇《よみがえ》る。

〝姉ちゃんが一週間も乗れば、すぐにボロボロになるって〟

一週間以上はもったわよ。でも、本当にボロボロだ。

「アメディオ……ありがとう」

まだ熱をもったままのフロントカバーに手を乗せた。

「一花」

暁人くんの声がした。振り返ると、暁人くんが立っていた。さっきまでは乱れた姿をしていたのに、今はもういつもの暁人くんだ。言葉も出せないままその胸に飛び込むと、ぎゅっと抱きしめてくれた。涙が流れた。助かったことの安堵《あんど》の涙、それからアメディオのための涙。

「一花、これで全部終わったんだ」

わたしの頭を撫《な》でながら、暁人くんが言った。

そう、全部終わった。でも涙は止まらない。これは、わたしのための涙だ。

11

「西城グループ総帥《そうすい》、拉致監禁事件。スパイが仕組んだお粗末な顛末《てんまつ》」

週刊誌の表紙に大きく書かれた文字を、祥吾くんが声に出して読んだ。そして中を開いてさらりと目を通すとフンと鼻を鳴らし、カウンターの上に投げるように置いた。

「おいおい、せっかく買ってきてやったのに投げるなよ」

中山サンがそれを拾う。と、その横から小春ママの手が伸びてその雑誌を奪い、自分の前に置いてページを開いていた。

その雑誌も他の雑誌も、今回の事件の記事はすべて読んだ。どの記事もほとんど同じで、数ページにわたり、小杉の悪巧みが延々と書かれていた。

野島建設から賄賂《わいろ》をもらい、仕事の上でも優先的に便宜を図ってきたこと。それから暁人くんと麻紀さんとの結婚を画策していたこと。

真の黒幕は麻紀さんのお父さんで、彼もあの後事情を聞かれたけれど、仕事関係のことはまだしも、今回の誘拐事件には関わっていなかったみたいで、逮捕まではされていない。ただ、野島建設という会社が社会的に終わったことは確かだった。

結局逮捕送検された実行犯の四人のうち、麻紀さんは多額の保釈金を払って早々に釈放された。

報道では、誘拐されたのは暁人くん一人だ。西城グループの圧力で、わたしの存在は厳重に伏せられていた。まるで、最初から誰も居なかったみたいに。

その証拠に、暁人くんとはあの日以来、連絡すら途絶えている。おまけに、アメディオがどうなったのかもわからなかった。かなりボコボコになってしまっていたから、廃車にされたのかもしれない。六ちゃんに聞けばわかるのかもしれないけれど、それを知ることすら怖かった。

本当は、なんとなくわかっていたのだ。だから……

「わたしって、結局はただ利用されただけってことだよね」

口に出すと、その場に居た全員がわたしを見た。目を合わせるのは怖かった。あわれみの目で見られていたら本当に泣いてしまいそうだったから。

　麻紀さんから逃れる方法を探していた暁人くんの前に、タイミングよくわたしが現れた。あのとき、すべてが終わったと暁人くんは言った。だから……わたし達の関係も終わったんだ。

「あんな御曹司と一瞬でもつきあえるなんてそうないことなんだから、自信をもちなさいな」

　週刊誌を閉じて小春ママが言った。

「今なら確実に慰謝料を取れるぞ」

　わたしを元気づけるように中山サンが言った。

「……俺が一番悪いんだよなぁ」

　六ちゃんが頭を抱えた。そんなことないよと言ってあげたいけど、元はと言えば……と言えなくもないので、フォローは出来なかった。

　でも、たとえ都合よく使われただけだとしても、わたし自身、暁人くんに一目惚れをして、好きになって、素敵な時間を過ごせたことは事実だ。すべてが終わった今でも、後悔する気持ちはひとかけらもない。

　奇跡みたいな出会いをして、夢のような時間を過ごして、そして映画みたいなラストを迎えた。もう一度奇跡が起きたら……と、この数週間、何度思ったことだろう。

「楽しかったなぁ。暁人くんもそう思ってくれてたら嬉しいな」

総帥《そうすい》としての彼が、これから先、絶対に出会うことのないタイプの普通の女。そんな女とつきあって、少しの間でも楽しかったと思ってくれていたら、きっとわたしの努力も無駄じゃなかったと思う。

「……彼もきっとそう思っているよ」

祥吾くんが窓の外に目を向けて静かに言った。同時に聞こえるエンジンの音。

「え？」

釣られるように外を見ると、カフェの前にピカピカになったアメディオが停まっていた。

「アメディオ！」

思わず叫んで外に飛び出した。すると、アメディオの運転席から暁人くんが降りてきた。

久しぶりに見た暁人くんは、当たり前だけど、ちっとも変わっていなかった。見惚《みと》れるほど格好良くて、昼間なのに夜空に瞬《またた》く星のように輝いて見えた。一番最初と同じだ。ドキドキし過ぎて、心臓が口から飛び出しそうになる。恨み言の一つや二つ出てきてもおかしくないのに、胸の中は彼に会えたことの嬉しさでいっぱいだ。でも……

「あ、暁人くん……無免許運転は犯罪だよ!!」

「久しぶりに会ったのに、開口一番のセリフがそれか？　失礼なヤツだ。ちゃんと免許は取ったぞ」

暁人くんは誇らしげに胸ポケットから真新しい免許証を取り出して、わたしに見せつけた。

「えーっ、いつの間に!?」

「昨日だ」

どうだとばかりに胸を張る彼に、一瞬何と言っていいのか言葉が出てこない。驚きのあまり呆然としているわたしを見て、暁人くんはやけに満足げな顔をした。

「自宅の庭を工事して教習所と同じコースを作ったんだ。そこで部下らと練習して、試験場で試験だけ受けた。こんなに簡単に取れるのならもっと前にやっておけば良かったな」

うんうんと頷き、一人得意げな暁人くん。

「……もしかして、あれから連絡が取れなかったのって、そのせい？」

「ああ、色々と後始末もあって忙しくはあったんだが。せっかくなら免許を取ってからの方がいいだろう？」

……それってどうなの？　とは思ったけれど、自分の中にあった不安な気持ちが消えていくのがわかった。

改めてアメディオに目を移すと、すっかり以前と同じ、いや、パーツは変わらないけどもっとキレイになっていた。

「アメディオ、直してくれたの？」

「ああ。外装はいじってないぞ。中のエアバッグとシートはもちろん取り替えたがな」

晩人くんがフフンと笑う。

「……ありがとう」

改めて暁人くんを見上げた。相変わらず王様のような彼。何も変わらないその姿を見て、涙がこぼれた。

「暁人くん、わたしはまだ、暁人くんの恋人？」

「何を言っている。もちろんそうだ。この先もずっと、一花は俺の恋人で、そして俺の運転手はお前だけだ」

……最後の言葉は無視した方がいいんだろうか。でも、それよりちゃんと確認しておかなきゃいけないことがある。

「わたし、都合よく利用されただけじゃなかったの？」

ズバリ言うと、さすがの暁人くんもギョッとした表情をした。あー、やっぱりそうなんだと思ったけど、怒りの感情はあんまりなかった。

「探偵がそう言ったのか？」

暁人くんのこんな慌てた顔は見たことがないから、面白いとすら思ってしまう。首を振って質問に答えた。

「暁人くんが前に話してくれたときから、なんとなくそう思っていたの。暁人くんの言葉の端々《はしばし》にも、引っかかることもあったし。暁人くんとわたしは全然違うのに、あんな風に告白を受けてくれたことがすごく不思議だった。でも、暁人くんの話を聞いて、それから雑誌の記事を見て、確信したの。……わたしは、暁人くんの役に立った？」

暁人くんがさらに苦い顔をした。困らせるつもりはなかったけれど、どうしても聞かずにはいられなかった。

「一花……」

暁人くんがわたしの手を握った。

「最初はそのつもりだったことは否定しない。でも、それならプロでも良かったんだ」

「プロ？」

「そうだ。仕事として、恋人を演じてくれる女だ。だが一花から偶然声を掛けられて、面白そうだと思ったんだよ」

……面白そうって、ここは喜んでいいところだろうか。

「いくら仕方がないとはいえ、好きでも何でもない女と四六時中居ることは、自分でも望ましくはなかった。でも、一花なら、一緒に居て楽しそうだと思ったんだ」

「暁人くん」

握られた手にさらに力がこもる。

「実際、一花と一緒に居るときは楽しかった。普段の忙しさや煩《わずら》わしさを忘れさせてくれた。悲しい過去を前向きに捉えていることも、自分にとっては驚くべきことだった。一花が純粋に慕ってくれていることが、これまでにないくらい嬉しかった」

「暁人くんも、わたしのことが好き？」

これまでずっと聞きたくて、でも聞けなかった言葉。いくら後悔しない人生と思っても、否定されたらそれこそ一生立ち直れないかもしれない。それくらい、わたしにとって暁人くんは特別な人になっていた。

「もちろんだ。言わなかったか？　一花は特別だと」

言われたかしら？

「一花は何から何まで特別だ」

心の底から温かな気持ちが溢れてくる。それでも、〝好き〟と言ってくれないのは寂しい。

「暁人くん、わたしのこと好き？」

もう一度言うと、暁人くんは何だか変な顔をして……それからわたしの耳元に顔を近づけてきた。

「……一花が、好きだ」

低い声が耳から頭を直撃して、そして全身に広がる。反射的に暁人くんに飛びついた。

「暁人くん、大好き!!」

そんなわたしを抱きしめ、暁人くんは笑う。

「ああ、それは自分が一番よくわかっている」

暁人くんはそう言うと、カフェの入り口に顔を向けた。

「一花は早退だ」

「……まあ、今日も特別に許してあげよう」

振り返ると、入り口にみんなが立っていた。口を開いたのは祥吾くんだ。今までのすべてを見られていたのかと思うと顔から火が出そうだったけど、今更だし、もう開き直るしかない。結果オーライなのだから、何も恥じることはないのだ。

「ではいくぞ」

暁人くんはそう言うと、助手席に回りドアを開けて乗り込もうとした。

「あ、暁人くん！　……せっかく免許を取ったんだから、別に暁人くんが運転してくれてもいいんだよ？」

「断る」

一瞬止まった暁人くんは、一言そう言うと、さっさと助手席に座ってドアを閉めた。

ああもう、この人は本当に何も変わらないんだ。それが腹立たしくもあり、嬉しくもあり。

「一花ちゃん、ほら鞄。無免許運転はダメよ」

小春ママがわざわざ持ってきてくれた荷物を、お礼を言って受け取った。そして運転席に乗り込む。座り心地は良くなったけれど、ハンドルの感触は以前とまったく変わらない。

グンとアクセルペダルを踏んだ。走り出すアメディオのバックミラーには、祥吾くんと小春ママと六ちゃんと中山サンが手を振っている姿が映っている。

「どこにいくの？」

ハンドルを握って暁人くんを見た。

「どこへでも。一花が好きな場所にいっていいぞ」

暁人くんがニヤリと笑う。意地悪な笑みなのに、やけに妖艶《ようえん》に見える。小さな助手席に悠然と座る彼は、やっぱりどこから見ても王様だ。王様だけど、絶対君主みたいだけど、決してそれだけじゃないことも知っている。

「よし、それならどこまでも一緒にいこう」

わたしがそう言うと、暁人くんが満足そうに頷いた。普段は召使《めしつかい》みたいでも、この恋のドライブのハンドルはわたしが握っている。

総帥《そうすい》の退屈な日常

1

深い眠りから徐々に目覚めていく。すっと目蓋《まぶた》を開くと、カーテン越しにうっすらと光が差していた。ゆっくりからだを起こす。いつもと同じ朝が始まった――

食堂の扉を開けると、朝食の良い香りが漂《ただよ》ってきた。朝日を存分に取り込んだその部屋には、大きなダイニングテーブルがあり、そこにはすでに家族全員が集まっていた。つまり自分の両親、西城眞人《まこと》と花織《かおり》だ。広いテーブルに、両親は寄り添うように並んで座っている。

母は旧華族の令嬢だった。小さな町工場を築いた、たたき上げの曽祖父、そしてそれを飛躍的に成長させた祖父がどうしてもほしかった、権力の象徴。父と母は、まさに政略結婚以外のなにものでもなかったはず。だが二人は、それを感じさせないほど仲睦《なかむつ》まじくみえる。

「あら、暁人さん。おはよう」

自分にようやく気がついた母が言った。

「おはようございます」

両親の目の前の席に着くと、すぐに朝食が並べられた。今日は洋食か。淹《い》れたての珈《コー》琲《ヒー》を飲み、パンを千切る。目の前では、両親が笑いながら食事をしていた。実に、本当に実に和《なご》やかな光景だ。

「花織さん、今日は美術館にいきましょう」

「まあ素敵」

母がその名の通り、花のように微笑んだ。それを見る父の目は、この上なく幸せそうだ。

会長職になってから、父は母との時間をそれまでより増やした。もちろん、職を投げっぱなしにしているわけではないが、総帥《そうすい》として働いていた頃と比べると、その時間的ゆとりは雲泥《うんでい》の差だ。

仲良く今日の予定を相談しあう両親を見ていると、時々無性に虚《むな》しさを感じる。グループの総帥としては、きちんとやっていけていると思うし、その自負もある。祖父から学んだ経営の手腕を存分に振るえることも楽しいし、仕事の量は半端ではないがとてもやりがいがある。それでも、時々ふと何か物足りなさを感じていた。それは一体どうすれば埋められるだろうか……

「暁人様。お時間です」

いつの間にか入ってきた執事の上尾《かみお》に恭《うやうや》しく告げられ、読みかけの新聞を鞄の中に入れて席を立った。

「いってらっしゃい。暁人さん」

「いってきます」

にこやかな母に返事をして、食堂を出る。玄関前には、すでに迎えの車が停まっていた。

「おはようございます。暁人様」

車の前で頭を下げたのは、去年から秘書として働いている小杉健一《けんいち》という男だ。自分よりひとつかふたつほど年上で、元々は父の知人の息子だ。武者《むしゃ》修行という名目で預かっている。いわゆるコネ入社で、それには父も相当渋ったようだが、本人の意欲が非常に強かったので、結局は秘書という立場で置いている。

車の後部座席に乗り込み、広大で美しく、そして何の思い入れもない庭をちらりと見て、読みかけの新聞を開いた。

2

西城グループの本社ビルは、東京の中心地にある。曽祖父が町工場を始めた当時は何もない場所だったらしいが、今や家族連れに人気のある繁華街にもなっている。

本社ビルの最上階の最奥に、総帥《そうすい》のための執務室がある。窓を背にして大きな机が置いてあり、その窓は都心が一望出来るほど大きい。だが、部屋自体の広さは八畳ほどだ。言うなればここは、祖父が作った天守閣《てんしゅかく》だ。

会長職に退いてなお、西城グループを実質支配していた祖父が亡くなったのは、自分が大学を卒業して間もなくのこと。それからの父の行動は驚くほど早かった。祖父が亡くなって一年後には、総帥の座を自分に託し会長職に退いたのだ。あのとき、父に総帥の座を譲ると告げられた場所もここだった。

「お前の方が向いているからな」

やけにあっさりと、そしてある種清々《すがすが》しい調子で言った父の顔が脳裏に蘇《よみがえ》る。父に経営の才能がないわけではない。むしろ十分すぎるほどの能力があったと言えるだろう。さらに父には、祖父にも自分にもない、別の才能もあった。――人望、というものだ。何事にも厳しい祖父と比べ、父は物腰が柔らかく、そして他人の内面を鋭く見抜く目を持っていた。自然と有能な人材がまわりに集まってくる、不思議な人だ。ただ本人は、大企業の経営というものが好きではなかった。

当時、父のことを腰抜けのように思った輩《やから》もいたようだが、実質は全く違う。その父が、有能な人材をすべて自分に託してくれた。だからこそ、二十代半ばの若造が総帥の座についても、巨大なグループ企業が大きく混乱することもなく、現在も滞《とどこお》りなく運営されているのだ。

今でも、父は母と一緒にあちこちに出向き、そして人脈を広げ続けている。内心ではそれすらも辞めたいと思っているのだろうけれど、自分のために父が我慢してくれているのはわかっていた。


大きな机に肘をつき、先ほど渡された書類をじっと見つめる。新しく作る製薬工場の建設に関する見積書だ。出してきたのは野島建設。ここ数年、業界最大手になりつつある建設会社だ。

ひとつため息を吐くと、そばに居た第一秘書の太田哲也《おおたてつや》がこちらを向いた。

太田は元々父の秘書だった。年齢も父に近く、父が隠居した今も自分のもとで働いてくれている、まさに今の自分の片腕ともいえる存在だ。父が残してくれた人材の中で最も優秀なのが、彼だった。

「いかがなさいましたか?」

今この部屋に居るのは彼だけだ。目の前にきた太田に見積書を見せると、訝《いぶか》しげな顔で受取り、パラパラと見て、そして顔色を変えた。

「これは……」

「多少フェイクを入れてはいるが、こちらが元々想定している金額とほぼ同じだ。普通なら、なんの躊躇《ちゅうちょ》もなく発注するだろう」

新設工事の見積りは、担当者や役員を集め、すべてこの部屋で概算が作られている。もちろん他言厳禁だ。その後、数社から見積書を出させ、その中からこちらの条件に合うものを選ぶ。条件のほぼ完全一致――。それが一度や二度なら、偶然と言えるかもしれないが……

「山下を呼んでくれ」

太田がすばやく部屋を出ていき、すぐに真っ黒なスーツを着た大柄な男を連れて戻ってきた。山下克也《かつや》は自分についているSPのトップで、警備のあらゆる部分を掌握《しょうあく》している。

「この部屋が盗聴されている可能性は？」

「あり得ません」

山下が顔色ひとつ変えず言い切った。

「根拠は？」

「毎日、朝昼夜にチェックしています。この階のエレベーターホールからこの部屋までの通路にも、数ヶ所にセンサーを取り付けてあります。たとえ一般社員が不審な機器を持って入ってもすぐにわかります」

「たいした自信だな」

「わたしがすべて手配していますので」

きっぱりとした揺るぎない声だった。この男の実力は明らかだし、実のところ、最初からそんな可能性がないことはわかっていた。

「ならば人だな」

そう言うと、山下と太田が揃《そろ》って厳しい顔をした。

「内通者がいるのは間違いないだろう。この件に絡んでいる人数はそう多くはない。とりあえず会議に出たメンバーをリストアップしてくれ」

「わかりました」

二人が声を揃え、部屋を出ていった。

大きな会社には、大勢の社員がいる。中には良からぬことを企《たくら》む人間もいるだろう。だがそれが自分の身近にいることは許せない。この部屋にひんぱんに出入りしているのは、太田を始めとした秘書が三人、それから山下が率いているSPが常時五、六人。そのほかには、各事業の重役や担当者がくることもある。その中で、自分が無条件に信用しているのは太田と山下だけだ。

誰かが野島建設に情報を流しているのは間違いないだろう。それは予算から始まり、そして、おそらくは自分自身のスケジュールにまで及んでいる。

思い返せば、数ヶ月前からよく野島建設の社長の娘と顔を合わせていた。たまたま参加したパーティや、会社の面々と食事に入ったレストランなどだ。

――気に入らない。自分の知らないところで利用されているのだとしたら、それは由々《ゆゆ》しき問題だ。

「暁人さん、お時間です」

ドアを開けて太田が戻ってきた。これからのスケジュールを告げ、そして太田自身はリストアップのために残ると言った。

午前中は、湾岸沿いの工業地帯に先週完成した食品工場の視察。そして午後は、会議のために都内のホテルに移動する。会議自体はただの顔合わせのようなもので、会議の後の個人的なやり取りの時間の方が長かったくらいだ。それもようやく終わり、他の出席者と一緒に会議室を出る。ホテルのロビーを歩いていると、自分を呼び止める声が耳に入った。

一気に憂鬱《ゆううつ》な気分になりながら振り返ると、そこにあの女がいた。一般的に美人の部類には入るのだろうが、決して自分の好みではない。

「暁人さん！　奇遇ですこと」

――野島建設の社長の娘。このところの遭遇頻度《ひんど》は、奇遇というより奇妙とすらいえる。

「どうも」

軽く頭を下げると、さらに近寄ってきた。

「この間、暁人さんのお母様ともお会いしましたのよ。とっても楽しくお話しさせて頂きました」

彼女がにこりと笑ったが、母からは何も聞いていないので答えようもない。まわりからの視線が好奇なものに変わるのを感じ、それがますますうっとうしい。

「そうですか」

それだけ言って通り過ぎようとしたとき、彼女の手が腕に触れ、さらに距離をつめられた。

「今度はぜひ、暁人さんもご一緒にお話ししたいわ」

まるで内緒話をするかのような、唇に笑みを浮かべてのささやき。瞬間、背筋をゾゾゾと悪寒《おかん》が走った。

「失礼します」

さりげなくからだを引き、彼女から離れて歩き出す。周囲の人が興味深そうな顔で見ているのがわかった。

「さっきのは野島建設のご令嬢ですな。随分《ずいぶん》と親しくされているようで……」

中の一人が好奇心丸出しで聞いてきた。なかなかいい度胸だ。

「そうですか？　そう見えるのなら、わたしもまだまだですね」

出来るだけ冷めた声で答えると、相手の顔色が目に見えて青くなった。それを見て、まわりの表情も引き締まる。これで余計な噂が広まらなければ良いが……

見送りを受けて車に乗ると、隣に座った山下が厳しい顔をしていた。

「戻ったら、話を聞こう」

前に聞こえないように低い声で言うと、山下が黙って頷いた。会社に戻り、太田と山下だけを部屋に呼ぶ。

「とりあえずリストアップは終わりました。これまでの会議に共通して出ている人間です」

太田が机の上にＡ４サイズの紙を一枚置いた。そこには十五名ほどの名前が書かれていたが、みんなこの会社の上層部の人間だ。この中に犯人が居るとしたら、人間不信になりそうだ。

「この中から、野島建設の娘と接触している人物を見つけ出せ」

「野島の娘、ですか？」

太田が少し驚いた様子で顔を上げた。

「そうだ。このところ、やけにその娘と会う。ついさっきもだ。このままでは、西城グループは公私共に野島建設と手を結ぶと思われかねない」

あんな女と関係があると思われるなんて、冗談ではない。だが、現在特定の女性がいるわけでもないので、関係性をうまく否定するのはなかなか難しい。どうしたものか――。

内心で考えていると、太田がさらに厳しい顔をした。

「あなたのスケジュールを把握しているのは、言ってしまえば秘書だけです」

「ならば、調べる人数が減るな。この中に不正を働くものがいると思うのはいささかこたえるが。だが、上層部の人間なら秘書から予定を聞きだすこともまた簡単だろう。それに、内通者がひとりとは限らない」

椅子に座り、背もたれにからだを預けた。

「探偵を使いますか？」

今まで黙っていた山下が口を開いた。

「内通者が内部の人間なら、我々が動くのは難しいでしょう。一人、優秀な探偵を知っています。彼なら、上手くやってくれるでしょう」

外部の人間に内情を明かすのは気に入らない。だが、あの慎重な山下がここまで言うのも珍しい。

「……面白そうだ。ならば、頼むとしよう。すぐに連絡を取ってくれ」

「わかりました」

一礼をして山下が下がる。そして部屋の隅にいき、携帯で電話をかけ始めた。

しばらくして、電話を終えた山下がこちらに戻ってきた。

「暁人様と直接話したいとのことです。明日、午後二時にこの場所で」

受け取った小さなメモ用紙には「カフェ・ブランシュ」と書かれている。その後に続く住所は、このビルから徒歩圏内だ。

「探偵の名は橘六郎。少し変わった男ですが、腕はわたしが保証します」

メモを胸のポケットにしまい、席を立つ。

「いいだろう。なかなか興味深い」

太田のため息を背後で聞きながら、窓の外を眺めた。

3

翌日、約束の時間に山下だけを連れて、指定された店に向かった。身近に内通者がいる可能性が高い以上、探偵のことは山下と太田にしか知らせないことにしたのだ。

会社から車で五分程のビル街の裏路地に、その店はあった。外から見た感じ、普通……というよりも、少々女性向けのカフェのようだ。少し離れた場所に山下が車を停める。

「橘という探偵はどういう男だ？」

「見ればわかります」

普段は無表情な山下が、珍しくニヤリと笑った。肩をすくめ、車を降りてその店へ向かう。目の前に立つと、ますます女性向けの印象を受ける。木の扉は上の部分がガラスになっていて、内側にレースのカーテンが掛かっている。ドアノブには「ＯＰＥＮ」と書かれたプレートがぶら下がっていた。思い切って扉を開けると、カランとベルの音が響き珈琲《コーヒー》のいい香りがした。そう広くはない店内はアンティークな雰囲気で、想像していたよりも居心地が良さそうだ。

「いらっしゃいませ」

明るい声に目をやると、カウンターの中から若い女性がこっちを見ていた。大きくて、とても印象的な目をしている。特別に美人というわけではないはずなのに、なぜか目が離せない。

彼女が、その大きな目をさらに見開いた。女性にあからさまな目で見られることには慣れているけれど、ここまでじっくりと見られることはめったにない。しかもそれをあまり不快に感じないところも、不思議だった。

カウンターの中にはその女性と見栄えの良い男が並んでいて、そして客が三人座っている。一人は妖艶《ようえん》な女性、一人はサラリーマン風の男、そして、突っ伏して寝ているように見える怪しげな男。

——これが件《くだん》の探偵だろう。

そう思いながら近づくと、その男がむくりとからだを起こして椅子をこちらに回転させた。

「時間ぴったりだ」

ガラガラ声としわくちゃのスーツ姿。くたびれた風情だが、眼光は鋭い。――ビンゴだな。

「あなたが橘さん？」

たずねると、僅《わず》かに頷いた。

「まあな。マスター、奥借りるよ」

探偵はそう言うと、椅子からおりて顎で奥のテーブルを指す。それほど広くない店内の一番奥のテーブル席に向かい合って座ると、今度は探偵にジロジロと見られた。胸の内まで見透かされるような視線だ。

「本当に本人がくるとはな」

ボソッとつぶやく声に答えようとしたとき、

「いらっしゃいませ。ご注文は何にしますか？」

と、緊張感を打ち砕《くだ》く明るい声が間近で聞こえた。目を移すと、カウンターの中にいたあの女性が立っていた。近くで見るその瞳はますます大きく、そして輝いて見える。

「ブレンド二つね」

さっきまでの視線とは打って変わった穏やかな顔で探偵が言うと、彼女は少し肩をひそめ、頭を下げて戻っていった。その後ろ姿を探偵がじっと見送り、こちらに目を戻す。

「わざわざ悪いね」

探偵が言った。まったく本気でそうとは思っていないことがわかる口ぶりだ。

「山下からある程度は聞いているんだけどね。まあこういうのは依頼人との信頼関係が重要なんで」

探偵がさらに言い、そして口を歪《ゆが》めるようにしてニヤリと笑った。

「お待たせしました」

弾む声と共に、目の前に珈琲《コーヒー》の入ったカップが置かれる。顔を上げて礼を言うと、彼女の目がいっそう大きくなった。なぜかフラフラと去っていく彼女を探偵と共に見送る。

「色男は罪だね」

面白そうに笑った後、探偵が珈琲を啜《すす》るように飲んだ。その香《こう》ばしい香りに誘われてカップを持ち上げ一口飲むと、特有の苦味と酸味が口の中に広がった。珈琲の味は相当本格的だ。あまりの美味《うま》さに内心で驚いていると、探偵が姿勢を正した。

「依頼は、社内にいる内通者を探し出すってことでいいのかい？」

「ああ、こちらで絞り込んだリストはここに」

カップを置き、出る前に太田から預かってきた小さな紙を胸ポケットから出して机の上に置いた。探偵がそれを持ち上げ、目を走らせる。

「怪しい動きがあったのはいつ頃から？」

「……ここ半年、いやもっと前か」

　思い起こせば、不審に思う以前にも、野島建設に発注したものがあったはずだ。もしあのときからすでに不正があったのだとしたら、見抜けなかった自分が腹立たしい。

「では、このリストの中でその頃に入ってきた人物はいないか？」

「ほとんどみな、ずっと以前から役職についている。……ああ、一人居たか」

　毎朝見る顔をふと思い出した。

「誰だ？」

「秘書の小杉という男だ。父の知人の息子で、一年ほど前から働いている」

「なるほどね」

　メモを見ながら探偵がつぶやく。言われてみれば、確かに一番怪しいのは小杉だ。一番新参者で、個人的な信頼関係はあまりない。けれど、仕事熱心な部分はそれなりに評価しているし、何より父親同士が友人関係というつながりがある。

「しばらく時間をもらおう。何か新しい情報があれば連絡してくれ。こっちからも何かわかればこまめに連絡する」

　探偵はそう言うと、胸ポケットからよれた名刺を取り出した。自分も名刺を渡す。

「盗聴は？」

「この番号は大丈夫だ。山下が毎日チェックしている」

ああと探偵が頷いた。山下のことは信用しているらしい。

「ではまた」

立ち上がると探偵が軽く手を振った。カウンターの前を通って店を出る前に、目の端にさっきの女性をとらえた。女性というより、女の子といった方がしっくりくるか。その瞳は最後までキラキラと光っているように見えた。

店を出て、さっきと同じ場所に停まっている山下の車に乗り込んだ。すぐに車が発車する。

「いかがでしたか?」

「なかなか興味深い男だな」

バックミラーに映った山下の顔が、笑っている。なんとも珍しいことだ。

「おかしな男ではありますが、探偵の腕は保証します」

「期待するとしよう」

胸ポケットからよれた名刺を取り出して、改めて眺めた。橘六郎という名前と携帯電話の番号のみの、シンプルな名刺だ。探偵事務所と銘打ってもいない。自信があるからか、ものぐさなだけなのか……判断はまだつかない。ただ、あの目の鋭さが一般人のものでないのは確かだった。ほんの少しの時間しか話していないのに、自分がかなり疲弊《ひへい》しているのが何よりの証拠だ。

「裏から戻る」

山下に告げ、後部座席にもたれるように座って窓の外を眺める。車は本社正面のロータリーには入らず、裏側の入り組んだ細い道を進む。ほんの一部の人間しか知らない、秘密の出入り口があるのだ。シャッターの閉まったゲートに山下がICカードをかざすと、自動的に開いた。

中は本社の地下駐車場と繋《つな》がってはいるが、一般のそこからは見えないように、巧妙に隠されている。山下がスムーズに車を停め、辺りを見回して扉を開けた。

車から降りて、エレベーターホールに向かう。三つあるエレベーターのひとつが、総《そう》帥《すい》の執務室の中にある隠し部屋に直通しているのだ。とはいえ、このルートは入り方など色々面倒なことも多いので、滅多に使うことはない。

エレベーターの中には、モニターが二つ備えられている。執務室とその前室——すなわちSP達が普段待機している部屋だ——に仕掛けてある防犯カメラの映像を、ここで確認できるというわけだ。そのモニターに、執務室に一人で居る小杉の姿が映っていた。小杉は机の上を片付けるフリをして、執拗《しつよう》に何かを探しているように見える。

「怪しい動きですね」

同じくモニターを見ている山下が言った。頷きながら探偵との会話を思い出していた。

怪しそうなヤツは、本当に怪しいということか。胸ポケットから探偵の名刺を取り出し、スマートフォンから電話を掛けた。すぐにしゃがれた声が聞こえる。

「先ほどはどうも。やはり、秘書の小杉が怪しそうだ」

『了解。では明日、そいつに関する資料をあるだけ持ってきてくれ。同じ時間に同じ場所で』

こちらの返事も待たず、電話が切れた。

モニターの中の小杉が、結局何も見つけられないまま部屋を出ていくのが見えた。山下がエレベーターのボタンを押し、同時に太田に電話を掛ける。しばらくして前室のモニターに太田が映り、そこに居た小杉をはじめとする全員に指示をし部屋から出す様子が映った。と同時にエレベーターが最上階に到着する。

「お帰りなさい。いかがでしたか？」

出迎えた太田に探偵とのこと、それからさっきの小杉の行動を伝えた。

「しばらくは泳がせるか。調べるのは探偵に任せよう。明日も会うことになったから、小杉の履歴書とその親の資料があればまとめておいてくれ」

太田に向かって言うと、彼は困惑顔で頷いた。

「内通者が小杉だけなのか、それとも他の誰かが小杉を使っているのか。どちらにせよ、気分が悪いことに変わりないな」

誰にともなくつぶやき、また仕事に戻った。

翌日、また同じ時間にあのカフェに向かう。車の中で小杉の資料を眺めながら、なぜか昨日はじめて会った、あの目をキラキラさせたカフェの店員を思い出していた。今日も居るのだろうか。ふとそう思ってしまった自分に戸惑いを覚える。

書類を片手にカフェに入ると、またあの瞳が迎えてくれた。何かを期待するかのような、夢を見ているかのような視線だ。今回も前回同様、その視線を不快に思わない自分がいる。いったいどういうわけだ……？

昨日と同じく探偵の後に続いて、同じ席に座る。持ってきた資料を渡すと、探偵がサッと目を通した。

「なぜ彼を？」

「昨日、俺の机を漁《あさ》っているのが防犯カメラに映っていた」

答えると探偵が顔を上げた。その表情は呆れ顔だ。

「よほどバカなのか、焦っているかのどちらかだな」

まったくその通りだ。

「こういうことは大抵金が絡んでいるんだ。この男の身辺を調べる。何かわかったら連絡しよう」

探偵の言葉に頷き、席を立つ。そして常にあの視線を感じつつ店を出た。なぜだか振り返りたくなる、そんな不思議な感情を覚える自分に驚きながら、それでも振り返らずに車に戻った。

探偵から連絡があったのはその日の夜、自宅に戻ったときだった。小杉の父親の会社の経営がどうやら危《あや》ういらしい。さすが山下の見立て通り仕事が速いと感心しつつ、小杉の動機のありきたりさに辟易《へきえき》した。

どうせならもう少し意表をついた理由であってほしいものだ。――つまらん。

ため息を吐き、さっさと風呂を済ませてベッドに入った。

4

珍しく夢を見た。あのキラキラした目の彼女が出てきた。彼女は何をするでもなく、ただ自分を見ていた。そして自分もただ彼女を見ていた。――それだけの、夢。

引き上げられるような感覚に、はじめて眠りから覚めることに抵抗を試みた。が、結局いつものように目は開いてしまう。

スーツに着替えて食堂に向かうと、いつも通りそこには両親が居て、食事をすでに終えていた。

「おはよう、暁人さん」

「おはようございます」

挨拶《あいさつ》をして席に座ると、これまたいつも通りすぐに朝食が並べられた。今日は和食か。

箸《はし》と茶碗を持ったとき、前に座っている母がじっと見ているのに気づいた。

「何か？」

たずねると、母が少し困ったような顔をする。母がこんな表情をするなんて、珍しい。

「この間、野島建設という会社のお嬢さんに声を掛けられたの。お名前は忘れちゃったけど。暁人さんと仲良くさせて頂いてますってご挨拶されたわ」

ああ……まさか朝から自宅でこの話題をされるとは。

「暁人さんが誰とおつきあいしても自由だけど、でもあの人、お母さんの好みじゃないわ」

母がこんなことを言うなんて、それこそ珍しすぎる。正真正銘、深窓《しんそう》の令嬢の母は、他人を悪く言うことはほとんどないのに。

「その人が何を言ったか知りませんが、仲良くしたことはありませんよ」

イライラがつい口調に表れた。傍観していた父がニヤリと笑ったのが目の端に見える。

「そうか。お前とその彼女の話はわたしも聞いたことがあったが……。では今度から否定しておいてやろう」

「どうも」

答えつつ、父や母にまで直接そんな話が届いているのかと思うと寒気すら感じた。これはもう早急になんとかしなければいけない。味のしなくなった朝食をさっさと食べ終え、玄関に向かう。ちょうど迎えの車が到着し、小杉が慌てて降りてきた。

「おはようございます。暁人様」

開けられたドアから車に乗り込み、シートに深く沈むように腰かけた。

父の楽しそうな顔を思い出すと、頭の中で沸々《ふつふつ》と怒りがわいてきた。相手の目的は、西城グループと野島建設を仕事でもプライベートでも強く結びつけること。

運転する小杉の後ろ頭を殴りたくなる衝動を辛うじて抑え、なんとか冷静さを保とうとする。祖父譲りの経営能力を持つと自負している自分が、こんな風に馬鹿にされるのは我慢ならない。一番怪しい小杉をとっとと追い出せば一時的には解決するかもしれないが、だがそれでは根本的には何も変わらない。

ここまでされたなら、それ相応の仕返しをしてもばちは当たらないだろう。とにかく探偵の調査を待とう――。窓の外を眺めながら、そう決意した。

探偵に呼び出され、同じ時間にまた山下だけを連れて例のカフェにいった。店の扉を開けて、真っ先に目に飛び込んでくる彼女の大きな瞳が一瞬できらめくのを見て、やはり戸惑う。

「もらったリストを全部調べたが、結局あんたの見立て通りだった」

珈琲《コーヒー》が運ばれてくるのを待ってから、探偵が言った。

「つまり、小杉だと？」

「ああ、リストの中に他に怪しい人物は居なかった」

俺は、机の上に数字がたくさん並んでいる紙を広げた。

「電話でも伝えた通り、小杉健一の父親の会社の経営状態はあまり思わしくないね。これはその負債名簿」

「借り入れもかなりあるな」

「まあな。でも調べた結果、それは全部まっとうな銀行からのものだった。今の時代、自転車操業の会社は山のようにあるからな。どこもそんなもんだ。が、問題はこっちだ」

探偵はもう一枚の紙を出した。同じように数字が並んでいる。

「これは？」

「小杉健一自身の借金だよ」

「彼の？　個人のにしては額が多いな」

一番下の合計は七桁。しかも後半の数字だ。

「学生の頃からギャンブルに嵌《はま》っているらしい。それも違法スレスレの」

「随分《ずいぶん》あちこちから借りているな」

リストにはたくさんの名前が並んでいる。

「こっちは全部闇金だよ。それもかなりタチが悪い」

探偵が珈琲《コーヒー》を飲みながら、指でとんとんと紙の上を指した。

「だが、半年ほど前から順調に返済を始めているようだ」

「野島から金をもらっている、ということか？」

「まあそんなとこだろうな。どこで野島と知り合ったのか。はたまた、まだ他に内通者がいるのか……。しばらく様子を見て、接触した相手を調べてみよう」

また連絡すると言って、探偵が紙を自分の胸ポケットに仕舞った。

「それにしても、こんなデータをどこから？」

有能だとは聞いていたが、こんな細かなデータをこんな短時間で、一個人が調べられるのだろうか？　たずねた自分に、探偵がニヤリと笑った。

「俺にもそれなりのコネってのがあるんだよ。法に触れることはしていないので、その辺りはご安心を」

茶化すような態度に若干呆れながら、残りの珈琲を飲んだ。そのとき、後ろのカウンターから聞こえてくる楽しげな声が耳に届いた。

席から立ち上がり、店を出ようとしたら、不意にあのきらきら視線の彼女が目の前に立った。

「はじめて見たときに、人生初の一目惚れをしちゃいました。す、好きです、つきあってください！」

突然の告白――と同時に、頭を下げられた。今まで受けた女性からの告白とは全然違う、なんとも直球なそれに一瞬絶句してしまう。が、急激にわくわくした気分になった。

そのとき彼女が顔を上げた。大きな目がなぜか途端にきらめき出す。これは今朝の夢の中で見た表情か？

「それは本当か？」

ジッと見上げてくる彼女に、思わずそう言っていた。大きな目がさらに大きくなり、ぶんぶんと頷くのを見て、満足している自分に気づく。

「よしわかった。ではつきあってやろう」

「……えーっっっ!!」

彼女と、カウンターにいつも座っている妖艶《ようえん》な美女が同時に声を上げた。

「ほ、本当ですか!?　わ、わたしのこと何も知らないのに？」

驚いたように彼女が言った。――当然だろう。自分でも相当驚いている。

だがこれはある種のチャンスだ。この女性をうまく使えば、野島の娘を体《てい》よく追い払うことが出来るかもしれない。少しだけ、胸の奥に違和感を感じた。が、それはあまりにぼんやりしたもので、理由を探る前に消えてしまった。

「俺に二言はない」

自分の考えに満足しつつ頷くと、彼女が歓喜の声をあげた。跳ねるような動きではしゃいでいる彼女を、その場に居た全員が微妙な顔で見ていた。彼らから俺に向けられたかすかな殺気のような気配に彼女は微塵《みじん》も気付くことなく、目を輝かせて見上げてきた。

「わたし、富樫一花、二十五歳です」

「西城暁人、二十七だ」

「じゃあ……暁人くんって呼んでいい？」

彼女から発せられたその言葉は、思ったよりも心地良い。

「……特別に許してやろう」

思わず笑うと、少し離れた場所にいた探偵が驚くほど青い顔をしているのが見えた。さっきまでの飄々《ひょうひょう》とした姿は影も形もなく、なんだか面白い。

「では今日はこれで。またな、一花」

妙に馴染む彼女の名前を口に出し、大変気分良く店を出る。

いつもの場所で待機していた車に乗り込むと、山下が待ち構えていたように口を開いた。

「どうでしたか？」

一瞬、一花の顔が浮かんだが、山下が聞きたいのはそこではないだろう。冷静に思いなおし、状況を伝え、今は探偵に任せる旨を告げた。

捜査も順調で、そして、どうやら自分に恋人が出来たようだ。そのことに、なぜかこの上なく気分が上向いている。

とはいえ、まったく知らない人物とつきあうのはどうだろうかと思い始めたのは、その日の夜のこと。いつもの自分なら、こんな軽率な行動は絶対にしないはずだ。我ながら不思議に思いつつも、それは彼女を否定するというよりも、逆に知りたいという欲求につながっていた。

自宅の部屋から探偵に電話を掛けると、なぜか思いっきり嫌そうな声で応答された。

「今日出来た、俺の恋人のことを教えてくれ」

単刀直入に言うと、探偵が大げさなため息を吐いた。

『勘弁してくれよ。俺はあそこを事務所代わりにしてんだよ。一花ちゃんにもしものことがあったらどうするんだ。追い出されるだろ!?』

なんだか泣きそうな声が面白い。

「なぜ追い出されるんだ？」

『……あそこのマスターと彼女は親戚なんだよ』

ほほう。あのなかなか見栄えの良い男は親戚だったか。

「で、彼女のプロフィールは？」

『……それは依頼か？』

心底嫌そうな声で探偵が言った。

「そうだ。正式に依頼する。彼女の詳細なプロフィールを今すぐ送ってくれ。報酬はそちらの規定の倍を払おう。ああ、ついでにあの場に居た他の三人についても簡単でいいから教えてくれ。報酬は三倍にする」

電話の向こうで探偵の唸る声がする。引き受けるかどうか、相当悩んでいるようだ。

『……言っとくが、彼女はあんたのことを本当に何も知らないんだ』

「ほう」

自分で言うのもなんだが、自分はそれなりに有名人だと思っていた。事実、これまで関係してきたのは〝西城暁人〟に群がる女ばかりだった。だが、彼女は違うということか。

「それはなかなか興味深いな。余計に知りたくなった」

電話の向こうで一段と大きなため息が聞こえた。

『一時間後に、パソコンに送る』

それだけ言って、探偵が電話を切った。

持ち帰った書類に目を通し、風呂に入ってからパソコンを確認すると、さっきの電話からぴったり一時間後に探偵からメールがきていた。

添付されたテキストを開くと、一花のプロフィールが書かれていた。そこには生年月日、現在の住所や電話番号から始まり、彼女が学生の頃に両親が自動車事故で亡くなり、その後弟と共に父方の親戚に引き取られたことも書かれていた。そして大学生のときからあのカフェで働き、現在に至っていること、彼女の後見人でもある親戚は名の知れた弁護士で、身元は確かなものだと記載されていた。

あの天真爛漫《てんしんらんまん》としか言いようのない表情の裏に、こんな過去があったとは……。なんともいえない感情が胸に渦《うず》巻く。

そして他の三人の簡単なデータ。まずはカフェのマスター、水上祥吾。彼女を引き取った親戚の息子で、大学院を中退してあの店を始めたようだ。

それから、妖艶《ようえん》な美女の風間小春。彼女は銀座で高級クラブを経営している。その店の名前には覚えがある。わが社の幹部らも接待でよく利用している店だ。

そして、最後の男は弁護士だった。勤めている弁護士事務所は企業が顧客で、その道では最大手の事務所だ。

あんな小さな店にこんな面々が揃《そろ》っているとは……なんとも興味深い。久しぶりにわくわくした気持ちが戻ってきた気がした。

ベッドに入り、今夜も再び夢を見た。昨日よりももっと近くに、一花の大きな目がある。彼女は笑っていた。そして、自分も笑っていた。

最後にあんなふうに笑ったのはいつの事だっただろうか……。朝、目が覚めても、ずっとそのことを考えていた。

5

恋人が出来たからといって、日常はあまり変わらない。仕事は忙しく、小杉の件もあってなかなか気は休まらなかった。二度ほど探偵と会って状況を聞き、ついでに一花と少し話す程度だ。これが恋人同士の関係として正解なのか多少疑問だが、それでも、僅《わず》かでも彼女の期待のこもった顔を見るのは気分がいい。探偵と次回の約束をすることすら、楽しみになっていた。

「暁人様、野島建設の社長が一度お会いしたいと……」

仕事中、束の間一花のことを思い出し我知らず和《なご》んでいたのだが、その安らぎを他ならぬ小杉自身に破られた。これまた随分《ずいぶん》直球なことで――。目を向けると、緊張した面持ちの小杉の顔があった。

「……なにか、問題があったかな?」

「い、いえ。最近お会いしていないので、夕食でも……ということです」

焦っているのは彼か、野島か。果たして両方か。

ちらりと横に居た太田に目をやると、わざとらしく手帳をめくり、空きがないとにべもなく答えた。小杉がそそくさと出ていき、太田のため息が聞こえた。

「随分あからさまですね。まあ最初からああなら、ここまで面倒なことにはならなかったでしょうけど」

なんとも言い難《がた》い顔をした太田に頷く。

「今日、また探偵と会ってくる」

そう告げて、午後に山下と共に直通のエレベーターを使って探偵のもとに向かった。外出の言い訳を並べるのが面倒なので、最近は部屋に居るフリをして出掛けることにしている。太田には苦労を掛けるが、長い通路を歩かなくてもいいので自分としては楽だった。

「暁人くん！　いらっしゃい」

カフェの扉を開けると、一花が満面の笑みで迎えてくれた。手を上げて挨拶《あいさつ》を返し、同時にカウンターから立ち上がった探偵の後について、いつものテーブルに着いた。一花はもうわざわざ注文を取りにはこない。何も言わなくても珈琲《コーヒー》が運ばれてくる。

「ごゆっくり～」

一花が俺にだけ笑いかけ、スキップしながら戻っていく。

「……頼むから、傷つけるようなまねはしないでくれよ」

最大限に困った顔をした探偵を一瞥《いちべつ》する。そんな極悪人に見えるのか？　ちょっと心外だ。

「で、わかったこととはなんだ？」

探偵は大袈裟《おおげさ》なため息を吐いた後、胸ポケットから写真を取り出し、テーブルの上に置いた。暗い場所で撮られた写真は鮮明さに欠けるが、そこに写っている男が小杉であることはわかった。

「都内にある裏カジノだ。あんたの秘書は今もほぼ週一で通っている。で、こっちだ」

もう一枚写真を撮り出した。場所も日付も同じだが、小杉の隣に別の男が写っていた。平凡な、どこにでもいるような顔をした男だ。

「見覚えはあるか？」

探偵の問いに、その写真を手にとってじっと見る。記憶力は良い方だと思うが、その顔に見覚えはない。

「ないな。こいつは誰だ？」

「小杉の中学時代の同級生で、野島建設の社員だ。ちなみにあんたの秘書みたいな借金はないがな」

「これで小杉と野島がつながったということか」

探偵が頷く。

「どちらが言い出したのかはわからないが、多分この男が小杉を野島の上層部と結び付けたんだろう。あとは、その密会現場が取れれば確実だがな。……最終的にはどうしたいんだ？」

今日の話はもう終わりだ、とばかりに先に立ち上がった探偵が、ついでのように聞いてきた。

「出来れば穏便に済ませたい」

警察沙汰になれば、企業のイメージダウンは避けられない。父も気にするだろう。証拠を集め、徹底的に追及し、すべてを明確にしてから小杉を首にする。それでジ・エンドだ。

肩をすくめた探偵を見て、自分も立ち上がる。カウンターの近くに差し掛かったとき、文字通り一花が飛び出してきた。

「暁人くん、メアド交換して！」

スマートフォンを握り締め、相変わらず目をキラキラさせて一花が言った。探偵からの報告書に一花のメールアドレスも電話番号も書いてあったから、すっかり連絡先の交換をしたつもりになっていた。女性とまともにつきあうのが久しぶりだったせいか、こんな基本的なことも忘れるとは。これは一花に対して、かなり失礼だろう。若干恥じながら詫《わ》びて、個人用のスマートフォンを出し、赤外線で送信した。

「今晩、メールしていい？」

一花の目は、相変わらずキラキラだ。

「ああ。いつでもいいぞ」

内心で期待している自分に驚きつつ、カフェを出た。待機していた車に乗り込むと、珍しく山下が困惑したような表情で電話を握っていた。

「どうした？」

「野島の令嬢がいらしているようです」

「小杉が手引きでもしたか？」

取引先の社長令嬢とはいえ、総帥《そうすい》の執務室は簡単に入れる場所ではない。

「そこまではまだ。けれど総帥と約束してあると言い張っていて、太田さんが大層ご立腹のようです」

覚えのない約束に怒りがわいたが、あの部屋で一人ヤキモキしているであろう太田を思うと、それはそれで面白い。

「黙って出てきたのが仇《あだ》になったか。太田が可哀想だな、すぐに戻ってくれ」

頷いた山下は車を発進させると、いつもよりスピードとテクニックを上げた運転をし、車はあっという間に会社に到着した。車内で太田に電話を掛けると、すぐに繋《つな》がった。

『今どちらに?』

聞くだけで不機嫌さが伝わってくる声だ。

「地下の駐車場に入った。あと五分待ってくれ」

電話を切ると同時に、後部座席のドアが開いた。車から降り、待機していたエレベーターに乗り込む。中のモニターには、確かに前室のソファにあの娘が、そして執務室には太田が、それぞれイライラしながら待っているのが見えた。小杉はまるで怯えた動物のように、前室の隅でじっとしている。

「これはこれで面白いな」

「暁人様は意地悪ですね」

ちらりと山下の顔を見ると、俺と同じくニヤついていた。エレベーターが到着し、隠し扉を開けると、太田が明らかにイラついた顔で立っていた。温和な彼がここまで怒るのは珍しい。まあまあと逆になだめ、ようやく仕事が終わったフリをして、前室への扉を開けた。

「お待たせしたようで申し訳ありません」

小杉が明らかにホッとした顔になり、野島の娘はとってつけたような笑顔になる。一花とは対照的な、作り笑顔だ。

「で、約束なんてしていましたか」

彼女の前に座ってそう言うと、赤い唇が笑みを作る。

「あら、この間もっとお話ししたいって言ったじゃありませんか」

悪びれることもない、堂々とした態度。まったく、あれを約束と言い張るとは大した玉だ。その度胸にはある種、感心するが、だからと言って認められるわけもない。

「それはあなただけの希望でしょう。どうぞお引取りを。小杉、下までお送りするように」

「まあ、それは残念なこと。では、またご連絡いたしますわ」

立ち上がった俺に、笑みを貼り付けたまま野島の娘はそう言うと、小杉を連れて出ていった。しばらくの間、扉を開けたままにして、彼女らが遠ざかるのを確認してから扉を閉めた。

「度胸はかなりあるな」

「感心している場合じゃないですよ、まったく」

まだ怒りが覚めやらぬ様子の太田は、苛立ちを隠さない。

「ともかく、迷惑なことには変わりないな。今後、彼女の入室は一切禁じる。二度とここに入れるな。何を言われても断るよう、受付にも徹底させろ」

部屋に居た他の秘書やSPに告げると、全員の頭が下がった。山下が指示を出している間に執務室に戻って椅子に座り、太田を呼ぶ。

「小杉の同級生が野島の社員だということがわかった」

太田が目を僅《わず》かに見開き、そしてため息を吐いた。言葉は何も出てこないようだ。太田は小杉の父親とも面識がある。そして去年入ってきた彼を教育したのも太田だ。ショックは自分よりも大きいだろう。少し肩を落として席についた太田を見て、次いで自分の机に目を移し、俺は太田のとは別種のため息を吐いた。ちょくちょく会社を抜けているせいか、目の前には書類が山のように積まれていた。そしてその処理は、終業時間までには当然終わらず、太田とSP達を残して、俺はひたすら書類を読み承認印を押す作業を続けた。

個人用のスマートフォンが震えたのは、まもなく二十二時になろうとしているときだった。一花からのメールだ。

〝こんばんは。一花です。今日はメアドを教えてくれてありがとう。ちょっとドキドキだけど、早速メールしてみました――〟

頭の中に、一花の顔が浮かんだ。天真爛漫《てんしんらんまん》としか言い表せないような、笑顔の一花だ。返信を打っていると、そばに居た太田と山下が驚いた顔でこっちを見ていた。

「暁人さん、なんだか楽しそうですね」

まるで珍しいものを見たかのように太田が言う。

「ああ、恋人が出来たんだ」

「……えっ」

太田と山下がまた同時に声を上げた。

「探偵と会っているカフェの店員だ。向こうから告白されたんだが、なかなか興味深かったし、これで野島の娘をうまくあしらえるかもしれない」

うんうんと二人頷いていると、目の前の二人が困惑の表情をした。

「暁人さん……酷いことはしないで下さいよ」

探偵と同じようなことを言われるとは。

「俺はこれでも女性には優しい男だぞ」

ムカつきながら言い返すと、二人がさらに困り顔になる。まったく失礼な奴らだ。野島の娘が嫌いなだけで、女性全般が嫌いということではない。

ああそうだ。野島の娘と小杉の件も、探偵に言っておかなければ。自分のスマホを手に取ると、一花からの返事がまたきていた。二人に見えないようにニヤリと笑い、ついでに探偵に明日のアポイントを取った。

6

翌日、探偵に会いにカフェにいくと、笑顔でカウンターの中から駆け出してきた一花にメールの礼を言われた。それほどの内容を送った覚えはないぞ？　そう思いつつ、一花に案内されて奥のテーブルに座ると、少しだけ神妙な顔の彼女が言った。

「ねえ、暁人くん。もっと色気のあるメールを送った方がいい？」

……なんだ、それは？

「……いや、今のままでいい。なかなか興味深いから」

そう答えると、一花がまた笑顔になった。

なんとなく、背後から常連客のため息が聞こえた気がした。

以来、一花からは毎晩メールがくるようになった。時間は規則的で、夜のほぼ同じ時間に届く。内容はその日あった出来事だったり、そのときに見ているテレビの話題だったり。最後はいつも自分の様子を聞いてくるので、普通に返信している。

メール交換なるものもはじめてなので、このやり取りが正しいのかはわからない。ただ、決して不快ではなく、一花にも言った通り、しいて言うなら大変興味深かった。

「暁人坊ちゃん、最近楽しそうですね」

自宅で仕事をしながら一花からのメールを読んでいると、夜食を持ってきた上尾が言った。上尾が自分を坊ちゃんと呼ぶのは、子どもの頃以来だ。

「どうした？　とうとうボケたか？」

目を上げて上尾を見ると、彼は元々しわの多い顔をさらにしわだらけにして笑った。

「本格的にボケる前で本当に良かったですよ」

意味不明なことを言い、一人満足気な顔で部屋から出ていく。なんだったんだ……？

気をとりなおして仕事を再開したのだが、ほどなくして開いていたノートパソコンから新着メールを告げる音が聞こえた。

メールは探偵からで、内容は明日時間が取れるかというものだ。スケジュールを確認したが、生憎《あいにく》明日は朝から予定がぎっしりだ。その旨返信すると、五分も経たない内にまたメールがきた。

〝渡したいデータがある。カフェのデリバリーを使えるよう手配する。明日の午前中、一花ちゃんに珈琲《コーヒー》を届けてほしいと連絡を入れてくれ〟

思わず顔を顰《しか》めた。一花を巻き込むなと言ったくせに……。若干、いやかなり不愉快だが、仕事である以上、仕方がない。しぶしぶ了承の返事をした。

翌日、一花にメールを入れると、すぐに届けにいくと返事がくる。太田に指示を出し、一花がスムーズにここまでこられるよう受付や警備に伝達をさせた。

三十分ほど経ったところで、一花が到着したという一報が入ってきた。とは言え、すぐには手が離せなかったので、結局しばらく待たせることになった。

ようやく一段落したところで山下に目配せをすると、すぐにノックが聞こえた。

「入れ」

書類を見ながら促《うなが》すように言うと、扉がゆっくりと開く。目だけを向けると、そこには恐る恐る顔を覗かせる一花がいた。緊張している彼女を見るのははじめてで、それはそれで興味深い。

「ああ、一花か。ご苦労だったな」

顔を上げてわざとらしく言いながら、こっちにくるように促す。目の端で、小杉の驚く顔が見えた。一花から袋を受け取り中を覗くと、厚紙で固定された台に珈琲の入った紙カップが置かれていた。物珍しげにキョロキョロしている一花を横目に、そのカップを取り出す。

「暁人くんって、社長さんだったの？　全然知らなかったよ」

そう言った一花の表情には、純粋な驚きと感動が満ちている。なんと、本当に知らなかったのか。

そのとき、近くにいた小杉がわざとらしい咳払《せきばら》いをした。

「失礼な。暁人様は総帥《そうすい》です」

小杉は小ばかにしたように一花を見ている。言われた本人は目を見開いたままだ。そして二人はおもむろにおかしなやり取りをはじめ、後ろに居た山下が小さく噴き出した。その間に袋の中をもう一度覗くと、カップを固定していた厚紙の底に何か小さな紙の包みが見えた。

「なんなんですかっ、このおかしな女は!?」

声を荒らげる小杉を無視していたら、

「暁人くんの恋人です」

と、一花がさらりと言った。小杉がものすごく驚いて一花に注目している隙《すき》に、袋の中からその小さな包みを取り出して、ポケットに仕舞う。

「じょ、冗談もいい加減にしなさい」

驚きながらまだ怒っている小杉の声。すると背後に一花が回り込んできた。そして肩に手を置いて顔を寄せてくる。香水とも違う、いい香りがした。珈琲《コーヒー》の匂いか？　そんなことを考えていたら、

「冗談じゃないもん。だよね!?　暁人くん！」

と、顔を覗き込んできた。今まで一番近い距離だ。大きくて印象的な目はまっすぐに自分に向けられ、そしてそこには期待が満ち満ちている。お前は子どもか!?　と、その無邪気な様子についつい笑ってしまう。

「まあ、しいて言えばな」

からかうと、一花があからさまに嫌そうな顔になった。そして頬を膨らませて自分の肩から手を離し、部屋を出ていこうとした。一花の温もりがまだ残っている気がする――。

そんなふうに感じる自分も、子どものような一花も、どちらも面白くて、思わず笑い声

が出た。すると、部屋中のみんなから驚愕の視線が飛んできた。

「また頼むぞ。一花」

怒りながらも手を振る彼女が面白くて、扉が閉まった後にさらに笑った。そして笑いながら、仕事を再開した。

「暁人様ともあろうお方が、あのような小娘とおつきあいされるとは何事でしょう」

楽しい気分をブチ壊したのは、小杉だ。驚くほどの語気の荒さに、それまでニヤついていた山下らの顔色が変わる。

「無理やり付きまとわれているのでしたら、わたしが対処させて頂きます」

――なんだと。小杉の言葉に、一瞬頭に血が上りそうになった。深く息を吐き、なんとか自分の中の嵐を鎮《しず》める。

「俺が、一花とつきあうと決めたんだ。プライベートに口出しは無用だ。そんなに暇なら、この書類を総務に届けろ」

山積みの書類を顎で示すと、わかりやすいくらいに不貞腐《ふてくさ》れながら、その書類を抱えて出ていった。残っていた他の秘書にも指示を出し、部屋の中には太田と山下しか居なくなった。

「暁人さんにしては、面白い方を見つけましたね」

机にうずたかく積まれた書類を整理しながら、太田が言った。その口調に嫌味《いやみ》な部分はない。

「なかなか興味深いだろう」

満足して頷くと、太田が表情を少し厳しいものにした。

「純粋そうなお嬢さんのようですので、くれぐれも傷つけないようにお願いしますよ」

「……探偵と同じことを言うな」

せっかく気分が良かったのに、また台無しだ。だが、その言葉でさっきの包みを思い出した。ポケットからそれを取り出す。

「それは？」

背後にいた山下が口を開く。

「探偵が一花に運ばせたものだ」

紙を開くと、中から小さなＵＳＢメモリが出てきた。ノートパソコンに差し込み中を開くと、画像とテキストファイルが入っていた。

まずは画像を開く。そこには小杉の友人と、そして野島の娘が写っていた。男は常に彼女の後ろを付き人のように歩いている。そんな写真が数枚あった。

「この男は？」

「小杉の友人だ」

太田に答えながら、続けてテキストファイルを開けると、そこにはその男の名前と、現在野島の娘の個人秘書的な役割をしていると書いてあった。要は子守りということか。

「彼の、小杉の単独犯でしょうか？」

ファイルを見ながら山下が口を開く。

「多分そうだろうな。俺の希望的観測もあるが。これ以上、裏切り者がいることは耐えられん」

ファイルを閉じ、ＵＳＢメモリを外して胸ポケットに入れた。

半ばうんざりしながら午後の仕事をこなし、夜遅くに帰宅した。自室に入ったところで、すでに日課のようになっている一花からのメールを受信した。そこには長い通路への驚きと、言われる覚えのない謝罪の言葉が並んでいた。通路に関しては同感だが、セキュリティ上仕方がない。さらに小杉に関しては、野島の娘のことがある分、突然現れた一花に動揺しているのだろう。

元々、一花とつきあうことで野島の娘をかわすことが出来るかもしれないと思ってはいたが、実際、あんな風に一花が悪し様《あざま》に言われる覚えはない。傷つけるなと、探偵にも太田にも言われたけれど、傷つけるのは自分だけではないということを、思い知らされた気分だった。

いつもは仕事仕事で殺伐《さつばつ》としたあの部屋が、彼女が居るだけでまるで別の部屋のように明るくなった気がした。それは今まで覚えたことのない心地良さだった。感じたままを、一花にメールで送る。彼女ならいつでもきてくれて構わないと、本心で思った。

7

その週の週末、会社自体は休みだが、俺は定時に出社し、秘書らと総出で書類を整理していた。午前中に一度、野島の娘から誘いの連絡が入ったけれど、忙しいと理由をつけて当然ながら断った。

午後になって一段落した頃、一花からメールがきた。こんな時間に珍しいと思いながら開く。

〝アメディオがきたよ!〟

アメディオ? 誰かの名前か? 発音からしてイタリア系か。アメディオという男がきたという意味だろうか。一花に外国人の知り合いが居るとは思わなかった。過去のボーイフレンドというものだろうか……。疑問ばかりが浮かび、メールでは埒《らち》が明かないと直接電話を掛けた。

「アメディオとは誰だ?」

つながった瞬間言った。部屋に居た全員が驚いたようにこっちを見たが、そんなことに構ってはいられない。

『車の名前よ。わたしの愛車。さっき納車だったの。見たい？』

一花のはしゃいだ声が耳をくすぐる。不思議なほどホッとした。すると、嬉しそうな声でドライブに誘われた。机の上にはまだ書類が山積みだが……数時間休憩するくらいは許されるだろう。隣でじっと聞いている太田を見ると、半ば呆れたような、けれど少し楽しそうな顔で小さく頷いた。

「今から会社までこられるか？」

問えばすぐに了承の返事がきた。迎えにくるように告げて、電話を切る。小一時間ほど経ったところで、表の警備から一花の車が到着したと知らせが届いた。

「では出かけてくる。三時間ほどしたら迎えにきてくれ」

半ば呆然としている小杉に告げ、山下ともう一人のSPだけを連れて部屋を出た。長い通路を歩きながら、山下に声を掛ける。

「俺は一花の車に乗る。後からついてきてくれ」

「わかりました」

玄関ロビーで彼らと別れ一人で正面玄関を出ると、ロータリーにピンク色の小さな車が停まっていた。すぐに運転席の扉が開き、一花が出てきた。車に近づいたが……なんて小さな車だ。ちょっとした驚きを覚える俺に対して、一花がキョトンと首を傾げた。

よくよく見ると、普通の国産の軽自動車だ。

「イタリア人みたいな名前をつけるから、てっきりそうかと思った」

助手席に回り込み、ドアを開けて乗り込む。最近の軽自動車は車内のスペースが広くなったと聞いていたが、それは本当か？　いつも乗っている車に比べると、驚くほど狭い。内装も特別な仕様があるわけでもない。なんてことはない車だ。シートに何度か座り直し、座席の位置を調節していると、

「いちいちうるさいよ、暁人くん」

と言いながら一花が運転席に座った。

背もたれを調節すると、それなりにしっくりした。うん、まあ悪くはないか。

「さて、どこにいく？」

意気揚々とハンドルを握る一花に任せると告げると、ナビを操作して海の近くの商業施設の場所を目的地に設定した。そこは以前グループ会社で設計を担当した娯楽《ごらく》施設だ。

「よし、出発ー！」

一花が元気良く言い、だがその口調とは対照的に、やけにそろそろとした運転でロータリーをまわって、一般道に出た。座席を一番後ろに下げているのにまだ脚は窮屈《きゅうくつ》だ。

思わずぶつぶつ文句を言うと、一花が呆れた顔になる。

「都内は道が狭いところも多いから、このくらいがちょうどいいんだよ。暁人くんは運

転するの？」

　突然の質問に不覚にも固まってしまった。そういえば、自動車免許は持っていない。それを告げると一花が驚いた顔をして自分を見た。

「必要ないからな」

　まるで言い訳でもするように答え、そして窓の外を見た。小さな頃から常に運転手がいるのだ。誘拐防止のために必ずＳＰが付き、ひとりで出かけることはない。今もサイドミラーに、真後ろにつけている山下の車が映っている。乗り物の運転なんて、したことがあるのは船くらいだ。……そうだ、以前面白そうだからと船の免許を取ったんだった。

「一級船舶の免許なら持っているぞ」

　一花の方を向いてどうだとばかりに言うと、ちらっとこっちを見た後、

「へー、すごいねぇ。でも船より車の方が便利じゃない？　船に乗って会社にはいけないもんねぇ」

　と屈託なく答えられた。腹が立つくらい的を射ている。確かに、頻度《ひんど》で言えば車の方が圧倒的に多いだろう。だが、珍しさで言えば一級船舶の方が勝っているはずだ！

　この違いを一花にどう説明しようかと考えていると、彼女が突然音楽を掛け、大きな声で歌い出した。曲名も歌手名も知らないが、どこかで聞いたことのある歌だ。運転に慣れてきたのか、余裕が出てきたようだ。本人は楽しそうだが――客観的な現状を告

げたら、なんともあっけらかんとした答えが返ってきた。しかも俺に一緒に歌おうだと⁉　誰が歌うか。アホ面に見えるのがわかっているのに。俺は〝西城暁人〟だ。どこの誰が見ているかわからない場所でそんなこと出来るか。

断ると、一花は別段気にした様子もなく歌い続けた。

――彼女は、自由だ。どこにも、何にも縛られていない。それをほんの少しだけうらやましいと感じた。

一花の歌の間に他愛ない話をしながら、海辺を走って目的の場所に着いた。週末の午後だから、駐車場は当然ながらいっぱいだ。だが、関係者しか入れない駐車場があることは知っていたので、一花がキョロキョロしている間に山下の車を先行させ、さりげなく一花を誘導して空いている駐車場に入れさせた。

大体一、二度の切り返しで駐車出来るものを、一花はその数倍の回数と時間をかけた。この小さい車をこのスペースに停めるのに、こんなに時間が掛かるものなのか。いくら免許を持っていなくても、車の車幅と内輪差くらいは理解出来る。何度も指示を出し、ようやく車は枠の中に収まった。一花が満足げにエンジンを切る。

「一花はもうちょっとバックの練習をした方がいいぞ」

「大丈夫よ、そのうち上手くなるから」

あれが〝そのうち〟上手くなるレベルか？　甚《はなは》だ疑問だ。だが、所詮免許のない自分が何を言っても説得力はないだろう。——ああ、車の免許がないことでここまで卑屈になるとは。

混雑する施設の中を歩いていると、一花が言った。

「どこかでお茶でもしようか」

あれだけ歌えば喉も渇くだろうと思いながら、一階にあるカフェに入った。海に面した人気のカフェで、当然ながら混んでいる。俺を見た支配人が笑えるくらい顔色を変えたので、一花に気付かれないよう、目で黙っているように指示を出す。それでも、一番見晴らしの良い席がすぐに用意された。

目の前には公園と砂浜、その先には海がある。一花が感嘆の声を上げた。

大きな目をキラキラさせて、砂浜をじっと見ている。そこには沢山人が居て、はしゃいだ声がここまで聞こえた。一花は今にもそこに走っていきたい、そんな顔をしている。思わず注意すると、一花が目を見開き、そして頬を手で覆った。その仕草を見て思わず笑う。

「お前は面白いな」

面白いというか——驚くほど素直なのだろう。辛い過去があっても、一花はどこまでもポジティブで、そして自由だ。自分とまったく違う性格なのに、その言動に煩《わずら》わしさを感じることはない。むしろそばに居ることが心地良かった。

メニューを広げ、近くでこちらの様子をうかがっていた店員に合図をすると、すぐにテーブルの横に立った。珈琲《コーヒー》とデザートを頼み、一礼をして去っていく後ろ姿を見ながら店内に目をやった。室内のテーブルに山下らの姿が見えたのを確認して、メニューを戻す。

「そういえば、暁人くんとこういう風に会うのってはじめてだよね」

海を眺めていたら、一花がぽつりと言った。

「そうだったか。悪かったな」

「ううん。暁人くんも忙しいし、わたしだって仕事があるし。普通の恋人同士もそんなにしょっちゅう会ってないいんじゃない?」

「一花は、意外とリアリストなんだな」

落ち着いて、恋人同士のような会話をしたのはこれがはじめてかもしれない。そのせいだろうか——これまで彼女から受けていた印象とは少し違うイメージのその言葉に、驚いた。

話を聞く限り、彼女の恋愛経験はそう多くはなさそうだ。それに関しては自分も他人のことをどうこう言える立場ではない。自社の社員に手を出すことなどご法度《はっと》だし、それ以前に恋愛に現《うつつ》を抜かす時間はない。

だからと言って男としての欲望がないわけではない。一花に言うつもりはないが——

都合の良い、後腐《あとくさ》れのない女性というのが、現実として世の中には存在するのだ。

ならば一花はどうなのか。問えば意外な答えが返ってきた。

「わたしが努力をしていなかったのかなぁ」

長続きしなかった学生時代の恋愛を振り返り、反省したように顔を顰《しか》める。

「努力が必要なのか？」

内心かなり驚きながらたずねると、彼女が頷いた。

恋愛をそんな風に考えたことなどなかった。むしろ、自分には必要ないもの――そう認識していた。もちろん、西城という家を維持するために結婚が必要なことは理解している。だがそれは、両親のように、いつかしかるべき相手と家として結びつくものだと思っていたのだ。……まあ自分にも好みというものはあるが。さらに言うなら、そこに自分の両親にみる互いへの愛情が生じるなら、それが望ましいが。

なぜか、痛みのような感情を覚えた。

「でも大丈夫よ！　今のわたしの恋愛パワーは半端ないから」

一花が笑う。はじめて見たときと同じ、大きな目をキラキラとさせて。そして一心に自分を見て。それは、心地良さと同時に、自分の心の中にかすかなヒビを入れた気がした。

「……そうか。楽しみだな」

本心からそう思う。一花といると、いつもなら特に何も思わない珈琲とデザートが、とても心地良い空間をつくり出してくれるアイテムに感じられるから不思議だ。今を心から楽しんでいたそのとき、突如嫌な気配を感じた。店の入り口に目をやると、野島の娘の姿が見えた。立ち上がりかけた山下を目で制す。彼女はまっすぐにこっちを目指している。

こちらの動向は山下を介して太田に流れているから、小杉が知ることは容易だろう。腹立たしく思いながらも、一方でようやくこのときがきたかと心の中でほくそ笑む。

一花に笑いかけ、野島の娘が近くにきたタイミングで一花の手を握った。はじめて触れた彼女の手は小さくて、そして柔らかい。――この女は俺のものだ。突如、頭の中にそう浮かんだ。一花が目を見開き、俺自身も驚いていた。

慌てる彼女を、ただじっと見つめる。なぜ突然そう思ったのか――。自分自身、理解出来ない。けれど確実に、自分と一花は切っても切れない糸のようなもので結ばれた気がした。

「あら、暁人さん。今日はお忙しいから、わたしとは会ってくださらないんじゃなかったかしら？」

予想通り、割って入った声に一花が振り返った。

今ほどこの女の存在を腹立たしいと思ったことはない。これまでにないくらい嫌味《いやみ》満載で答えても、彼女にはまったく効果がないようだ。堂々と俺の隣に座るなど、なんと空気を読めない女なのか。苦々しく思っていると、握っていた一花の指に力が入った。目を向けると、かなり不安そうな表情が見えた。……まあ、それも当然か。安心させるつもりでその小さな手を握り返せば、一花は表情を少し緩ませた。

野島の娘はすぐに帰る気はないらしく、勝手に注文をしている。うんざりしていると、自分と一花の繋《つな》がってる手をちらりと見て言った。

「随分《ずいぶん》とご趣味がお変わりになられまして？」

俺の何を知っているのか？　と思いつつ黙っていると、彼女が一花に向かって慇懃無《いんぎんぶ》礼《れい》に挨拶《あいさつ》をした。まだ困惑気味の一花がそれでも軽く頭を下げ、名前を告げる。

「失礼ですけれど、お父様は何をされていらっしゃるの？」

野島の娘の言葉に、一瞬だけ一花の目が空虚なものに変わった気がした。資料にあった彼女の過去を思い出す。慰《なぐさ》めるように握っている手にさらに力をこめると、一花がフッと表情を緩ませた。

「父は亡くなっていて居ません。わたしはカフェで働いてますけど」

そう言って、にこりと笑った。これまでに何度も見たことのある純粋な笑顔だ。対照的に野島の娘はこれでもかというほど機嫌の悪そうな表情を見せたあと、運ばれてきた紅茶とケーキを口に運び、ぶつぶつと文句を言っていた。

まだ居座る気か――。そして、薄々はわかっているが……どうしてここを知ったのか。

ズバリ聞くと、野島の娘はとってつけたように笑った。ふん。どうせ金と引き換えに小杉から情報をもらっているんだろう。思わず嫌味《いやみ》っぽく笑ってしまったが、彼女は気にもとめない。

その後もなにやら話しかけてくるが、ほとんど頭に入らない。

それにしても、なぜ忙しい合間を縫って作った貴重な自由時間をこの女に奪われなくてはならないのか……。心底腹が立ってきた。

今のこの時間は一花のために作ったもので、一花をこんな風に退屈させるためではない。

「申し訳ないが、見てわかる通り今は取り込み中なので」

これまでよりも一段と冷めた口調で告げ、野島の娘を見た。すると、さすがの彼女も引き際を悟ったようだ。立ち上がり、出口に向かっていく。店内で控えていたらしい彼女付きの人間があとを追うのが見えた。その中には、探偵から報告のあった小杉の友人の姿もある。

「不快な思いをさせて悪かったな、一花」

同じように見ていた一花がこっちを向いて、首を振った。

「ううん。今の人って暁人くんの元カノとか？」

まさか！　冗談じゃない。ああいう女ほど、かかわるとロクなことがないのだ。そして最悪なことに、自分のまわりにはああいうタイプが非常に多い。

「ああ、同族嫌悪ってヤツだね」

一花があっけらかんと言った。

「……俺はあんな嫌味な人間じゃない」

あんな女と一緒にされるとは……。しかもそれを一花に言われたということに、ますます腹が立つ。

「そう？　どっこいどっこいじゃない？」

そんな俺の内心にはまったく気付くことなく、いつもと変わらず無邪気に一花が言う。

そんなに深いつきあいではないが、一花はあてこすりのようなことを言うタイプには思えなかった。

つまりは、今のこの言葉は、彼女の本心だ。ということは……。一花にそんな風に思われてることに、思いがけず大ショックを受ける。そんな俺の様子にようやく気付いたのか、一花が慌てて手を振った。

「大丈夫よ。わたし、暁人くんのそういうところも大好きだからっ」

あの顔でにっこりと微笑まれると、頷くしかない。

「ねえ、暁人くん」

呼びかけられても、まだ若干不機嫌な自分がいる。だが、一花がやけに神妙な顔をしているところに気付いた。

「もっとちゃんとしたところにくれば良かった?」

……何だ、それは? 言っている意味がわからず、首を傾げる。

「もっと高級なところ。暁人くんが、きっといつもいっているような」

自分がいつもいく場所。そんなところ、果たしてあったか? 家と会社の往復しかしない生活だ。一花が思うほど、俺は自由ではない。

「初心者の運転手には無理を言わない主義だ」

誤魔化《ごまか》すように笑いながら答えると、一花が頬を膨らませた。そのとき、店内に居た山下が動いたのが見えた。腕時計を見ると、そろそろ三時間が経つ。——まったく、優秀な社員達だ。

一花に詫《わ》びて立ち上がったと同時に、テラスに面した道路に迎えの車が停まり、中から太田らが降りてきた。

少し残念そうに、それでも笑顔を見せた一花に手を上げ、テラス側の出口から車に乗り込んだ。運転手は山下に代わっていた。少し遅れて、店の支払いをしてきた太田も乗り込む。他のSP達は、山下の乗ってきた車で戻るようだ。

「野島の娘が現れたぞ」

走り始めた車の中で太田に言った。

「わざと、暁人さんの居場所を彼の前で言いましたから」

――ったく、確信犯か。まあ太田なりに確認したかったのだろう。だが、一花との貴重な時間を邪魔されたことには腹が立つ。文句のひとつでも言ってやろうかと思ったところで、太田がまた口を開いた。

「素敵な方ですね、一花さんは」

思いがけない褒め言葉に、嬉しくなった。一方で、先ほどのように一花がけなされると、腹立たしくなる。この感情は一体何なのか……。走る車の窓から海を見ながら、ずっと考えていた。

会社に戻ると、あからさまに仏頂面の小杉が居た。多分、野島の娘から文句の電話でもあったんだろう。なんとなく「けっ」と思う自分がいて、そのことに我ながら驚いた。

仕事を終えほぼいつもの時間に家に戻ると、玄関で上尾が迎えてくれた。自室に入ったとき、ふと思いついて、控えていた上尾に問うた。

「上尾、自動車の運転免許と一級船舶なら、どちらに利便性がある?」

「……自動車でしょうか」

答えに詰まったのか、上尾がしばらくの躊躇《ちゅうちょ》の後、ぽつりと言った。

「そうか」

なぜだかものすごくショックだ。それとともに、悔しさも覚える。

「ところで、車の運転免許はどうやって取る？」

「……一般的には、自動車教習所に三ヶ月ほど通われて、実技や道交法など勉強するものかと」

三ヶ月？　思わずシャツのボタンを外していた手を止めた。

「そんな時間あるか。もっと短時間で取れる方法を調べてくれ」

「……はあ」

脱いだスーツを腕に下げ、明らかに困惑した顔で上尾が下がった。

いつまでも免許がないことを馬鹿にされるわけにはいかない。見てろよ、一花。近いうちに、俺は車も船も運転出来る男になるのだ。ついでに飛行機も取るか——。そんなことを考えながらベッドに入った。

8

週が明けたこの日、午前中という珍しい時間に一花からメールがきた。この前言っていたデザートを届けてくれるらしい。

「十五時以降に少し休憩時間をもらおう」

隣に居た太田に言うと、僅《わず》かに驚いたあとニヤリと笑った。

「……一花さんですか？」

「そうだ」

ニヤニヤし始めた太田を無視して、移動のための車に乗った。そこで一花に了承の返事をした直後、探偵からも連絡がきた。内容は一花が持ってくる荷物にまたデータを入れるということだ。それにも了承の返事をしながら、頭の中はまたモヤモヤとしていた。

一花との出会いを思い出す。野島の娘の件で何かの役に立つのではと思って、彼女の告白を利用した。事実、一花の知らないところで彼女は役に立っている。だが自分で決めて始めたことのはずなのに、なんともいえない気持ちになるのはなぜだろう。

いくつかの用事を終えて本社に戻ると、きっかり十五時だった。もう少ししたら一花がくる。一花と会うことを楽しみにしている自分に気付き、また不可解な気持ちになる。

三十分ほど経った頃、一花が玄関に到着したと一報が入った。

「暁人さん、少し席を外しますが、残る秘書は小杉一人になりますが、大丈夫でしょうか？」

決裁済みの書類を抱えた太田に頷く。山下らも居ることだし、特に問題はないだろう。

太田が出ていって数分後、一花が到着した。前室で小杉となにやら話しているのが聞こえたが、その声の調子は穏やかとは言いがたい。ドアを開けると、一花と小杉が睨《にら》みあっていた。

「一花、遅かったな。早く入れ。小杉、お前は秘書課にいって今夜の会議の資料を取ってきてくれ」

二人が対照的なトーンで返事をした。そして小杉は出ていき、一花が頬を膨らませながら部屋に入ってきた。

小杉からすれば、確かに一花は目障りな存在だろう。そして一花をそんな立場にしてしまったのは、他でもないこの自分だ。なんとも言えない気持ちで苦笑いをした。一花は持ってきた大きなバスケットをテーブルの上に置き、中から様々な物を取り出している。

その思っていた以上の仰々《ぎょうぎょう》しさに驚いていると、一花が二つ折りになった封筒を差し出してきた。中を覗くと、またＵＳＢメモリが入っていた。自分の席に戻ってノートパソコンを開く。

準備を始める一花を気にしつつ、ＵＳＢメモリを差して読み込むと、中身は動画のようだった。パソコンにイヤホンを付け、耳にあてる。動画を再生させると、野島建設の社長とその娘、そして小杉がレストランで食事をする様子が映っていた。

『最近の総帥《そうすい》は忙しいらしいが、どこぞの女とは会っているようだな。いったいどういうことだ？　見積りの件もまったく連絡はないようだし』

野島社長のかなり立腹した声が聞こえた。

『わたしにはなんの決定権もありませんので……』

それに対する小杉の声は、今にも消え入りそうだ。

『君は秘書なんだろう？　総帥のスケジュールに我々との予定を入れることなど訳ないだろう。最初にそう言ったのは君で、そのためにどれだけの金を払ったと思っているんだ』

その後も、野島社長の愚痴《ぐち》と小杉の言い訳が続いていた。――これで確定、ということか。

『そういえば、君は総帥の運転手もしているんだろう？　黙って我々のところへ連れてくることも出来るんじゃないか？』

……おいおい。

「暁人くん、出来たー」

明るい一花の声に、沈んだ気持ちが少し上がる。なんとなく、救われた気分だ。パソコンを閉じてソファに向かうと、テーブルの上には、思わず目を見張るほどカラフルなデザートがのっていた。

「美味《うま》そうだな」

素直にそう言い、渡されたナイフとフォークでパンケーキを切り、生クリームと一緒に食べる。

「うん、美味い」

一花の親戚の彼は、かなりの才能を持っているようだ。しっかり完食して、珈琲《コーヒー》の紙カップを持って机に戻る。その間に一花がテーブルの上を片付けていた。

ノックの音に入れと声を掛けると、書類を抱えた小杉が戻ってきた。そして、一花を見て思いっきり顔を顰《しか》めた。まるで威嚇《いかく》する猫みたいに、一花を横目に見ながら部屋の隅を通って自分の方にくる。

「お待たせしました」

差し出された書類を受け取り、中身を確認する。今夜の会議で必要になるものだ。その会議へは小杉の運転でいく予定だったが……あんな話を聞いた後でこいつの運転する車に乗る気はしない。それならばと一花に声を掛け、会議場まで送ってくれるよう頼むと、快《こころよ》く頷いてくれた。

上機嫌で帰っていく一花を見送り、まだ何か言いたそうにしている小杉を無視して仕事に戻る。しばらくして戻ってきた太田と山下を呼び、先ほどの動画を見せ、今夜の送りを一花に頼んだことを告げた。

「明日から、送迎は小杉ではなく別の者にしてくれ」

二人が神妙な顔で頷くのを見て、夜までは仕事に没頭した。そして一花からメールがきたのは、八時過ぎのこと。

「ここから降りる。太田は他の者を連れて先にいっててくれ」

隠し扉を指差すと、太田が頷いた。山下だけを連れてエレベーターに乗り込む。

「山下は前のように、後ろからきてくれ」

「はい」

隠しエレベーターは、一階にも停まる。通路の途中に出るのだが、その扉は上手く隠されている。もちろん内側に専用モニターがあるので、タイミングを計って出ることが可能だ。

正面玄関を出ると、一花のピンク色の車が停まっているのが見えた。

「待たせたな」

言いながら、助手席に乗り込んだ。座席の位置は前と変わっていない。これは、この席に自分以外誰も乗っていないという証明か――。そう思うと、不思議な優越感を覚えた。ただ、狭いことには変わりない。

「どこにいけばいいの？」

たずねる一花に目的地を告げる。一花はこちらが若干不安になるようなことを口走りつつ、それでも車は走り出した。

一花と他愛ない話をするのは、まだこれが二度目だ。だがそうとは思えないほど、しっくりと馴染むのはなぜだろう。そう思っていたら、一花が突然答えに困る質問をしてきた。

「暁人くんは、どうしてわたしの告白を受けてくれたの？」

「……面白そうだったから。あとはタイミングだな」

そう、わくわくしたのだ、あのとき。まるで何も考えなくて良い、子どもの頃のように。そして、タイミングとしてもちょうど良かったことも確かだ。だが「わくわくした」という感情が確かにあったこと――だから、ただ単に利用しようと思ったわけじゃない。そのことに気付き、誰よりもホッとしていたのは自分だった。

その後の会話は心から楽しかった。そして楽しいまま、目的地に到着した。

一花と別れ、秘書らを従えて会議に向かう。

会議はあっさり終わり、流れのまま、取引先の接待を受けることになった。場所は、銀座の高級クラブ。そこは、あのカフェの常連客の店だった。

「あらまあ、大勢でお越しですこと」

昼間に見るラフな格好と違い、迎えてくれたあの女性はきっちりとした和服姿で、髪を結い上げている。確かに美しいとは思うが、自分にとってはそれだけだ。

「ママ、今日は西城グループの総帥《そうすい》をお連れしたんだ。丁重に頼むよ」

取引相手がそう言うと、彼女が自分を見て、そして妖艶《ようえん》に微笑んだ。

「まあ、ようこそ。お父様はたまにお見えになるんですよ」

どうぞと席に案内され、彼女自らが隣に座った。他の女性達からわざとなのか軽いブーイングが出たが、彼女が一瞥《いちべつ》で黙らせた。そして何も言わずとも、酒と料理が次々に出てくる。派手な感じのない、落ち着いた居心地の良い店だった。

「女の子達は若い総帥の登場で色めきだっているわ。まったく、しょうがないこと」

自分にしか聞こえないような声で彼女が言った。少し驚きつつ見ると、彼女が俺に向けてニヤリと笑う。妖艶さとは程遠い笑みだ。

「あの子に余計な心配はさせたくないの。わたしのお気に入りだってこと、よく覚えていらして、お坊ちゃん。こんなわたしにも、それなりに力はあるのよ」

一花を傷つけたら許さない——そういうことか。よくもまあ次から次へと色々な人間から同じ主旨の言葉が出てくるものだ。腹が立つのを通り越して感心する。

「……そういうつもりは一切ない」

口から出た言葉は、本心だ。彼女もそれで納得したのか、少し間があいた後小さく頷いた。

9

金曜日の朝、いつも通りに食堂にいくと、顔を合わせるなり父に言われた。

「暁人、今夜のパーティには必ず顔を出しなさい」

父の表情が呆れたものに変わる。

「太田には随分《ずいぶん》前に伝えてあるぞ。どうせまともに聞いていなかったんだろう。お前のパーティ嫌いもわかるが、今夜はＩＴ関係の有望な面子《メンツ》が集まるんだ。参加して損はない」

人脈を広げるという観点では、父の助言は的確だ。頷くと、父の隣で食事をしていた母が下を向いたまま言った。

「暁人さん、パーティにいかれるのは結構ですけど、エスコートする女性は良く選んで下さいな」

――つまり、野島の娘は連れていくなということか。言われなくても誘わないが、今までのことを考えると、こっちから誘わなくても多分現れるだろう。となると、ひとりでいくとやっかいなことになるか。さて、どうしたものか……。思案しつつも迎えの車に乗り、会社に向かった。

今日のスケジュールを確認する太田に今夜のパーティの出席を告げると、ニヤリとされた。

「その話をしたのは随分《ずいぶん》前ですがね。暁人さんが覚えていらしたとは意外です」

「もちろん覚えてなどいない。今朝、父に言われただけだ」

フンと椅子に座ったまま答え、目の前に積まれた書類を見た。一番上に載っているのは、もうすぐ来日するサーカスの協賛依頼だ。

そういえば、一花は動物が見たいと言ってなかったか？　サーカスといえば動物がつきものだ。動物好きの彼女が喜ぶかもしれない……。そう思い、承認の印鑑を押した。

パーティに関して怪しい動きがあるだろうと読んではいたが、案の定だった。しかも、自分の予想よりもかなり早くに、だ。パーティに出席すると告げた三十分後、野島の娘から電話が入ったのだ。対応している太田に断るように手振りで伝えると、彼は冷めた言葉を告げ電話を切った。

「また連絡するそうですよ」

「全部、断れ」

にべもなく答え、仕事を続ける。が、有言実行タイプの彼女は本当に何度も電話をよこし、そして業を煮やしたのか、さらに大胆な手に出た。

「……あの、暁人様」

午後、俺に声を掛けてきたのは小杉だ。

「なんだ？」

「今夜のパーティでエスコートされる女性はお決まりでしょうか？」

なんとも直球だことで。心底あきれつつも、さて、と返事を考える。ここでノーと言った場合、その後が面倒になるのは明白だ。

たかがパーティ、されどパーティ。所詮は仕事だ。だが、見る人物によっては「たかが」と切り捨てるわけにはいかないのも事実。今夜のパーティにそこまでして一緒にいく女性が必要なら、それはただ一人――

「一花といく」

そう言葉にすると、やけにすっきりした。そうだ、最初からそうしておけば良かったのだ。顔を引きつらせる小杉を横目に、太田に声を掛ける。

「一花のドレスがいるな。一通り揃《そろ》うよう手配してくれ」

やけに張り切った声で快諾《かいだく》の返事をして、太田が出ていった。そして、苦虫を噛み潰したような顔をした小杉も、あとから出ていく。

どうせ、あの女に連絡をするのだろう。そしてヒステリックに怒鳴られるのだろう。ご愁傷様《しゅうしょうさま》だ。

太田が出ていって十分ほど経った頃、個人用の電話が鳴った。画面には〝本城静〟の名。以前、母を介して知り合って以来、懇意《こんい》にしている美容師だ。

『暁人様、こんにちはー。静でぇす』

男の声にしてはやけにハイテンションだが、それが彼の個性なのだと早々に割り切ったので、気にはならない。

「用件は？」

『あらん。さっき秘書さんから直々《じきじき》にご指名頂きましたよ。わたし、これでもそれなりに忙しいんですけどお』

「無理なら他を探す」

『いやいやいや、そこはいつもみたいに流して下さいよ。ちゃあんと時間を空けてうかがいますからご心配なく。それより、暁人様のご要望を教えて下さいな』

「要望？」

『可愛くとか清楚《せいそ》にとか。そんなのですよお。こっちにも準備ってものがあるんですから』

要望なんて言われても、想像もつかない。

「彼女に似合うものを」

『……その彼女には前もって会わせて頂けます？』

「まさか」

『……ですよねぇ。全部持っていきまーす！』

なんだかよくわからないテンションで電話を切られたが、彼の仕事ぶりはわかっているし信頼もしている。性格、というか性癖に若干難はあるが、プロ意識の高さは申し分ない。

結局ギリギリの時間まで仕事をして、いったん自宅に戻った。戻ったところで肝心の一花本人に連絡をしていないことに気付く。大丈夫か、俺……？　自分に対する心配と同時に、一花の都合がつかなかったらと不安を抱え、すぐに電話を掛けた。するとちょうど仕事終わりで、明日も休みだと機嫌良さげに言うではないか。本当にタイミングがいい。すっかり安心し、一花を早速自宅に呼んだ。

小一時間ほどしたところで車の音がしたので玄関に向かうと、珍しく母が玄関先に出ていた。ロータリーにはすでに一花のピンク色の愛車が停まっている。

「あらあら、随分《ずいぶん》可愛らしい運転手さんね」

母の朗《ほが》らかな声に、一花が目に見えてがっかりしたのがわかった。苦笑しつつ靴を履いて母の後ろに立つ。

「お母さん、彼女は運転手じゃありませんよ。しいて言えば……」

「恋人です!!」

一花が大きな声で言い、そして母が笑った。どうやら一花にはいい印象を持ったようだ。

一花が自己紹介をして頭を下げる。

「まあ……一花さんとおっしゃるの。可愛らしいお名前だわ」

なぜか母がいっそうテンションを上げて一花に近寄り、その手をぎゅっと握った。それから、我が子を褒めているのか大変微妙な言葉が聞こえる。母よ、どういうことだ……。

とはいえ、母が一花を気に入ったようで嬉しかった。

「じゃあ、一花さんといくのね？」

母が振り返った。その表情はいつもと変わらず朗らかだ。返事をして頷き、笑顔を見せる一花を促《うなが》して車に乗り込む。サイドミラー越しに手を振っている母が見えた。

「で、今からどこにいくの？」

門を出る前で、一花が車を停めて言った。そうだった、俺の中での準備はすでに整っているので、一花に目的を告げるのをすっかり忘れていた。少しむくれている一佗に、パーティ会場のホテルに向かうよう頼む。ここの最上階の部屋を太田に押さえさせている。

一花が機嫌良く運転するのを横目に、久しぶりにウキウキとした気分になっていた。一花の車の助手席がいつでも自分にぴったりの位置なのも、その要因のひとつだ。最近、微妙に窮屈《きゅうくつ》なこの座席が不思議と気に入っている。

そんなことを考えているうちにあっという間にホテルに着いた。玄関前に、山下らが密かに待機しているのが見える。一花が車を停めると、ホテルの支配人が出てきて、ドアボーイが車の扉を開けた。

驚く一花にドアボーイが近づき車を預かる旨を伝えると、納得したように車から降りてきた。一花の手を引いてホテルの中に入る。最上階にあるスイートルーム前にたどり着き扉を開ける。と、待ちかまえていたように本城静が顔を出した。一花は顔を引きつらせていたけれど、本城の前に押し出してやった。そのまま、隣の部屋へ連行されていく。それを見届けてから、俺も移動し、リビングルームに向かった。そこには太田が待っていた。

「暁人さんも着替えて下さい。タキシードは隣の部屋に用意してあります。それから、これが今日のパーティの来客リストです」

渡された書類に目を通すと、案の定野島の名前もあった。

「楽しみだな」

抑揚《よくよう》のない声で言うと、太田が苦笑し、部屋を出ていった。

隣の部屋でタキシードに着替えていると、遠くの方から一花の叫び声が聞こえてきた。……まあ、頑張れ。心の中で送ったことのないエールを送りつつ、さっさと着替えてリビングルームに戻った。

女性の着換えを待つのははじめてのことだけれど、意外と悪いものではないなと思い始めたとき、扉が開いてすっかりドレスアップした一花が出てきた。

自分が言葉を発する前に、一花にほめられた。普通は男が女をほめるものなのだが……。

思わず苦笑し、そして改めて一花を眺める。明るさ、純粋さといった、一花の内面が感じられる装《よそお》いだ。

「よし。完璧だ。さすがだな」

俺の言葉に、本城は深々と頭を下げた。

一花の手を取る。前と同じ、小さくて柔らかな手だ。本城に待機とその間に食事をとるように告げると、スタッフから歓声が上がった。

「ルンルンさん、どうもありがとう！」

ルンルンさん？　一花に言われた当人は苦笑いしていたが、快《こころよ》く自分達を送り出してくれた。

部屋を出て、待ち構えていたエレベーターに乗る。それは大広間のあるフロアで止まり、扉が開いた。

「さあいくぞ」

腕を差し出すと、一花の手がそこに乗った。少し歩きづらそうな彼女のペースに合わせ、ゆっくりと大広間に入ると、きらびやかな光と共に人々のざわめきが聞こえた。だがそれも、一花を連れて進むと途端に静かになる。今日は視線が一花に集まっているのがわかった。

普段、こういった場所にいくときは当たり障りのない女性しかエスコートしないので、まわりから驚かれていることは自覚している。もちろん、それを見越しているのだからこの状況は当然といえば当然だ。気にせず歩き、目指す集団に向かう。その中心には父が居る。そしてそのまわりには太田と、政界、財界の大物が揃《そろ》っていた。

一花を前に出すと、父が珍しく驚いた顔をした。してやったりと思ったが、父はすぐに笑いながら一花に手を差し出してきた。

「可愛らしいお嬢さんだね」

一花の腕が自分から離れ、父の手を握る。そこで若干イラッとしたが……なぜだ？

「暁人は我がままだから、つきあうのも大変だろう」

「いいえ、お世話するのも大好きですっ。みんなには召使《めしつかい》だとか奴隷《どれい》だとか言われてますけど」

そう返事をした一花に、周囲から笑いが生まれる。おいおい……。だが言っている内容はともかく、まわりの反応が嘲笑《ちょうしょう》ではないことに安堵《あんど》した。

ところが――

「あ、あの。暁人さんは野島建設のお嬢様とおつきあいされているのでは？」

その言葉にまわりの笑いが消える。随分《ずいぶん》と思い切った質問をする奴がいたものだ。取引のある建築会社の役員か――。となると、野島本人がそう言いふらしているのだろう。そうやって他の企業を牽制《けんせい》しているとなれば、なおさら由々《ゆゆ》しき問題だ。

「そんな事実は一切ありません。わたしの恋人は彼女です」

一花を引き寄せ、周囲に聞かせるべく、はっきりと言った瞬間、自分の胸が痛んだ気がした。

そのとき小杉がやってきて、自分の隣にいる一花を目にすると、わかりやすく顔を顰《しか》めた。多分一花も同じような顔をしているのだろう。

「暁人様、野島建設の社長がぜひお話されたいと……」

気を取り直した小杉が、今夜も直球を投げてくる。本当に、不愉快な奴らだ。

「では、こちらにきてもらうように言ってくれ」

素っ気なく言い、空腹を我慢している一花を、料理の並んでいるテーブルに連れていった。

「好きなだけ食べていいぞ」

こっそりとささやくと、一花がうんうんと頷いて取り皿を手に取った。彼女が物色している間に、俺はボーイから飲み物を受け取る。

「最近の暁人は何か隠していると思ったが、彼女のことかな」

いつの間にか近くにきた父が、自分だけに聞こえるように言った。一花との経緯を話すには、小杉の件も話さなければいけない。

「まあ、それもありますが……。近々お時間を頂きたいと思います」

答えると、父は少しだけ眉間にしわを寄せて肩をすくめた。

「楽しい話だけじゃなさそうだ」

ほどなくして、太田がIT企業の代表ら三人を連れてきた。それぞれと型通りの挨拶《あいさつ》を交わし、雑談を交わす。みんな年齢が近く企業理念も似ていて、それなりに有益な提《てい》携《けい》が出来そうだ。さすが父のアドバイス通りだ。確かにこのパーティは出席すべきものだった。そう感じていたとき、後ろから袖を引かれた。振り返ると一花が料理の載った皿を持ち、満面の笑みを浮かべている。

「どうした?」

「暁人くん、このお肉、すっごく美味《おい》しいの。食べてっ」

そう言って、肉が刺さったフォークを自分の口元に寄せてきた。反射的に口に入れると、隣に居た父が少し驚いているのが見えた。——何か問題でも?

一花の言う通り、肉は美味《うま》かった。

美味いのにもったいないと力説する一花の言葉を受けて目をやると、確かに、テーブルに並んだ大量の料理はほぼ手つかずで、給仕もシェフも退屈そうだ。おいこら、今日の主催は誰だ。配置が悪いのか段取りが悪いのか……。ジャンルは違えど同じ飲食業に携《たずさ》わっている一花にとって、手つかずの料理を見るのは悲しいことなのだろう。

テーブルの中央に居た、白いコック服の男に声を掛ける。

「では、次に西城グループでパーティを開くときは、ぜひこちらにお願いしましょう」

少し大きめの声でそう言うと、

「ありがとうございます」

と、料理長の顔が少し上気した。そして予想通り、テーブルにはあっという間に人だかりが出来、料理がまたたく間に減っていく。その様子を見ていたら、一花のもとに給仕の男が料理ののった皿を持ってやってきた。礼を述べる彼に、一花が驚いた顔をしている。——そう、わかっていないのは一花だけだ。俺の言葉に、どれだけの影響力があるのかを……。だからこそ、普段はこんな真似は絶対にしない。けれど、一花の悲しそうな顔を見るのは忍びないと思ってしまったのだ。

彼女だけが、俺をこんな気分にさせる。気付くと、一花の頭に手を乗せていた。はじめて触れたそこは、思っていたよりも小さい。顔を上げた一花を見つめたら、なぜか笑えた。こんなに小さいのに、自分に与える影響は信じられないくらい大きい。

張り切って食事を続ける彼女を背に、将来有望な代表者らとの会話を続けた。心に不思議と余裕があって、いつものパーティでは感じない気持ちを味わっていた。久しぶりにパーティで有意義な時間を過ごせている。

背後にちらりと目をやると、一花が父と話していた。介入した方がいいのかと考えたそのとき、急にまわりが静かになった。……嫌な予感がする。思ったと同時に足音が聞こえ、目の前の人垣がさっと割れた。ここで真打登場か。現れたのは予想通り、野島建設の社長とその娘だった。

「いつも娘がお世話になっております」

下品な笑みを浮かべながら近寄ってきた小太りの男が、俺の手を握った。途端に不快感が走り、思わず手を引く。すると、今度は娘の方が近寄ってきた。いつもより派手で、やけにギラギラして見えた。わざとらしい台詞《せりふ》に苛立ちを感じながら、後ろにいた一花を引っ張ってきて前に立たせる。と、野島親子をはじめ、他の人達も唖然《あぜん》とした顔で一花を見ていた。ん？　どうした？　さりげなく一花の顔を覗き込むと、口からローストビーフをぶら下げていた。うおっ⁉　思わず噴き出しそうになったが、辛うじて堪《こら》える。ここで俺が笑うわけにはいかないだろう。見えない位置に居る父は、完全に笑っていた。彼女を隠さねばと思ったけれど、その間に一花はモゴモゴとローストビーフを口の中におさめ、小さく頭を下げた。

野島社長が一花をあからさまな侮蔑《ぶべつ》の目で見た。わいてきた怒りをおさめるため、一花の背を撫《な》でる。そう、彼女は何も悪くないのだ。自分が引き込んで、そして彼女をここに巻き込むことになった元凶は、目の前にある。その人間に、彼女が侮辱されるいわれは何もない。

嫌な雰囲気を断ち切るように、一花が明るい声を発し、そしてそれを後押しするように、さらに能天気な声で父が割って入ってきた。途端に、嫌な雰囲気が霧散する。会長職に引退した今でも、父の影響力はかなり大きい。その彼が一花をフォローしたのだ。その場に居た全員がそれをすぐさま察した。——いや、一部察していないものもいるが。

野島の娘は一花の全身をジロジロと見て、捨て台詞を残してその場を離れた。嫌味《いやみ》を言わずにいられない性格なのだろうか。あんな人間と一瞬でも同一視されたことを思い出すと、かなり傷つく。

「馬子《まご》にも衣装って、一応悪くないってことでしょ?」

去っていく野島親子の後ろ姿を見ながら、一花がポツリと言った。

「……まあ、かなりポジティブに考えればな」

なんとも一花らしいコメントじゃないか。そう思いながら、彼女のフォークを奪い、ケーキを一切れ口に入れた。

「じゃあ褒められたと思うことにする」

自分からまたフォークを奪い返し、残っていたデザートに果敢に向かう一花。こんな大勢の前であからさまにバカにされたのに、臆《おく》することなく堂々と乗り切ったのは大した度胸だ。

「あなたはまるで、アームストロングのようだ」

ふいに声が掛けられた。一花が振り返ると、そこにいたのは先ほどまで俺が話していた三人の男。

「あーむ……?」

「アームストロング。人類ではじめて月面に降り立った宇宙飛行士ですよ」

そう言ったのは、最新のスマートフォン用アプリを続々と開発している男だ。

「我々三人とも、あなたと同じくこんなパーティに呼ばれたのははじめてなんです。このタキシードはもちろんレンタルです。心臓をバクバクさせて、食べ物を食べていいのかもわからなかった」

少しふくよかなゲームクリエーターの男が、恥ずかしそうに笑った。そうして三人は、それぞれ料理が山盛りになったお皿を一花に示す。

「どんな世界にも必ず先駆者がいるんですよ。今夜の場合、それがあなたです」

最後に言ったのは、最新鋭の医療系のロボット開発をしている男。

笑う三人に釣られて、一花も笑った。その後、三人の自己紹介を聞いて、一花が驚きの声を上げる。

「わたしより、あなた方のほうが先駆者でしょう!?」

「僕らはただ、パソコンに向かって黙々と作業するのが得意なだけですよ。ただ、企業として成功するためには、コミュニケーションスキルも必要だということが、今日はっきりとわかりました」

「そのスキルが、あなたはずば抜けて高い」

「生きていくために、一番大事なことですよ」

口々にそう言った面々に、一花はただただ驚いていた。

「一花の度胸の良さは、新進気鋭の若手社長が束になっても敵《かな》わないレベルだな」

わざとニヤリと笑いながら俺が言うと、三人がまた笑った。

一花を中心とした話の輪は、少しずつ大きくなっていく。そしてそこからは、常に明るい笑い声が上がっていた。

「素敵なお嬢さんだね」

父が言った。上《うわ》っ面《つら》ではない、本心からの声だ。

「そうですね。彼女を選んで、本当に正解でした」

彼女をそっと抱き寄せ、それまで感じたことのない穏やかな気持ちになる。一花はすごい。彼女のまわりには自然と人が集まり、そして笑いが生まれる。改めて誇らしく思う一方で、胸の奥の痛みがさらに増した。

10

頃合いを見計らい、一花を伴って広間を後にする。スイートルームに戻ると、本城やスタッフに上機嫌で迎えられた。

「暁人さん、お疲れ様でした」

さっさと別室に連れていかれた一花と別れ、ひとりでリビングルームにきた俺が上着を脱ぎ、外したネクタイと共に放ったとき、部屋に太田が入ってきた。

「いかがでした？」

「……いつもよりは有意義だった」

ソファに深く腰掛け息を吐く。さすがに二時間近く立ちっぱなしは疲れる。

「例のお三方からは、早速正式なアポイントを頂きましたよ。近々セッティングいたします。それから、一花さんの評判は上々ですよ」

言葉を切った太田が、自分を見て笑った。

「あの度胸の良さは、見ていて気分のいいものでした。眞人さんもあの後周囲にかなり絶賛していましたから、これで一花さんの地位は確立されました」

そしてそこで、太田の笑顔が消えた。

「暁人さんがどういうお考えなのかわかりませんが、ここまできたら半端なことは許されません。一花さんがこれまでの女性とは違うということを、今一度思い出してください」

太田の言いたいことはよくわかる。今日のことで、業界中に一花のことが広まったのだ――自分の恋人として。

「一花がどんな女か、俺が一番わかっている」

「ならよいのですが」

太田が去り際、振り返った。

「この部屋は明日まで押さえてあります。が、午後には会議がひとつ入っていますのでお忘れないよう」

そう言い残して出ていった。

ため息を吐いて、テーブルの上に置いてあった冷えたシャンパンを開ける。グラスに注ぎ一口飲む。ソファに深くもたれて目を閉じると、まるで走馬灯《そうまとう》のように、これまでの一花の顔が浮かんだ。

忙しくて、けれどどこかで退屈だと思っていた日常に偶然現れた——いや、自分が引き込んだ彼女。最初はただ単に野島の娘を体《てい》よく追い払う手段に使えると思った。けれど、思い起こせば一花から声を掛けられる前から、俺は彼女を見ていたのだろう。正確には……引き寄せられていた。

その事実に気付いて、今更ながら愕然《がくぜん》とする。

そのとき、ガヤガヤと声がし、扉が開いて本城が入ってきた。

「終わりましたよ」

「ご苦労だった」

「暁人様にしては珍しいタイプの女の子ですね。貴重な存在ですよ」

見上げるように本城に視線を向けると、彼がバチンとウィンクした。

「今までイロイロとお手伝いさせて頂きましたけどぉ、今日が一番楽しかったです。次回もぜひご指名下さいね。ご馳走様でしたん」

言うことだけ言うと、さっさとスタッフを連れて出ていった。

どいつもこいつも同じことを。そんなこと、俺だってわかっている。一花は貴重な存在だと……

広いスイートルームから音が消えた。聞こえるのはかすかな空調の音と、そして足音がひとつ。やがて扉が開き、すっかり元の姿に戻った一花が顔を覗かせた。

手招きすると、まるで子犬のように顔を輝かせて隣に座る。持っていたシャンパンのグラスを渡すと、素直に受け取って飲んだ。そして、不意に顔を顰《しか》めた。

「……飲んじゃった。これじゃあ車の運転出来ないじゃない」

そういえば、彼女は会場でも酒を飲んでいなかった。帰りのことを気にしていたのかと今頃気付き、そして自分が彼女に何も言っていなかったことを思い出した。

「明日休みなんだろ。泊まっていけばいい」

そう言うと、一花は安心したようにグラスの中身を飲み干し、満足そうにソファに沈んだ。着飾った彼女は見違えるほど美しかったけれど、こうやって普段着でくつろいでいる一花も、その内面にある輝きは変わらない。どんなときでもどんな格好をしていても、彼女は彼女なのだ。

突然の呼び出しを詫《わ》びる俺に、一花は首を振って楽しかったと笑う。

――彼女はいつもそうだ。どんな要求をしても、必ず応えてくれる。そしてそれは、決して〝西城暁人〟に媚《こ》びているわけじゃない。彼女から発せられているのは、愛情のみだ。そのことは、きっと誰が見てもわかるはずで、だからこそ、父は彼女を認めたのだ。

父の話題にふれると、一花の顔がさらに輝き、それからその顔に悲しみがよぎる。探偵から受け取った資料に、彼女の両親の不幸な最期が書かれていたはず……

だが亡くなった両親のことを話す一花の顔は、悲しさを乗り越えて、寧《むし》ろ誇らしげに見えた。彼女の根底にある感情は一見ポジティブで直情的だけれど、それは自分よりも数段大人で、そして冷静なものだということがわかった。

タイミングを逃したくない――そう言った一花。そう、すべてはタイミングだ。会社の中で不審な出来事が起き、そして紹介された探偵との待ち合わせ場所に一花が居た。小杉が良からぬことをしていなければ……、山下が探偵のことを持ち出さなければ……。自分達が出会うことはなかったのだ。

持っていたグラスを置いて一花に近寄り、彼女に口付ける。はじめて触れた唇は、想像通りに柔らかだった。

「あれ以上のタイミングはなかった。そして、それが一花で良かったと、今本当にそう思っている」

ささやいた後、彼女を抱きしめる。それは小さくて温かく、そして柔らかだった。このところ感じたことのない強い欲望がわきあがってくる。

「ここに泊まる意味がわかっているか？　一花」

「泊まったら、どうなるの？」

その答えは、二人とも知っている……。

「一花は二度と、俺から離れられない」

そして、自分もまた彼女から離れられないだろう。

「なら、そうして」

一花の目がまっすぐに自分を見た。何もかも見透かされそうな、強烈な瞳。そう、本当は最初からわかっていたのだ。この瞳に捕らわれていたのだと。

体温が上がり、これまでにない甘い感情が浮かんだ。

一花に告げる、俺の気持ち……なのに、一体どういう展開だ？　甘い空気が消え、キラキラと輝く一花の目。が、いつもとは違いまったく微笑ましく思えない。

からだを離した一花が、そこら辺に放っていたネクタイを拾い上げた。

あの妖艶《ようえん》な女性から何を伝授されたのか。想像もしたくないが……多分そういうことなんだろう。軽く頭痛を覚える。悪いが、そっちの趣味はない。

「一花、もう変な知識は仕入れなくていいから」

そう言って、一花を文字通り担ぎ上げた。叫び声を聞きながら、奥にあるメインの寝室に連れていく。

まったく、一花に会ってから、彼女に翻弄《ほんろう》されっぱなしだ。一花の言葉に喜んだり腹が立ったり。自然と彼女の表情をうかがっている自分が信じられない。

それでも一花といるとき、自分はいつも笑っている。退屈だった日常に足りなかった何かを、彼女が埋めてくれたのだ。

大きなベッドの上に降ろし、呆然と部屋の中を見ている一花を横目に自分の服を脱いだ。そして、呆けた彼女の上に覆いかぶさり、その大きな目を見つめた。

自分の中の欲望はもう制御出来ないほど高まっている。そして欲望と同時に、彼女を征服したい気持ちにもなっている。

「究極の愛なら俺が教えてやる」

気付くとそう口に出していた。一花の大きな瞳が潤《うる》んでいる。不安そうな、期待がこもったような、そんな瞳だ。

抵抗とも呼べない抵抗をする一花の服を脱がせ、はじめて素肌に触れる。かすかな外の光に照らされた白い肌は柔らかく、そしてしっとりとしている。その肌が、自分のからだにピタリと合わさった。それを存分に味わう。

「け、経験が、ないんじゃなかったの？」

「意味のない経験ならあるさ。でも、一花は違う」

必死でしがみつく一花が愛おしくて、キスを深め、愛撫を続けた。自分でも言った通り、これまでの経験など何の意味もないと思わせるほど、頭の痺《しび》れるようなキスだった。欲望を発散させたいと思うのは男としては普通のことだ。それなりのつきあいをして、関係に至ることもあった。でも、それは常に〝西城暁人〟としてだった。明らかな意図を持って近づいてくる女性がほとんどで、自分はそれを体《てい》よく利用して欲望を発散させただけ。

けれど、一花は違う。一人の男として自分を見てくれた、ただ一人の女だ。

一花の反応を見ながら、言葉や指で愛撫を続けた。柔らかな胸を掴み、その先を口に含むと背中を仰《の》け反《ぞ》らせて応えてくれた。彼女の中心はすでに熱く、そして濡れているのがわかる。

「力を抜けよ、一花」

しっかりと閉じている脚を開かせる。指を当てると、熱い蜜が絡み付いてきた。ゆっくりと濡れた指を動かせば、その動きに一花が反応する。熱い中心に指を埋《うず》め、内側のざらついた場所を撫《な》でると、彼女のからだが跳ねた。何度もそこを刺激していると、彼女の内部が自分の指を締めつけてくる。

一花の口からは喘ぎ声しか出ていなかった。それでも、かすかに抗議のような声を上げる。

「あ、暁人くん、お願いっ」

「何を？」

意地悪く聞けば、潤《うる》んだ瞳を向けられた。頬は赤く上気していて、これまでのどんな彼女よりも色っぽく見え、自分の中の欲望をいっそう高める。

さらに愛撫を続ける。愛おしい気持ちを感じながらの行為の、なんと甘美なことか――。そして、僅《わず》かな時間だけ一花と離れて準備をし、ようやく自分の高まりを彼女の中に埋めた。

そこは熱く、そして柔らかく自身を締めつける。痺れそうな快感を感じながら、熱く濡れたそこを何度も突き上げた。彼女を絶頂の淵《ふち》まで追い詰め、言葉を引き出す。一花がうわ言のように好きだと繰り返すたびに、さらに欲望と喜びが高まっていく。

もっと言わせたい、彼女の偽りのない気持ちを聞きたい……。これまで、女性との行為中に考えたことのない思いが募ってきた。だから、一花を極限まで追い詰め、官能に歪《ゆが》む顔や涙で潤んだ大きな目を見つめ、欲望の赴くままに自分のすべてを彼女の中に吐き出した。終わった後ですら、すぐに一花を離せなかった。

「……暁人くん、大好き」

無意識につぶやいたような一花のその言葉に、頷く。

「ああ、それを疑ったことは一度もない」

そう、一度もだ。

一花が眠りに落ちたのを確認すると、自分にも急激に眠気が襲ってきた。その夜の眠りは深く、そして驚くほど心地良かった。

だから、朝になって先に目覚めた一花が時間を言った瞬間、まさに飛び上がるほど驚いたのだ。

目覚ましを使わなくても起きられるようになったのは、いつだったか。朝寝坊なんて、自分の生活とは無縁な言葉だった。今の今までは……

一花は自分の長年の習慣さえ変えてしまうのか。そう思うと、なぜだか無性におかしくなった。

「おーい、暁人くん。大丈夫?」

驚いているというより呆れた様子の一花をシーツの中に引き込み、昨夜の官能的な声とは正反対の叫び声をあげる彼女を抱きしめた。

「一花、俺の起床時間はな、三百六十五日、いつでも朝六時と決まってるんだ」

自分で確認するように言うと、一花がキョトンとした表情になる。

「……でも、もう八時半だよ」

一花よ、俺の話を聞いていたか?

「どうやら、お前は何から何まで特別のようだ」

愛情という言葉を思い出していた。自分が長らく他人に持たなかった気持ちだ。家族に対するものとも違う、これこそが愛情なのだと、一花を抱きしめたとき確信した。

はじめて一花を見たときに感じた気持ち、一花と居ることでたびたびわいてくる不可思議な違和感。それは、一花に対して恋愛の意味での愛情を抱いていたからだ。だからこそ、彼女と居ることを心地良く思いつつも、同時に罪悪感を強く感じたのだ。

一花の腹が減った発言に思わず笑いつつ、ルームサービスで朝食を頼む。そしてシーツごと一花を抱え上げ、バスルームに向かった。からだを洗うついでに軽く愛撫すると、途端に蕩《とろ》ける一花に満足感を覚える。

バスローブを羽織り、リビングルームに置いてある自分の鞄からスマートフォンを取り出した。必要な電話をしているとチャイムが鳴り、朝食のワゴンを持ったボーイ達が入ってきた。電話をしている間に用意は終わり、出ていくのを見送ったのとほぼ同時に、風呂上がりの一花がバスローブ姿でダイニングルームに入ってきた。頬はさっきの名残《なごり》かまだ少し赤い。話を終わらせ電話を切ると、一花を誘って朝食を取った。

たっぷりの量の料理を二人ですべて平らげ、一花が渡してくれた珈琲《コーヒー》を飲みながら新聞に目を通す。目の前では彼女もうっとりとした表情で珈琲を飲んでいた。その様子は、毎朝見る自分の両親の姿を思い出させた。

母の隣で、父もこんな風な穏やかな気持ちを感じているのだろうか……。仲睦《なかむつ》まじい両親を、多少疎《うと》ましく思うこともあった。けれど、実際には羨《うらや》ましかったのかもしれない。自分だけが忙しく、潤《うるお》いのない日々を送っていたことが……

仕事は決して嫌いではないし、時間に追われることも嫌ではない。それでも、何かを欲していた。そして、その正体が今ようやくわかったのだ。

それから、のんびりくつろいでいる一花に申し訳なく思いながら帰り支度をさせ、慌ただしくホテルを後にする。

運転する一花を横目で見ながら昨夜のことを問えば、一花の率直な気持ちが返ってきた。それから、父の意外な言葉も。

父が本心を他人に話すとは、何とも珍しい。彼の外面は完璧で、周囲はその内側に触れることはできないのだ。

それだけ、父は一花を気に入ったということか……。表裏のない一花。その存在は、やはり相当貴重だ。

いつの間にか家の前に着いてしまったことを残念に思いながら、降りる間際に一花に口付ける。玄関の扉を開け中に入ると、一花の車が走り出す音が聞こえた。ふと顔を上げると、目の前に両親と上尾の姿が並んでいた。——なんだ、この状況は？　一瞬、からだが硬直する。

「おかえりなさい、暁人さん。昨夜のお話を聞かせて下さらない？　眞人さんったら笑ってばっかりでちっとも教えてくださらないのよ。それより一花さんはもう帰られたの？　せっかくお茶でもご一緒しようと思ってケーキも用意してあるのに」

珍しく饒舌《じょうぜつ》な母が、わくわくした顔で詰め寄ってきた。

「……すみませんが、午後から会議がありますので」

瞬《また》く間にふくれっつらになる母を父に任せ、急ぎ足で自室に入った。

11

「暁人さん、以前協賛を承認したサーカス団が来日したようですよ」

太田が大きな封筒を持ってきたのは、週が明けてすぐのことだった。受け取って中を開けると、協賛の礼状と公演の予定表、それからチケットが入っていた。

「そういうものに興味を示されるのは珍しいですね」

「一花が好きらしい」

答えると、目の端で太田が笑っていた。気にせず公演の予定を確認するが、スケジュール的に通常の公演を見るのは不可能だった。……あぁ、リハーサルなら見られるか。それは公演初日の前夜だ。

太田とスケジュールの調整をし、ついでにホテルの予約も取る。本格的に忙しくなる前に、自分には一花がもっと必要だ。

せわしなく過ごしながら週末を迎え、そしてまた一花への連絡をすっかり忘れていたことを思い出した。まったく、本当に俺は大丈夫か？　一花に対して何度もこんなヘマをする自分が信じられない。これはあれか……、一花を無条件に信じているということか？　色々考えつつも急いでメールを送ると、すぐに了承の返事がきた。よかった……

苦笑いを浮かべる太田らを残して会社の玄関までいくと、一花の車がちょうど停まったところだった。車に乗り込み、少し戸惑っている顔の一花に思わず笑ってしまった。ナビを操作して、目的地を入力する。

たどり着いた先でサーカスの大きなテントに入ると、すでに最終リハーサルは始まっていた。責任者に挨拶《あいさつ》をし、観客席に座る。一花はというと、舞台を見て目を輝かせていた。芸を披露する様々な動物達に、一花は最後まで大きな拍手を送っていた。連れてきたかいがあったな。

その後、用意していた海沿いのホテルに向かう。一花は少し恥ずかしそうだったが、それでもウキウキしているのが伝わってきた。が……

「暁人くんってホテルをたくさん知ってるんだね」

おい、それはちょっと誤解も甚《はなは》だしいぞ。一花の台詞《せりふ》に頭を打ち付けられたような衝撃を覚え、部屋に入るなり彼女に向き合う。

「いいか、一花。俺はそんなにしょっちゅう女性を連れ込んだりはしていない」

そう言ったが、一花は困った表情で頷いただけだった。——こいつ、信じてないな。

着いたら最初に食事をしようと思っていたけれど、そんな考えは吹き飛んだ。

今しなければならないことは、ひとつだけだ。一花の手を引いて寝室を目指す。

「先に食べられるのは、お前だ。一花」

大きなベッドの上に、一花のからだを放り投げた。彼女が叫び声を上げる。その声に色気はまったくないが、そんなもの、すぐに喘ぎ声に変えてやる。

「お前の望みの究極の愛なるものを試してみるか？」

ネクタイを外し、驚いて固まっている一花の両手首を縛って上げた。ベッドに、縛り付ける場所がないのが残念でならない。

「ええーっ。違うってば。縛られるのは暁人くんの方なのに！」

バタつく一花を押さえるように、その上に被さった。素早くキスをして、口腔をまさぐり舌を絡めると、一花のからだから力が抜け、甘い吐息が洩れる。

それから、脱がせられる限り、彼女の服を脱がせた。手首を縛っているので、上半身の露出具合はかなり扇情的だ。自分の中の欲望が大きくなっていくのを感じる。どう考えても自分はこっちの方だな——妙に冷静に思いながら、服を脱いだ。

素肌を合わせ、身動きの出来ない一花のからだをもてあそぶように愛撫する。彼女の感じる部分はだいたいわかっている。からだ中に口づけをしながら、一花の一番熱くなっている部分に指を当てると、途端にからだが跳ねる。押さえつけ、そこに指を埋《うず》めた。中は熱く濡れている。もっと感じさせたくて、からだをずらし、彼女のそこに唇をつけた。指と舌で愛撫し、一番敏感に感じている突起を口に含んで舌を巻きつけるように吸い上げる。

「きゃあっ」

一花が大きな声をあげ、全身を震わせた。同時の彼女の中から熱い蜜が溢れてくる。襞《ひだ》を舐《な》め、中を舌でさぐり、そして突起を吸う。その間、一花は何度も絶頂を迎えたようだ。全身の力が抜け、ぐったりとした一花を残し、一旦ベッドから離れて準備をする。戻ってくると一花が涙目で自分を見上げていた。

泣き顔も悪くない――そう思いながら、ゆっくりと彼女の中に自分を埋めた。一花の顔が歪《ゆが》む。またゆっくりと引き抜き、そして入れる。繰り返している間に一花の表情が徐々に変わり、感じているのがわかった。

「一花。どれが気持ちいいか言ってみろ」

突き上げる角度やスピードを変えながら聞くが、一花はもちろん答えられない。

「も、もう外してっ」

涙目の一花が叫ぶように言った。

「究極の愛なんだろ？」

「そうかもしれないけど、わたしにはもう無理っ。わたしは、暁人くんにぎゅっと抱きつきたいの！」

——なんて可愛いことを。

「俺のことが好きか、一花？」

「好き！　大好き!!　でも外してっ」

その言葉に大変満足して、手首のネクタイを外す。少し赤くなっているのが見えたけれど、一花はすぐにその手を背中に回してしがみついてきた。彼女がからだを反らすと、もっと奥深くまで入り込めて、背すじをゾクリとするような快感が走る。熱く濡れている奥を何度も突くと、一花がまた絶頂を迎えた。

「まだだぞ、一花」

荒い息を吐く彼女の残りの服を脱がせ、抱え上げて膝の上に乗せた。うっとりと俺を見上げる一花にキスをしながら、さらに深く繋《つな》がった場所を突き上げる。自分でも制御が出来ない。

もう一度一花をベッドに寝かせ、さっきよりも熱く濡れている彼女の突起を指で愛撫し、一花とともに絶頂を迎えた。

しばらく抱き合って落ちついてから、彼女から離れ処理をする。ベッドに戻り、赤くなっている一花の手首を摩《さす》った。究極の愛は向いていないと一花が言ったが、俺もそうだ。愛し合うために、道具はいらない。

一花への気持ちがどんどん強くなっている——そう、自分でもはっきりとわかる。一花のことを真剣に考えるならば、俺は、他のこともはっきりとさせなければならない。今のゴタゴタにけりをつけ、罪悪感を抱くことなく、一花と堂々とつきあわなければ。

そのために、これから相当忙しくなることはわかっていた。通常の業務と同時に、これまでの不正の証拠を集め、敵を追い込む。父にも報告しなければいけない。いろいろと厄介で、越えるべきハードルはいくつもある。

食事と風呂を済ませ、朝まで一花と抱き合って眠った。翌朝、一花に会社まで送ってもらうことにした。

正面玄関の前に停まった車の中で一花をじっと見つめると、無邪気な大きな瞳が見つめ返してきた。これから起こることが、彼女にどんな影響を与えるのか……

「自分でも不思議だが、俺は一花を微塵《みじん》も疑っていない。だから、一花も俺を信じてろ」

告げた想いは、伝わっただろうか……。一花は一瞬目を見開き、そして大きく頷いた。

ケリをつけようと決めたら、本当に忙しくなった。マメにメールをくれる一花に、忙しくて返信出来ないと一応のつもりで連絡はしておいたけれど、まさか本当にそんな事態になるとは……

俺はまず、太田と山下を呼び、今回の件を終わりにすると宣言した。

「ならば、もっと決定的な証拠が必要でしょう」

言ったのは太田だ。

「小杉と野島親子が会っていることに関して、会社としては何の追及も出来ません。実際、野島の見積書は一切通してませんし、金銭的な損害を被っているわけでもありませんから。まあ暁人さんは不快でしょうが」

不快という言葉ではおさまらないくらい、腹は立っているがな。

ムカつく自分をよそに、太田は罠《わな》を張ることを提案してきた。最初に不審に思った見積案件に修正事項を出し、各社に見積りの再提出を求めるというものだ。その〆切を一週間後に設定するという。

「時間がありませんので、必ず奴らは接触するはずです」

太田がそう言い切った。続いて、それまで黙っていた山下が前に出る。

「橘に小杉を二十四時間体制で見張らせましょう。社内での様子は自分が確認します」

「ではそうしよう。早急に探偵に連絡を取ってくれ」

山下は頷き、部屋を出ていった。

「この一週間で動いてくれればいいがな」

一人残った太田につぶやく。

「必ず動きますよ。これまで出された野島建設の案件は、すべて断っています。そろそろ向こうも焦っているはずです」

太田の言葉通り、週末にそのときは訪れた。探偵が自ら証拠を持ってきたのだ。そのビデオには、小杉と野島建設の社員との密会現場が映っていた。今回の修正案についての内部情報のコピーを渡している決定的場面と、小杉が相手側に詳細を話してること、相手側から小杉が責められている会話のすべてが収まっていた。

「……先に父に報告する。本人への聴取はその後だ」

これまでのデータをすべてまとめ、その夜太田を伴って自宅に戻った。父の書斎を訪ねると、自分達の神妙な顔を見て父が表情を曇らせた。

「太田も一緒とは、嫌な話に違いないな」

ため息を吐く父にこれまでの経過を説明し、証拠の書類やデータを並べる。資料を読み、画像や音声データを聞き終わると、父のため息はさらに大きくなった。

「で、どうするんだ？」

「彼を切ります」

それ以外の選択肢は考えていない。

「ただ、小杉はお父さんを介していますので、先にご報告をと」

父の眉間に深いしわが寄った。

「今の総帥《そうすい》はお前だ。判断は任せよう。彼の父にはわたしから話しておく」

資料をまとめる太田を見ながら、父はため息を吐き珈琲《コーヒー》を飲んだ。

太田が帰り、自分も自室に戻って着替えながら個人用のスマートフォンを見ると、一花からのメールがきていた。そこには、元気そうな彼女の様子と自分を心配する言葉が書かれていた。返事をしなければと思いつつ、それでも結局何も送れなかった。

そして決着をつけると決めた日から一週間後――。昼前に、各社の見積書が揃《そろ》った。当然のことながら、野島建設から出されたものは、こちらの希望通りのものだった。

午後に密かに重役だけを集め、これまでの経緯を説明した上、今後のことを協議する。

結果、人事の通常手続きを踏んで小杉を一ヶ月間別の部署に異動させた上で、解雇とすることに決めた。彼の父のことや、実質的損害、体裁などを諸々考慮しての結論だ。

話し合いを終え部屋に戻ると、何も気付いていない小杉が黙々と作業をしていたが、その様子がなんだかおかしい。

席に座るとかすかに珈琲の匂いがした。怪訝《けげん》に思いながら、机のすぐ下に置いてあるゴミ箱を覗くと、見覚えのある紙袋がくしゃくしゃに丸められ捨てられていた。そっと拾い上げると、つぶれた紙コップとメモ紙のようなものが入っていた。そこにあったのは、一花の走り書き――

一花がわざわざきてくれたことに対する嬉しい気持ちと同時に、小杉のふざけきったやり口に、怒りが込み上げる。

そして翌日、正式に小杉を呼んだ。太田と、部屋の隅には山下らＳＰを数人待機させる。

「な、何か御用でしょうか？」

物々しい雰囲気に小杉は目を泳がせている。一花のことか、野島のことか――本人には思い当たることが山のようにあるので、当然だろう。

「小杉健一、まことに残念だか、君を解雇せざるを得ない」

そう告げると、小杉が目を見開いた。

「君が、野島建設にわが社の機密資料を渡しているのはわかっている」

動画からプリントアウトした密会現場の写真を彼の目の前に並べた。そこには当然、小杉の友人の写真も、野島親子と一緒のものもある。

「音声も動画もある。君に反論があるなら、それも見せよう」

小杉は何も言わなかった。ただその写真を瞬《まばた》きもせずに見ている。

「申し開きはあるか？」

彼に視線を投げる。

「……いいえ、ありません」

最後まで、彼の口から謝罪の言葉は出なかった。それが残念なのか腹立たしいのか、自分でもわからない。

「では、明日から一ヶ月間、庶務への異動を命じる。その後、解雇手続きをとる。……残念だよ、小杉」

手で合図を送ると、山下が扉を開けた。肩を落とし、けれど最後まで何も言わないまま小杉が出ていく。

「随分《ずいぶん》とあっけないですね。このまま何事もなければいいのですが……」

太田の懸念ももっともだ。これまでの彼の言動を思うと、いくら証拠を固められたとは言え、何の反論もないのはおかしい。

「しばらくは用心して下さいよ、暁人さん」

「そうだな」

太田の言葉に素直に頷いた。

その夜家に帰ると、小杉の父親がきていた。

「この度は倅《せがれ》が不始末をしでかしまして大変申し訳ありません。せっかくご厚意で面倒を見てくださったのに、こんなことになってしまい……」

膝をついて謝る様子に、胸が痛くなる。父が辛そうな顔をして、小杉の父親のからだを起こした。彼自身はとても人の好《よ》い男だ。父もそこを気に入っていた。だから、普段は認めないコネ入社を認めたのだ。最後まで小杉の父は謝り続けた。そして、裁判沙汰にしないよう懇願《こんがん》された。

元々そこまでは考えていない。実質、会社としての損害はなかったのだ。そのことを告げると、やっと少し安心したようで、頭を何度も下げながら帰っていった。

翌日、庶務に異動した小杉は有給休暇の消化という理由をつけて出社しなかった。まあ、当然か。完全に想定内なので、気にしてはいない。

一方で野島からは連絡がきた。社長直々《じきじき》に話がしたいという。小杉の件はすでに伝わっているであろうこの状況下で会いたいと言えるのは、娘同様、父親もまたいい度胸をしているということか。

「どうしますか？」

太田の問いに、首を振った。

「通常業務が溜まっている。向こうにはもうしばらくヤキモキしてもらおう」

目の前に山のように積まれた書類を眺めてそう言うと、太田が頷いて部屋を出ていった。机の上の卓上カレンダーを見る。一花と最後に会ってから一週間以上過ぎていた。メールの返事もしていないので、そろそろ限界だ——自分が。

小杉の顔、小杉の父親の顔、そして自分の父の顔。思い出すとやるせない気持ちになる。一花の天真爛漫《てんしんらんまん》な笑顔が見たい……

12

溜まった書類を片付けたら一花に会いにいこうと決意したのに、結局めどがついたのはその二日後のことだった。今日こそはと決めた朝、家を出るときに母に呼び止められた。

「ねえ暁人さん、一花さんにはまだお会い出来ないの？　いつでもいいから連れていらしてね」

顔はにこやかだが、内心は怒っている様子だ。まあそのうちにと曖昧《あいまい》に濁し、逃げるように家を出る。まったく、なぜそんなに一花にこだわるのか。

スケジュール通りに会議や通常業務をこなし、ようやく一息つくと午後六時を回っていた。そろそろ切り上げて一花に会いにいこうと思ったとき、プライベートの電話が鳴った。父からだ。

『暁人、小杉健一の父親がお前に会いたいと言っているんだ。これから家にくるんだが、なるべく早く帰れるかい？』

「今はまだ会社ですが……そろそろ出て、一花のところにいこうと思っています」

正直に話すと、電話の向こうで父の笑い声がした。

『では一花さんも連れておいで。花織さんも喜ぶだろう』

電話を終え、いつもより早めに会社を出た。山下の運転でカフェに向かうが、一花はまだ仕事中のはずだ。中でその仕事ぶりを眺めながら待つことにしよう。そして帰りは一花と一緒のつもりだ。そう告げて、山下は先に帰らせた。急ぎ足でカフェの扉を開けると、真っ先に一花の大きな目が飛び込んできた。

「暁人くん!!」

叫び声と同時に飛びついてきた一花を抱きとめる。それだけで心が軽くなり、ここ数日の疲れがたちまち消えた。

「悪かったな。連絡出来なくて」

抱きしめながらそう言うと、近くから咳払《せきばら》いのような声がした。マスターが呆れ顔で一花の荷物を差し出し、追い出されるように慌ただしく店を出る。なんとも気のきく親戚だことで……

店の裏側の駐車場に、彼女の愛車が停まっていた。いつものように助手席に座ると、しっくりとなじむ感触がなんだか懐かしく思えた。

とりあえず自宅にいくように伝え、そして幹線道路に入った辺りで少しずつ事の経緯を話す。会話の中で、捨てられたカップとメモを思い出し、胸が痛んだ。と、そのとき、住宅街の広い道に一花が車を停め、抱きついてきた。

のか……

「もう、飽きられちゃったのかと思った」

気弱な声に、胸が締めつけられる。明るい一花を、俺はこんなにも不安にさせていた

「……お前に飽きるには相当の時間がかかりそうだけどな」

一花の言動は、予測がつかない。彼女に飽きる？　そんな日がくることはきっとない。

「暁人くん、好き！」

微塵《みじん》も疑いようのない言葉だ。笑う一花につられて、思わず笑う。ようやく少し落ちついたらしく、一花が再びハンドルを握った。そのとき、運転席側に――人影？

途端に嫌な予感がした。叩かれた窓を一花が開けようとする。いや、それはダメだ！

だがそう思った次の瞬間、開いた窓からその人物がスプレー缶の中身を吹きかけた。白く煙《けむ》った車内に一花の悲鳴が聞こえる。催眠スプレーか？　シートベルトを外そうとしたところで自分の意識も遠くなるのを感じながら、すでに意識を失っているらしい一花の手を取った。くそっ、一生の不覚だ！　薄れていく意識の中で、俺は力の限り自分を罵《ののし》っていた。

目が覚めたとき、腕と脚を紐《ひも》のようなもので縛られ床に転がされているのが感覚でわかった。痛みはどこにも感じないので、怪我《けが》はしていないようだ。

目の前には、同じく……だがこちらは腕だけを縛られた一花が倒れている。月明かりが差し込む部屋の中で、一花の胸が僅《わず》かに上下しているのを確認してホッとした。

ここは……ログハウスか？　多分、野島のものだろう。かすかに見える内部の作りは、かなり手が込んでいる。

それにしても奴らがここまで強硬手段をとるとは、さすがに予想していなかった。認識が甘かった自分に腹が立つ。何とか腕や脚を動かして紐《ひも》を解こうとしたけれど、固く結ばれているようでまったく動かない。

舌打ちしたところで、一花が身じろいだ。そしてもぞもぞと手を動かすと、彼女の縄がすんなりと外れた。ここは喜ぶべきところなのだろうが……なぜだろう。なんとなくムカつく。

ゆっくりと起き上がった一花は、ぼんやりと部屋の中を見回していた。まだスプレーの効果が残っているのかもしれない。

「俺のも外してくれ」

後ろから声を掛けると、一花は文字通り飛び上がって、そして振り返った。

「あ、暁人くんっ。良かった、無事でっ」

這《は》ってきた一花に抱きつかれる。これはこれで嬉しいが……

「だから、感動する前にこれを外してくれ」

一花が謝りながら後ろに回り込み、必死で腕の紐を外してくれた。起き上がって、脚の紐は自分で解く。ようやく自由になった手足を振り、飛びついてきた一花を抱きとめる。

「どうなってるの!?」

「大丈夫。まあ想定内だ」

何か仕掛けてくるかもと思ってはいた。だが、こういう手に出るとは実は想定外だった。けれどわざわざ一花を不安にさせることもないだろう。

そう思ったところで、部屋の扉が開いた。とっさに一花を背後に隠し、まだ縛られているかのように装《よそお》う。突然入ってきたまぶしい光に目を細めると、予想通り野島の娘が入ってきた。

「やっと二人きりになれましたわね、暁人さん……」

堂々とそう言い放ち、自分の問いに悪びれることなく答えている。……馬鹿か、この女？　自分が何をしているのか、本当にわかっているのだろうか。

彼女が部屋の明かりをつけ、背中にしがみついている一花にようやく目を留めた。一瞬呆けた顔をした後、見る見る顔が豹変《ひょうへん》していく。

「ちょ、ちょっと、どうしてあんたまで居るの!?」

飛び掛かってくるかと身構えたけれど、彼女は慌てた様子でそのまま出ていった。そして扉の向こうから、言い争う声がする。

ヒステリックな声に続き聞こえてきたのは二人の男の声。さらに小杉の声も聞こえてきた。

「……なんだか、漫画みたいだね」

一花が気の抜けたような声で言った。彼女がようやく落ちついたことに少しホッとしながら、ズボンのポケットを探る。寝転がっているときから気付いてはいたが、そこには自分のスマートフォンがちゃんとある。

それを取り出すと、一花が小さな声を出した。この詰めの甘さ――。さっぱり意味がわからない。ボタンを押して電話をかけると、一花が目を見開いて声を上げた。そうだよな、驚くよな。こんな展開になると、連絡手段がなくなるのがセオリーというものだ。冷静な意識でそんなことを思いつつ、耳をすませる。

『暁人様、ご無事ですか!?』

電話の向こうで、緊張をはらんだ山下の声が聞こえた。

「俺も一花も無事だ」

そう言うと、ホッとした声がした。

『今、GPSの電波を追って、警察と向かっているところです。小杉の父親が、息子が良からぬ連中と連絡を取り合っていると、今夜会長を訪ねてきたそうです。暁人様が帰ってこられないので、警察への通報を会長が判断しました』

なるほどなと思いつつ、今居るだいたいの場所だけ聞き出し、とりあえず電話を切った。

「まあ、もう少しの辛抱《しんぼう》だ」

心配そうな一花を抱きしめると、忘れていた欲望がわきあがってきた。こんなときにと思いながらも、彼女の柔らかな感触はいつかの夜を思い起こさせる。一花の心臓の鼓動がダイレクトに響き、彼女も同じ事を思っているのだと感じた。

「一花に、ずっと触れたいと思っていた」

耳元でささやき、首筋に唇を這《は》わす。仰《の》け反《ぞ》った彼女のシャツを開き、鎖骨の辺りをきつく吸い上げると、白い肌に真っ赤な花が咲いたように見えた。

「続きはそのうちな」

頬を上気させたまま呆然としている一花に笑いかけると、もうっと胸を叩かれた。つかの間和《なご》んでいる間に、向こう側の喧騒《けんそう》も終わったようだ。一花と耳をすますと、小杉の声が聞こえてきた。

「とにかく、あの女はこっちで預かりますから、あなたは早く既成事実を作ってください」

一花のからだが強張《こわば》る。そして、そういうことかと、この誘拐の目的がようやくわかった。小杉の言葉にパニックになる一花をギュッと抱きしめ、宥《なだ》める。勝機があるとしたら、連中が自分を舐《な》めているところだろう。

そのとき、扉が開いて小杉が入ってきた。手に持っているのは薬品とビデオカメラ。

その下品なやり方に震えるほど腹が立った。小杉は先に一花を見て顔を顰《しか》めたあと、まるで勝ち誇ったような顔になった。そして俺に向き直る。

「申し訳ありませんが、暁人様にはここで麻紀様と一晩過ごしていただきます。これで、彼女との婚約は避けられない」

まったく申し訳ないとは思っていない声で小杉が言った。その後ろでは野島の娘が笑っている。どこまでも気分の悪くなる連中だ。だから、小杉の言葉を逆手《さかて》に取ることにした。

一花を抱き寄せ、その胸元をグッと手で開くと、その場に居た全員の視線がそこに集まる。

「それを言うなら、俺はこっちの責任を取らないといけない」

わざと嘲笑《あざわら》いながら言うと、一花が声を上げしがみついてきたので、その頭をよしよしと撫《な》でる。目の前の二人の顔が見る見る変わった。

「貴様……どこまでも邪魔を……」

絞り出すように小杉が喉の奥から声を出した——と同時に奴が一花に手を伸ばしてきた。その手を掴み、捻《ひね》りあげる。関節の外れる感触が手から伝わってきたので、小杉のからだを床に転がした。そして一花を抱えて立ち上がり、腕を抱えるようにして呻《うめ》いている小杉を冷ややかに見下ろす。どうせ何も出来ないボンボンだと思っていたのだろう。

そのとき、二人の男が入ってきた。誘拐の実行犯だ。呻いている小杉を見てあっけに取られている間に、サッと彼らに近寄り、それぞれの鳩尾《みぞおち》に拳《こぶし》を埋《うず》めて沈める。

「わーい、暁人くん、かっこいいー!!」

無邪気に一花が声を上げると、それまで呆然としていた野島の娘が我に返ったようで、猛然と一花に向かっていった。まずい！　あまりに急な行動だったので、手を伸ばしても届かない。すると、一花が突進してきた野島の娘をスッとよけ、その首に手刀を下ろした。……お見事。

「前に六ちゃんに痴漢《ちかん》撃退法を教わったんだよね」

一花は、平然としてひらひらと手を振っている。

「今のうちに逃げるぞ」

このまま山下らを待つのは危険だと判断して、一花を外へ連れ出した。玄関を出て少し回ったところに、一花の愛車が停まっている。

「一花、こっちだ」

「あー、アメディオ!!　無事だったのね!?」

走ってきた一花が車のフロントカバーに頬ずりを始めたので、止めさせる。中を覗き込むとキーもささったままだし、ドアのロックも開いていた。助手席に乗り込むと、呆れた調子の一花の声がした。

「ねえ、普通、こういうときって男の人が運転するものじゃないの？」

一花よ、忘れたのか？

「車の免許は持ってないと言ったろ」

一花ががっくりと肩を落とし、おとなしく運転席に乗り込んだ。

「じゃあ、ここが海だったら、暁人くんが船を運転してくれた？」

「当然だろう。一花は一級船舶の免許を持っていないからな」

当たり前のように言ったら、なぜかため息を吐かれた。そのとき、玄関の開く音がして、四人が転がり出てきたのが見えた。

慌てた一花がエンジンを掛ける。すると、いつの間にか男の一人が一花の真横にきていた。

「一花！」

俺が叫ぶと同時に一花がアクセルを思いっきり踏んで車を発進させた。その衝撃で男が吹っ飛ぶ。

「ねえ、今のってひき逃げになっちゃうかな!?」

「ひき逃げより誘拐の方が罪が重いから大丈夫だろう」

一花を安心させるため、適当に言っておく。まあ、たとえ怪我《けが》をしていても、正当防衛だ。

車が道なき道を進んでいると、目の前に木の門が見えてきた。降りて開ける時間はないと判断したのか、一花はこのまま突破することに決めたらしい。

「暁人くんはしっかり掴まってて。アメディオ、ごめんね！」

そう言うなり、エンジンをふかして一気に加速した。衝撃は大きかったけれど、時間は一瞬だ。古びた門はあっけなく砕《くだ》け散った。そしてそれだけの衝撃を受けながら、この車はエアバッグも出てこない。

その後も、凸凹《でこぼこ》道にからだがまったく安定しなかった。ひび割れたフロントガラスを必死で見つめ運転する一花についつい文句を言うと、軽口が返ってくる。

こんなときまで、彼女は彼女らしい。

からだをぶつけながら後ろを見ると、車が追ってきていた。一花はとっくに気がついているのだろう。前を見る目は真剣だ。

狭い車だから、余計にからだがぶつかる。ぶつぶつと文句を言えば、さすがに一花も切れた。

「もう、いちいちうるさいよ。ちょっとくらい我慢して。わたしなんて、ひき逃げプラス器物損壊《きぶつそんかい》で捕まっちゃうかもしれないんだよ」

「誘拐犯に捕まるより、警察に捕まる方がましだろう」

「そうだけど！」

「安心しろ、そのときは優秀な弁護士を雇《やと》ってやる。痛っ」

思いっきりぶつけた頭を摩《さす》ったら、こんな状態なのに一花が笑った。そのとき、ようやく広い道に出た。舗装《ほそう》された道路に、一花からホッとした雰囲気が伝わってくる。と同時に、一花は目の前にたくさんの赤いランプが並んでいることに気付いたようだ。かなりの数のパトカーが集まっている。

「まあまあの時間だな」

警察官に誘導され、一花が道の端に車を寄せた。大勢の警察官とともに、山下や探偵も駆け寄ってきた。一花が蹴飛ばすように扉を開け、自分も外に出る。

「暁人様、大丈夫ですか?」

「まあ、あちこちぶつけたがな、車の中で」

「大変申し訳ありません。わたしが目を離したばかりに」

山下が頭を下げる。

「いや、お前を帰らせたのは俺だ。それに、あいつがここまでやるとは思わなかった」

目をやると、小杉達の車が警察に囲まれていた。野島の娘のヒステリックな叫び声が響いている。連行される彼らを見ながら、なんともいえない気持ちになった。

一花は、ずっと自分の車を見ていた。文字通りボロボロになった彼女の愛車を。

「アメディオ……ありがとう」

今にも泣きそうな顔に、胸が締めつけられる。胸の中に飛び込んできた一花を受け止め、抱きしめ、彼女の涙が自分の服にしみ込んでいくのを感じた。

「一花、これで全部終わったんだ」

彼女の髪を撫《な》でた。これで間違いなく、全部が終わる――

小杉は、こんなことをすれば警察沙汰になるのはわかっていたはずだ。そしてこれが公《おおやけ》になれば、野島建設が確実に終わることも。

わかっていないのは、きっとあの愚《おろ》かな娘だけだ。小杉は、このいき当たりばったりの計画が上手くいかないことなど、最初からわかっていただろう。彼はきっと、野島建設を道連れにしたのだ。

一花を抱きしめたまま、去っていくパトカーをじっと見つめた。

13

今回の事件の後始末は、考えていた以上に手間が掛かった。まずは一花を探偵に託し、彼女の車をすぐに修理工場に運ぶように手配した。完璧な修理と復元、ただしエアバッグとシートは最新のものにすることは当然依頼する。

俺は警察の事情聴取や、刑事告訴の準備のための弁護士との話し合いなどに時間を相当とられた。事件のことはすぐにマスコミに知られ、それはもうおもしろおかしく書きたてられたが、一花のことは西城グループのあらゆる力を使って伏せさせたので、彼女の存在や名前がメディアに流れることはなかった。

野島の娘は逮捕されたが、彼女の父親は今回の誘拐については知らなかったようで、逮捕まではされていない。ただ、小杉をスパイとして使っていたことは認めている。

忙しい中、いきなりやってきて平身低頭謝る野島建設の社長や幹部に、西城グループとして、今後一切かかわらないと通告したのは当たり前の対応だ。そしてこれにより、事実上、野島建設はほぼ廃業状態になった。

小杉の目的は、あくまでも金だったようだ。そして機密漏洩《ろうえい》が明らかになると、野島の娘に今回の誘拐を持ちかけたという。上手くいった暁《あかつき》には、最後の金を受け取るつもりだったらしい。もちろん、上手くいくわけないことはわかっていた。ただ、漏洩が明らかになったとき、さっさと彼を切り捨てようとした野島に腹が立ち、道連れにするつもりだったそうだ。

そんなこんなで、会社に居れば通常業務と後始末に追われ、外に出たらマスコミに追いかけられる日々。お陰で一花に会いにいくことも出来ずに、うんざりしていた。

そんなとき、上尾が自室にやってきた。

「お車の免許の件ですが、ご自宅で練習されるのはどうでしょう？」

「自宅で？」

「はい。敷地内で山下さんらに技術を習い、学科試験はご自身で勉強すれば、教習所にいかずとも、試験場で受験し、免許取得が可能だそうです」

「なるほど……。では早速運転練習用のコースを作る手配をしよう」

すぐに馴染みの業者に連絡し、翌日には工事が始まった。庭の一番広く開けた場所に、三日程で臨時のコースが完成する。会社に出るのも煩《わずら》わしかったので、通常業務を自宅でしながら、空いた時間に山下らを交代で隣に乗せ、いわゆる教習所と同じような練習をした。学科は教科書を読めばすぐに覚えられたので、何の問題もなかった。一花に連絡を取ることも考えたが、どうせなら車の修理と免許取得を終えてからにしようと思いとどまる。

仕事の合間に練習すること一週間。その頃にはマスコミもすでに居なくなっていた。同時に一花の愛車もすっかり元通りになって、今は我が家の駐車場に停まっている。この車に乗って一花に会いにいこうと、自分自身に誓っていた。

そして、山下からお墨付きをもらい、早速試験場にいき実技も筆記も一発合格し、俺は見事運転免許を手に入れたのだ。

まったく、こんなに簡単ならもっと早く取っておけばよかった、なんて思いつつ、そのまた翌日仕事を抜け出して、ピカピカになった一花の愛車を運転し自宅を出た。これは練習で使っていた車よりも当然小さいし、狭いことに変わりないけれど、一花の言う通り小回りが利くので運転はしやすい。

カフェの前に車を停めると、タイミングよく一花が走り出てきた。数週間ぶりに見る彼女の姿に感動すら覚えていると、いきなり責められた。

「あ、暁人くん……無免許運転は犯罪だよ!!」

「久しぶりに会ったのに、開口一番のセリフがそれか？　失礼なヤツだ。ちゃんと免許は取ったぞ」

胸のポケットから真新しい免許証を取り出して一花の目の前に突きつける。一花は驚いた顔のまま、口をパクパクさせていた。そうそう、彼女のこの驚く顔が見たかったのだ。俺が取得の経緯を説明すると、一花は呆れたように口を開き、そして閉じた。それから一花は、愛車に目を移す。

「アメディオ、直してくれたの？」

「ああ。外装はいじってないぞ。中のエアバッグとシートはもちろん取り替えたがな」

「……ありがとう」

一花はそう言うと、自分を見上げた。大きな目がきらめいて見えた、と思った次の瞬間、その目から涙がこぼれた。

「暁人くん、わたしはまだ、暁人くんの恋人？」

「何を言っている。もちろんそうだ。この先もずっと、一花は俺の恋人で、そして俺の運転手はお前だけだ」

そんなの当然だろう。

「わたし、都合よく利用されただけじゃなかったの？」

一花が自分をまっすぐに見て言った。思わず一瞬、絶句してしまう。そして、これまでに経験したことのない緊張感を覚えた。必死で言い訳をしている、そんな自分に驚いた。それでも、正直に話し続けることしか出来ない。

「暁人くんも、わたしのことが好き？」

「もちろんだ。言わなかったか？　一花は特別だと」

一花が怪訝《けげん》そうな顔になる。

「一花は何から何まで特別だ」

繰り返して告げた。なのに——

「暁人くん、わたしのこと好き？」

もう一度、同じ内容の台詞《せりふ》で問われる。

「……一花が、好きだ」

それは、これまで誰にも言ったことのない言葉。だから、驚くほどの勇気がいった。

けれど口にした瞬間、気持ちが一気に楽になったことに気付く。

「暁人くん、大好き!!」

一花が飛びついてきた。そのからだを受け止め、抱きしめる。あぁ、そうだ、この感触だ。これが一花だ!

しばらく会えなかったが、彼女の気持ちは一番最初から変わらないことも、その瞳から明らかにわかる。少しでも早く、一花を連れ去りたい。そう強く感じ、一花の早退を告げ助手席に乗り込むために扉を開けた。

「あ、暁人くん! ……せっかく免許を取ったんだから、別に暁人くんが運転してくれてもいいんだよ?」

「断る」

この車はお前のものだろう? さっさと座席に座りシートの位置を合わせていると、一花が運転席に乗り込んできた。ハンドルを握り、うんうんと満足そうに頷いている。

そして、アクセルを踏む。

「どこにいくの?」

「どこへでも。一花が好きな場所にいっていいぞ」

どうせ今日は仕事をする気にはならない。こんなこともはじめてだ。

「よし、それならどこまでも一緒にいこう」

一花が意気揚々と答えた。ああ、それも悪くない。

そして俺は、充実していても退屈だった日常に、永遠の別れを告げた。

一花と母が会えたのは、それから数日後の日曜日のことだった。勝手に庭を改造したことに腹を立て、ここ最近は口もきいてくれなかった母だったが、一花を連れていくとコロリと態度を変えた。

早速俺から一花を奪い、母のお気に入りの場所に連れていってしまう。そこは日当たりのいいリビングルームで、例の教習コースの跡が大きな窓の向こうに広がっているのが見えた。

元々は、母が四季の木や花を愛《め》でていた場所だったようで、自分が練習している間、母が家の中から鬼のような目で睨《にら》んでいたことを思い出す。

当然、免許を取ったあとは元に戻すつもりだったわけで、今は絶賛工事中だ。

大きなソファに並んで座り、母は見晴らしの悪さを一花に謝りながら、例の誘拐劇の話を聞いていた。身振り手振りを交え、一花が逃走する場面を再現すると、母が「あら」とか、「まあ」とか驚きの声をあげ、最後には一花の手をぎゅっと握って目を潤《うる》ませた。

「暁人さんを助けてくれてありがとう。あなたのおかげだわ」

「えっ、そんなことないですよ」

恐縮する一花を挟むように父も隣に座り、二人の手の上に自分の手を重ねた。

「いやいや、一花さんが居なかったら、暁人は無事に帰ってこられなかったかもしれない。本当に感謝しているよ」

「……い、いやぁ、まあ、そうでしょうか」

一花が照れくさそうに笑っている。この茶番劇に、どう自分が入ればいいのかさっぱりわからない。が、両親と楽しげにしている一花を見て、これも悪くないかと思えた。

「出来れば、俺も入れてほしいんですが」

思い切って口に出せば、両親がともに驚いた顔をした後、二人してにっこりと笑った。そして父が少し横に移動してスペースを空けてくれる。

「暁人くん、ここ、ここ」

一花がぽんぽんと彼女の隣を叩く。それは、一花と父の間だ。そこに座ると、一花がそっと寄り添ってきた。同じソファに四人がくっつくように座っている——あぁ、そうだよな、かなりおかしな光景だよな。俺もそう思うぞ。

庭で作業をしている男性が、ギョッとした顔をしたのが見えた。

「お庭にお花が咲いていたらもっと素敵ね」

母が言った。かなり嫌味《いやみ》が混じっているようにも聞こえたが……全くその通りだと思う。

両脇に一花と父の温かさを感じながら、これまで何の思い入れもなかったこの庭に、頭の中で一面の花畑を思い浮かべた。

書き下ろし番外編

いつかの花が咲くとき

澄み切った青空に、透明なシャボン玉が飛んでいく。

キラキラと輝くその向こうに、彼女の笑顔が見えた気がした。


中等部から入学したカトリック系の私立聖女学園。良家の女子が多く通うそこは、わたしの想像以上に退屈な世界だった。生徒たちはいつも微笑んでいて、自分の生活になんの疑問も感じていない。もちろん、わたし、高平《たかひら》花織もそれとなんら変わらない。

だから、木の上に居た彼女と初めて出会ったとき、わたしの世界が変わった気がした。

それは入学してしばらく経ったある日のこと。苦手な家庭科の授業中、気分が悪くなったわたしは、保健室に向かおうと中庭に面した二階の渡り廊下を歩いていた。そのとき、すぐ横にあった大きな木から葉擦れの音がした。足を止めて見ると、生い茂った葉の間から制服のスカートが見えたのだ。

「まあ」

思わず声をあげると、葉をかき分けて一人の美しい少女が顔を覗かせた。少女は唇に指を当て、わたしに向かって片目を閉じる。着ている制服のスカーフの色から、彼女が同級生だということがわかった。

そのとき、中庭を二人の先生が歩いてくるのが見えた。

「藤宮《ふじのみや》さん！　どこにいらっしゃるの？」

「出ていらっしゃい！」

珍しく声を荒らげる先生をこっそりと見やる。藤宮と呼ばれた少女もそれをじっと見ていた。

「まったく。真面目に授業を受ける気がないのなら、やめてしまえばいいのに」

「これだから没落貴族は」

吐き捨てるような声に驚き、思わず息を呑む。そんな彼女らを少女は冷めた目で見ていた。捜索を諦めた先生方が居なくなり、静寂が戻る。少女は器用に枝を伝い、窓から渡り廊下に降り立った。

「今は授業中よ」

逆の立場なのに、子どものいたずらを咎《とが》めるように、彼女がわたしを見て笑う。その笑顔はまるで、花が咲いたかのようだ。

「あ、気分が悪くてこれから保健室に……」

「まあ。あなた運が良いわね。わたし、保健委員なの。連れていって差し上げるわ」

彼女は微笑みながら手を差し伸べてくる。そして恐る恐る伸ばしたわたしの手を、ぎゅっと握った。その指先は細くほんのりと冷ややかで、生まれて初めて胸がドキンと鳴った。

「わたしは藤宮奈里子《なりこ》。あなたは？」

手を繋いで廊下を歩きながら、彼女――奈里子様は言った。

「高平花織です」

「まあ、あなたが高平のお姫様ね。みんな本物のお姫様がいるって騒いでいたわ」

奈里子様がまた微笑まれた。思わずうっとりするようなその顔を見て、あなたの方がお姫様だと、心の中でつぶやいた。

藤宮奈里子様は、いろんな意味で学園の有名人となった。在校中、たびたび先生方を慌てさせる行動を取り、注意や罰を受けることもしばしばあった。わたしと出会ったときも、退屈な授業を逃げ出したあとだったよう。それでも最後まで退学を言い渡されなかったのは、ずば抜けて成績優秀だったからだ。

旧華族の一人娘で、お父上が事業をされている。ただ、その事業が決して順調ではないということは、周知の事実のようだった。奈里子様自ら、学園に通える余裕はないのだと語っている。それでも、ここにいるのは母の見栄だと。

　ああ、そんなことまでわたしと同じだとは。高平家も同じ旧華族で、曽祖父の代には宮家の皇女が降嫁《こうか》された、いわゆる由緒《ゆいしょ》正しい家柄だ。一時は財閥と並ぶほどの資産を有したこともあったらしいが、それも過去のこと。今では、藤宮家と同じくらい財政危機に瀕している。ただ、それが表に出ていないだけ。

　母は父の不甲斐《ふがい》なさを口にしながら、毎月新しい着物を仕立てる。プライドの高い父は、決して頭を下げることなく、目減りしていく財産に焦るだけ。跡取りである兄は、そんな両親をただ冷めた目で見ていた。

　そんな中で、わたしは高平家の娘であり続けなければならなかった。逼迫《ひっぱく》した内情を決して明かさず、偽物のお姫様を演じる。つまらない見栄に、わたしは自《みずか》ら縛られていた。

　密《ひそ》かな共通点があったからか、最初の出会いが印象的だったからか、奈里子様とわたしはとても親しくなった。休み時間のほとんどを一緒に過ごし、ときに一緒に授業を抜け出し、誰もこない裏庭や屋上でおしゃべりをした。口さがない教師や同級生は、奈里子様と居るわたしを咎《とが》めることもあったけれど、笑顔でそれをかわした。

　奈里子様は自由だった。教師や学友の蔑《さげす》んだ視線も気にすることなく、不自由な学園生活を自由に謳歌《おうか》している。家に帰れば、厳しい現実が待っているのはお互い様だというのに。奈里子様と居ることで、退屈だと思っていた学園は、秘密の花園のように穏やかに楽しく過ごせる場所になっていた。

わたしたちの幸せな時間は、静かに、けれど確実に過ぎていった。

転機が訪れたのは、高等部三年生の秋のこと。いつかはと覚悟をしていた縁談は、本人の知らないところでさっさと決まっていた。お相手の名は西城眞人。彼の祖父が始めた小さな会社を彼の父が急成長させた、大企業の御曹司だ。

「どうしてそんな成り上がりと！」

最初は猛反対していた母も、父に説得されなにも言わなくなった。理由は聞かなくても察しが付く。成り上がってきた大企業に、次に必要なものは有力な縁組だ。家柄だけは名高い高平の娘と交換に、父は莫大な援助を受ける。お金さえあれば、母は文句は言わない。

西城眞人さんと初めてお会いしたのは、縁談の話を聞かされた一週間後のことだった。日本庭園を見渡せる、ホテルの離れの一室。この日のために用意された振り袖を着て、厳しい顔をした西城家の当主と穏やかに微笑む眞人さんの前に座った。

当主は噂通り厳格な雰囲気を醸《かも》し出し、先ほどからにこりともしない。隣で口元に笑みを浮かべた二十五歳の眞人さんは、整った顔立ちの優しそうな男性だった。その外見にホッとしてしまった自分を恥じる。でも、どうせ結婚するのなら、素敵な人がいい。

結婚する当人をよそに、その場で話をしたのは父親同士だけ。母はただただつまらなさそうに庭を見やり、義母となられる方はやはり気まずそうに俯《うつむ》いていた。

最後までわたしと彼は口を開くことなく、高等部卒業後の三月末に結婚式を挙げることが決まった。自分に拒否権が無いのはわかっている。でも、ほとんど話したこともない相手と結婚とは。縁談が正式に決まり、あからさまに機嫌の良くなった両親を横目に、心の中で何度もため息をついた。

「お相手はどんな方だった？」

お見合いの翌日のこと。いつものように、裏庭の日当たりの良い場所で奈里子様と過ごしていたとき、彼女が言った。

「優しそうに見えたけど、わからないわ。だって、お話すらしていないもの」

「そう。でも大丈夫よ、花織様はきっと幸せになるわ」

奈里子様が慰《なぐさ》めるように笑った。彼女はいつも前向きだ。そして彼女にそう言われると、本当にそうなる気がするのだから不思議だ。

「奈里子様こそ、卒業後はどうなさるの？」

彼女は随分前から進学しないと明言していたけれど。

「働くわよ。もちろん」

彼女があっけらかんと言った。高等部卒業後に就職する生徒はほとんど居ない。大学部に進学するか、もしくは結婚するかだ。授業料の問題なら、成績優秀な彼女であれば特待生になれるはず。わたしがよほど困惑した顔をしていたからか、奈里子様がまた笑う。

「大丈夫よ、なんとかなるって」

奈里子様のご実家の状況がますます悪くなっていることは、本人からもまわりからも聞いている。彼女もいつか、わたしと同じように縁組があるのかもしれない。そう言ったら、またケラケラと笑った。

「それはないわよ。うちは高平ほどの名家ではないもの」

だから自分で生きていくのだと、彼女は晴れやかに笑う。

彼女とわたしに共通点は多い。でも、その未来はまったく違うもの。彼女はやはり自由を選ぶ。それを選択出来る彼女を尊敬できても、それを選択出来ない自分を愚かだとも思わなかった。


挙式の準備は粛々《しゅくしゅく》と進んでいた。連日、続々と届く高価な服飾品と嫁入り道具。西城家から多額の結納金《ゆいのうきん》があったことは容易に想像出来た。それがわたしの価値なのか、高平の名の価値なのか、考えることは不毛なこと。

眞人さんと二度目に会ったのは、花嫁衣裳の仮縫いが終わった、年が明けてすぐのことだった。あと三ヶ月で夫となる彼と、いまだほとんど言葉を交わしたことがないという事実は滑稽《こっけい》でしかない。今はまだ、彼もわたしと同じただの駒なのだ。

「花織さん」

誘われた初詣《はつもうで》の神社で、初めて彼がわたしの名を呼んだ。その声はこれまで聞いたどんな男性の声より優しい。

「不安はあるかと思いますが、僕はあなたを幸せにするとお約束します」

誠実そうな顔に柔らかな笑みを浮かべ、こちらに手を伸ばして彼が言った。その表情は初めて会った時の奈里子様に似ている。

あの厳しい義父の下《もと》で、この方も苦労されたのだろうか。多分そうなのだろう。もし彼が奈里子様のような人であれば、本当に自分の好きな方と結婚されるはずだ。抗《あらが》えない流れに身を任せることを選んだのはお互い様。奈里子様のようで奈里子様に似ていない彼は、わたしに似ている。

「では、二人で幸せになりましょう」

わたしは初めて笑顔を見せ、その大きな手を取った。

桜のつぼみがようやく膨らみ始めた三月の終わり。わたしは西城家に輿入《こしい》れした。親の見栄の集大成のような豪華な披露宴には奈里子様も出席してくれた。

新しい生活はとても穏やかなものだった。都内にある西城の家はかなり広く、小言ばかりの母も居なければ、礼儀にうるさい使用人も居ない。恐れていた義父とはほとんど顔を合わせることもなく、遠慮がちだけれど優しい義母と、それから眞人さんと静かに過ごした。

忙しく働いている奈里子様とは頻繁に会えなくなってしまったけれど、手紙や電話で連絡を取り合っていた。

その頃、高平家は西城のあらゆる援助を受け、徐々に傾いていた経営を持ち直していた。これからは父に代わって、商才のある兄が本格的に立て直していくようだ。

翌年には長男の暁人が誕生した。跡取りが出来たことを義父は大層喜び、これまで見たことのない笑顔をたびたび見せた。

退院間際には奈里子様がこっそりとお見舞いにきてくれた。その頃の藤宮家は自己破産寸前の噂が立っていて、迷惑が掛かるからと、身を隠すようにきて下さった。

そのとき彼女は一人ではなかった。恋人だと紹介されたその男性は、太陽のように明るく晴れやかな人だった。太陽に照らされた奈里子様は、学園に居るときよりも幸せそうだ。

「花織様に似てるわね」

奈里子様が生まれたばかりの暁人の頬をそっと撫でる。

「きっと優しい人になるわ」

そう言って微笑んだ彼女は、なぜか少し悲しげに見えた。

奈里子様が失踪したのは、それから約一年後のこと。奈里子様の母親が血相を変えて家にやってきたことで発覚した。

「奈里子をどこにやったの!?」

初めて会った奈里子様の母親は、ほんの少しだけ彼女に似ていた。

「あなたと一番仲が良かったことは知っているのよ。あの子はどこに行ったの?」

あきらかに取り乱しているその人は、ちょうど在宅していた眞人さんと使用人に取り押さえられ、別室に消えた。眞人さんが戻ってきたのはそれから一時間ほど経ってから。そして彼女が語った失踪の理由を聞かされた。

自己破産目前の藤宮家が出した結論は、わたしと同じ一人娘の政略結婚だった。相手は還暦間近の会社経営者で、後添《のちぞ》い。それを嫌がって、奈里子様は失踪したそうだ。

わたしの頭の中にあの男性の顔が浮かんだ。奈里子様はすべてを捨ててあの人を選んだのだ。その事実に愕然《がくぜん》とし、心の中にぽっかりと穴が開いたような気がした。


暁人が二歳になり、わたしの手を離れて義父の下《もと》へ行くことが多くなった。新たな子宝に恵まれる気配もなく、ただ庭の花を眺めて静かに過ごしていたある日、その手紙が届いた。

差出人に住所はなく、見慣れた懐かしい文字で、〝富樫奈里子〟と見慣れない名前が書かれていた。震える指で封筒を開けると、中には一枚の写真と便箋《びんせん》が入っていた。

あのときの男性と笑顔で寄り添う彼女が写っている。その真ん中には生まれたばかりの赤ちゃん。写真の中の奈里子様は、本当に幸せそうだった。

手紙には、向こうの様子もこちらを伺う言葉もなにもない。

〝あなたのように、凛《りん》と咲く一輪の花のような女性になることを願って。いつかまた会いましょう〟

添えられた〝一花〟という名前に、忘れていた涙が溢れる。この小さな命が、彼女が消えた本当の理由だったのだ。

失踪以来、奈里子様の親族と名乗る怪しい男たちが何度か彼女の行方を尋ねてきた。本当になにも知らないわたしは、なにも答えられなかった。こうなることがわかっていたから、彼女はわたしに居場所を明かさなかったのだろう。この小さな命を守るためと、わたしに迷惑をかけないために。

会えないことが寂しくて、彼女を、そして彼女を連れていってしまったあの男性を恨んだこともあった。そんな自分を情けなく思う。

同じ空の下で幸せに暮らしていると信じよう。わたしの名を持つ彼女の娘が、わたしの代わりにそばにいるのだから。またいつか、必ず会えるとそのときは信じていた。

それから更に月日が経った。結局、藤宮家は破産し、一族は散り散りになった。奈里子様からの連絡はあの手紙一通のみ。それはずっと大切にしまってある。

「花織さん！」

眞人さんが珍しく血相を変えて居間に入ってきたのは、結婚して十九年目の五月のこと。険しい顔をして、地方新聞の切抜きを差し出した。そこにあったのは一週間前の交通事故のニュース。亡くなった夫婦の名に奈里子様の名を見つけた。ここで暮らしていたのかとぼんやりと思い、そしてそのまま気を失った。

目を覚ましたとき、心配そうな眞人さんの顔が目に飛び込んできた。二十年近く、この人は最初の言葉通り、わたしを幸せにしてくれた。だからわたしは幸せだ。では奈里子様は？

「子どもがいるの」

口を開いたわたしに眞人さんが頷いた。わたしの名をもつ、彼女の娘。今は高校生くらいだろう。眞人さんはすぐに動き、数日後には彼女と弟が父方の親族に引き取られたことを知った。うちに迎えようと眞人さんは言ってくれたけれど、わたしは首を振った。奈里子様がそれを望むならば、連絡はきっと途絶えなかったはずだ。

奈里子様にもう二度と会えない。突きつけられた事実だけが胸に突き刺さる。涙が溢れて、眞人さんが困惑する顔が見えたけれど止めることが出来ない。いつかまた、一緒に楽しく過ごせる日がくると信じていたのに。

叶うならば、退屈で閉鎖的な秘密の花園で、一生彼女と一緒にいたかった。今になって初めて気がつく。ずっと、あのままでいたかったと。

〝いつかまた会いましょう〟

その約束は決して果たされることなく、小さな棘《とげ》のようにわたしの心に刺さる。目を閉じればいつでも思い出せた、彼女の花のような笑顔がもう思い出せない。永遠に失ってしまったそれは、小さな棘と一緒にわたしの心の奥深くに沈んでいった。


また時が経ち、そして奇跡が始まる。


「富樫一花です」

明るい太陽のような笑顔は、あの男性によく似ていた。そして奈里子様にも。


「ばーば、ふーして、ふーっ」

呼ばれた声にふと我に返った。下を向くと、小さな孫娘がシャボン玉をせがんでいる。

「まあ、ごめんなさい。待ってて、花奈《かな》」

手に持ったストローにシャボン液をつけ、ふーっと吹くと、青空に透明な風船が浮かぶ。手を叩き、キラキラした笑顔でそれを見上げる孫娘は、驚くほど奈里子様に似ていた。

〝いつかまた会いましょう〟

奇跡は果たされないはずの約束を、違う形で果たした。

そしてわたしの心の中には、永遠に色あせない、美しく咲く花のような彼女の笑顔がいつまでも残るだろう。

本書は、2014年2月当社より単行本として刊行されたものに書き下ろしを加えて文庫化したものです。

エタニティ文庫

恋《こい》のドライブは王様《おうさま》と

桜木小鳥《さくらぎことり》

2015年8月15日初版発行

文庫編集－橋本奈美子・羽藤瞳
編集長－塙綾子
発行者－梶本雄介
発行所－株式会社アルファポリス
〒150-6005 東京都渋谷区恵比寿4-20-3 恵比寿ガーデンプレイスタワー5階
TEL 03-6277-1601（営業） 03-6277-1602（編集）
URL http://www.alphapolis.co.jp/
発売元－株式会社星雲社
〒112-0012東京都文京区大塚3-21-10
TEL 03-3947-1021
装丁イラスト－meco
装丁デザイン－ansyyqdesign
印刷－株式会社暁印刷

価格はカバーに表示されてあります。
落丁乱丁の場合はアルファポリスまでご連絡ください。
送料は小社負担でお取り替えします。

ISBN978-4-434-20852-2 C0193